CUNEI

F●RM

铸 刻 文 化

單
讀

One-way
Street

The Allure of
Boundaries

边界的诱惑

寻找南斯拉夫

Experiencing
Yugoslavia

柏琳 著

上海文艺出版社
Shanghai Literature & Art Publishing House

图书在版编目（CIP）数据

边界的诱惑：寻找南斯拉夫／柏琳著．－－上海：
上海文艺出版社，2024（2024.4 重印）
ISBN 978-7-5321-7155-2

Ⅰ．①边… Ⅱ．①柏… Ⅲ．①纪实文学－中国－当代
Ⅳ．①I25

中国国家版本馆 CIP 数据核字 (2023) 第 235699 号

发 行 人：毕　胜
责任编辑：肖海鸥
特约编辑：刘　会　节晓宇　罗丹妮
装帧设计：杨濡溦
内文制作：李俊红　李政坷

书　名：边界的诱惑：寻找南斯拉夫
作　者：柏琳
出　版：上海世纪出版集团　上海文艺出版社
地　址：上海市闵行区号景路 159 弄 A 座 2 楼　201101
发　行：上海文艺出版社发行中心
　　　　上海市闵行区号景路 159 弄 A 座 2 楼 206 室　201101　www.ewen.co
印　刷：山东临沂新华印刷物流集团有限责任公司
开　本：850×1092mm　1/32
印　张：13.25
字　数：233 千字
印　次：2024 年 2 月第 1 版　2024 年 4 月第 2 次印刷
ISBN：978-7-5321-7155-2/G.397
定　价：68.00 元

告读者：如发现印装质量问题，影响阅读，请与出版社发行部门联系调换。

献给所有愿意靠近边界的人

献给我的母亲李萍芬，愿天堂没有病痛

目录

序

生命中的火把

　　和前南斯拉夫的邂逅，是我生命诸多偶然中的必然。我开始动笔写下这篇序言时，才后知后觉地意识到，所有关于"为什么要去南斯拉夫？为什么要写南斯拉夫？"的问题，我都可以用一种神秘兮兮的态度来回答：因为幸运。我幸运地在南斯拉夫找到了生命的共振，找到了一个火把，用以释放生命中躁动不安的那簇火焰。

　　不是每一个人都能有这样的机会的。终其一生，许多人也没有点燃那簇火焰，更不消说去寻找共振了。我却在而立之后的年纪，过早地（也许过晚地）找到了南斯拉夫，找到了生命中的火把。很多人总是好奇，我怎么会对一个如此遥远的地方萌生出这样强烈的情感，强烈到不得不倾诉，不得不书写。老实说，我自己也受了惊吓。

我一向不迷恋文本，不信任旁观。我信赖行动，更注重体验。我心里很清楚：人都是会说谎的。在我的价值天平上，说出的话，写下的字，重量远不及真实的行动所能带来的改变。我这么说，怕是要让许多人感到不适。但我相信，许多写作者的内心一定和我有着同样的怀疑：当你长久地困于书斋中，困于文字和图像的独裁王国中，困于信息的洪流中，如何坦诚地投入生活，如何在以肉身体验实在的困境之后，在用常识和经历过滤二手信息之后，真正抵达真实？不爱逃避的个性，让我执拗地追寻着某种虚无缥缈的"真实"。老话说，读万卷书，行万里路。我也相信这句话。2018年后，我去了巴尔干半岛，踏上了前南斯拉夫的土地。

接下去的问题是，为什么选择前南地区？形象地说，是数点火星引燃了火把。

这里有几个重要的时间节点。1997年，我上小学三年级，经常周末趁父母不在家，溜进他们的房间看电视。当时的中央六台电影频道有个栏目叫"流金岁月"，还有个栏目叫"佳片有约"，我人生中所有关于译制片的美好记忆，都来自于此。关于南斯拉夫的最初记忆，也都来自于此。《瓦尔特保卫萨拉热窝》，这部"红色电影"我大概重看了五六遍，那时候我并不明白意识形态的含义，但是，忠诚、勇气、信念、团结、善良、为他人着想，这些今天也许不再被人重点谈论的价值观，却在一部老电影里，给予了我一种洗礼。

萨拉热窝的铁匠大街在清晨笼罩着薄雾；老钟表匠在清真寺庭院里倒下去时，大群白鸽从他身边飞起；纳粹军官失败后，站在黄堡的山顶感叹"看，这座城市，它，就是瓦尔特"；面对暴行，广场上所有的普通人都选择走上前去和纳粹对峙；老钟表匠决定代替瓦尔特赴死前，嘱咐徒弟要记得还一些欠账，临走语重心长地对徒弟再三叮嘱"要好好干，好好学手艺，一辈子都用得着的，不要虚度自己的一生"……所有这些场景，对我来说，仿佛已经不是电影而已了，它们定格成我脑海里的某部分。后来，我真的去了萨拉热窝，见到了电影里"瓦尔特"扮演者巴塔的儿子——满脸和气的发福的中年银匠，和我激动地拥抱。我要如何告诉他，正是因为瓦尔特已经不在了，我才想来萨拉热窝。

第二个时间点是1999年。科索沃战争，北约轰炸南联盟，位于贝尔格莱德的中国驻南联盟大使馆遭袭，三位中国工作人员罹难。我上小学五年级，已经对什么是正义和不公有了朦胧的认知。我记得那是5月8日，周六，电视里铺天盖地都是这则新闻。两天后的周一，上午第一节课是数学课，班主任王老师走进教室，严肃地说："同学们，上课前我想问大家，知道周六发生什么了吗？"当时的我突然就激动起来，连手都顾不上举，僵坐在位子上，大声插嘴："我知道！北约轰炸南联盟！"这时候，教室里不知哪个角落传来声音："这个南联盟在哪里？和我们上数学课有什么关系？"

在安静的课堂上，声音清晰可闻，我相信每个人都听见了。我注视着讲台上的王老师，看他抿紧嘴唇，知道他有些动怒。教室里沉默了有一分钟工夫，王老师说出了至今我也不会忘记的一句话："南联盟和我们的数学课有什么关系？我希望你们之中会有人在二十年后告诉我答案。"

当时，这是一句太过深奥的话，也许谁都没有理解。数学课开始了，我却整节课都在开小差。我苦思冥想，还是不懂，这个长相酷似周总理的班主任，这个生活清贫、每日穿着洗得发白的衬衫来上课的中年男人，这个每日照顾患病妻子的人，这个利用周末时间为同学们开设免费的园艺、刻章兴趣班的人，这个因为我不爱写数学作业而时常点名批评我的老师，内心保有的究竟是怎样的炽热火焰，以至于失常般地在数学课上做出这样的举动？

下一个时间节点是2016年。我已经做了记者。这一年对我很重要。这一年，我和三位外国作家做了深度访谈。第一位是2015年诺奖得主、白俄罗斯女作家阿列克谢耶维奇，第二位是现已去世的以色列作家阿摩司·奥兹，第三位是2019年诺奖得主、奥地利作家彼得·汉德克。

今天看来，这三位作家之于我，其不可预计的影响，着实让我吃惊。也许，理由论述充分的话，可以说服我自己（我认为，真正说服别人，是一种徒劳的期待）——和他们的对话，打开了我对前南斯拉夫那片土地的不可遏制的探求之心。

从本质上说，和他们的对话，都是同一个主题的不同面向：爱与理解，如何被人为的边界所隔？这是我最关心的问题，是我进入不同文本的初动力，也是我对这个世界最大的疑问。

对阿列克谢耶维奇来说，爱被"冷战"的边界所隔，这道边界让人们丧失了认知幸福的能力。即使边界突然消失，人们也已经不知道该如何自然地过日常生活，不知道除了忍受生命中无尽的痛苦之外，该怎样去闻一朵玫瑰花的香气。后苏联时代的人，已经被那道冷战边界规定了一生的路途。面对尴尬的历史转型和突如其来的"自由"，"很遗憾，我不记得从前有过任何好事情了"。

奥兹先生呢，这位以色列作家和我说了一个秘密——政治问题就是家庭问题。巴以冲突也好，巴尔干民族冲突也好，甚至是东方和西方的文明冲突，都是人类这个大家庭的内部冲突。有时候婚姻触礁，有时候兄弟阋墙，我们总是把自己当成受害者，把对方当成加害者，每个人都在说，"我比你更受伤害"。于是，在你和我之间，裂开了许多道边界，两边的人似乎都认为，这是不可弥合的。

在一定程度上，奥兹先生认为巴以冲突的解决之道，就是划定某种"边界"，如果不能做情人，就做邻居吧。希望有一天，边界两边的人，都可以邀请对方去家里喝咖啡。但是在现实生活中，我们都知道这种情景非常罕见。奥兹先生也承认他是理想主义的，真正的政治现状是，人类无穷无尽的愚蠢和不原谅导致了更多边界的产生。一分为二以后是更长距离的疏远和偏见，而非毗邻可及的交流和分享。"前南斯拉夫的悲剧已经说明了一切，边界是双刃剑。"奥兹先生曾这样慨叹。当我请他多说一些时，他选择保持沉默。

把政治问题简化为家庭矛盾，也许会被怀疑是某种思想上简单的白痴态，听上去可能只是软绵绵的浪漫化解释。政治选举，国际关系，民族矛盾，外交斡旋，军事行动，哪一个不是硬邦邦的"真问题"？然而，把这些似是而非的硬壳的本质隐喻化，不过就是家庭成员之间的较劲、站队、抱团、打架、和解罢了。毕竟，谁不是地球村的一员？

不过，真正让我下定决心去了解南斯拉夫的，是奥地利作家彼得·汉德克。2016年10月，汉德克先生来到中国。我为了能做好这位让人难懂的作家的访谈，提前开始了苦读。在四十多天时间里，我速读了汉德克作品已有的中译本共九部。相较那些在艺术造诣上更"纯粹"的小说和剧本，我唯独对《痛苦的中国人》这本难以定义的书印象深刻。

这是一本"名不符实"的书，收录了小说和三篇游记。其中，写于20世纪90年代的三篇游记，体现了他面对剧烈的欧洲政治动荡时作为一个作家的无畏和良知，笔端对准南斯拉夫解体后的巴尔干半岛，写解体在他心灵深处产生的震荡。这也是汉德克比较罕见的文学叙事直接涉及政治批评的代表作，它们把他推到了欧洲政治舆论的风口浪尖。

怀着几乎是震撼的心情，我把这三篇迷人的游记颠来倒去读到脱页。书页上也因此留下了咖啡渍、茶渍和面汤的痕迹（可见我的读书场景），但依然被我视若珍宝，放在案头。我无法表达，究竟是怎样的神秘的激情，把我牢牢吸引到这些勇敢而充满诗性的文字上。

1991年7月，南斯拉夫开始内战后不久，汉德克在《南德意志报》上发表了檄文《梦想者告别第九王国——一个逝去的现实：追忆斯洛文尼亚》；1995年底，南斯拉夫内战刚刚告一段落，他赴塞尔维亚旅行，并写下游记《多瑙河、萨瓦河、摩拉瓦河和德里纳河冬日之行或给予塞尔维亚的正义》；1996年夏，他再度前往波黑的斯雷布雷尼察，撰写了《冬日旅行之夏日补遗》。这三篇随笔无一不是从切身的体验出发，以真实的肉身感受真实的时刻，叙述了南斯拉夫解体后那片伤痕累累的土地上的真实画面。因为和西方主流媒体抨击塞族的一边倒报道形成鲜明反差，媒体对汉德克群起而攻之。

我却被这些诗意的、在眼前现实和脑中沉思之间来回跳跃的、跟随画面真实律动的文字占据了身心。在我眼里，每一个字都散发着质疑的气息。汉德克为什么冒天下之大不韪，为什么如此逆流而上，去往一个已经不存在的国家，再写下如此针锋相对的文字呢？

带着巨大的疑惑，我渴望在和他的对谈中得到一些答案。由于某些原因，汉德克谈南斯拉夫的部分并不太多，但我感受到了那种被遏制在体内的激情（或者说激愤），我想我完全理解——时常戏谑自己在媒体面前"需要扮演作家的角色"的汉德克，是很难在初次见面的媒体记者面前卸下心防，坦诚谈论深藏在他心中的南斯拉夫的。他也坦诚过，可是被伤透了心。他很早就选择不再公开谈论南斯拉夫，后面发生的事证明了他的明智——2019年获诺奖后，西方记者围在他的家门口，循环质问他，为何2006年要参加前南总统米洛舍维奇的葬礼，很少有人真正关心他的写作。

可能是受到了我执拗追问的感染，汉德克还是给了我某种答案："我并不是像加缪那样的存在主义者，我是一个本质主义者。我的辩证法是，我必须得过另外一种人的生活，必须体验其他人。"

在信息搜索、资讯轰炸替代了肉身存在感的二手时代，我们怎样去甄别信息？如何从单纯的"占有知识"走向"真正理解"？如何打破信息和现实的边界，从而"感受真实的时刻"？汉德克的方式是体验。面对南斯拉夫解体后千篇一律的媒体报道，面对电视里经过了剪辑和筛选的雷同现场画面，他选择亲自一探究竟。

"在那里真的发生了什么？"这是汉德克关于南斯拉夫最核心的问题。重要的是质问，不是接受。重要的是体验，不是想象。重要的是反思，不是指责。那段不同寻常的前南之旅，汉德克的答卷显得格格不入，扎了许多"知道分子"的心，但他还是不依不饶地问："我们这一代人该如何面对南斯拉夫呢？"在他看来，这个问题关乎真实欧洲的建构，关乎他那一代人是否能够真正获得成长。

真实欧洲的建构，或者父辈如汉德克那一代人的成长，并非我迫切好奇的事，但这其中透露出了一个更为逼人深思的问题：究竟是什么阻碍了人变得更好的可能性？换言之，阻碍理解的边界是如何生长出来的？我们怎样才能成为如汉德克所言的"坚定而开放"的新一代人呢？这是我最迫切的问题。

坚定而开放的新一代人，我非常期望自己成长为这样的人。那正邪难测的南斯拉夫之旅，对我来说，于是也成了一定要完成的旅行。我无意在此复述汉德克的见闻，因为我信奉体验——或者你亲自读一读，或者你干脆和我一样，亲自走一走。

从2018年到新冠肺炎疫情肆虐全球前的2020年，我步履不停，走遍了前南斯拉夫六个加盟共和国，把塞尔维亚当作入口，只身一人走进了前南的历史腹地。"没有人了解塞尔维亚"，这是汉德克旅行后得出的结论。而我选择了这个国家作为起点，产生了和他类似的感受，在这个"失去父母的遗孤的巨大房间"里，我感觉到的是"返乡"。

实在是太神奇了，几乎无法解释，为什么一个不通斯拉夫语的遥远的东方人，会在塞尔维亚产生一种热乎乎的感情。想来，如果我把这种热乎乎的感情倾诉给我的欧洲朋友们，收获的可能是怎样难以置信的表情。我曾先后和一个法国人、一个德国人以及一个瑞典人表达过这种情感，得到的回应都是差不多的——"你真勇敢，敢和塞尔维亚人做朋友！"

我从来不和塞尔维亚朋友说这些外界回应，在我看来，那话语会让人伤心。当一个民族被全盘下了否定式后，任何的雪上加霜可能在他们看来都已经是无关痛痒的冒犯；但我亲身体验了在后南斯拉夫时期四分五裂的土地上人们如何认真生活，目睹了那些经历20世纪90年代内战悲剧后的幸存者如何故作镇定地重新适应一个新世界，感受到历史幽灵的碎片穿插在日常生活的缝隙中，从而让彼此的嫌隙重新生长出新的边界，以致诞生的这个美丽新世界里，幸福感并未增添多少，凡此种种，让我对一刀切的肯定和否定都产生了排斥。

我所说的塞尔维亚，其实只是一个象征，它只是在现今印象上和"南斯拉夫"这个历史遗迹般的概念捆绑得最为紧密。事实上，这种对塞尔维亚的热乎乎的感情，也同时产生在其他加盟共和国的身上。我从塞尔维亚的城堡花园走入一幅残存的南斯拉夫画卷，穿梭在波斯尼亚的山谷和盆地之间，又另辟蹊径从"西方世界"进入画卷另一端斯洛文尼亚的森林深处，再乘火车晃到克罗地亚的平原上，带着几乎是逃跑的心情，奔向亚得里亚海岸边的达尔马提亚，在贫瘠却闪耀的喀斯特地貌上追寻历史的回声，最后，像是有一双无形的手牵引我闯入黑山和北马其顿，在苍茫如中世纪回声的洛夫琴山上，在瓦尔达尔河畔寂寞的群山之中，我试图把时钟再往回拨几圈，看一看南斯拉夫时代之前的巴尔干半岛，找一找这里是否真的还有从荷马史诗时代走出来的英雄。

眼前所见的篇章，并不是按照我的行走顺序排列的，它们是重组的结果，并且刻意缺席了黑山和北马其顿两个部分，还把塞尔维亚隐藏了一半。这是由两个原因导致的。首先必须承认，新冠肺炎疫情彻底阻碍了我继续深入黑山、北马其顿和古塞尔维亚腹地的计划。国际旅行变得遥遥无期，关于这三个地区的写作规划，被迫列入了下一个待办行程中。

但更重要的理由，是在写作主题的建构上。在我关于南部斯拉夫文化的写作计划中，黑山、北马其顿和古塞尔维亚（也包括波黑的腹地），它们是一个整体，是和颇为现代的"南斯拉夫"概念形成对照的"古巴尔干"，对于它们的讲述，我需要另一个声部，另一种表情。这是我不能在这本书里把两部分合二为一的原因。

如果说还没成形的"古巴尔干"是我心中的混沌地带，代表着东南欧土地上难以厘清的质素，相配的词语是原始、贫瘠、尚武、无序、虔敬、粗豪，那么这本书所描绘的则是一片边界之地，它体现着某种过渡，从动荡走向平静，从废墟走向重建，从南斯拉夫旧梦走向欧洲新梦，从前的生活痕迹仿佛一夜之间蒸发，然而当下的生活逻辑却没有如想象中那般坚固。人们在和南斯拉夫告别，但不是特别清楚自己准备迎接的是什么。

这块边界之地，从历史维度上看，是东方和西方的边界，西罗马和东罗马的边界，宗教信仰的边界，是通常所认为的文明和原始的边界。从克罗地亚的"边屯区"朝着巴尔干的腹地延伸，在一条虚拟的文明分界线的两边，存在着人们自认为截然不同的两种生活方式，那是维也纳咖啡和波斯尼亚咖啡的分野，是BMW和Yugo[1]的不同跑道，生活在两边的人对此有明确的自我意识：我们是这样的人，他们是那样的人。这里长久地受到一种观念的诱惑：我和你不一样。同时，它又经受着一种疑问的诱惑：我们可以假装边界不存在吗？

也就是在三十多年以前吧，这种"我和你不一样"的自我意识在日常生活中还根本无足轻重。如今，如果还有人在怀念那个不存在的国家，那也只是一种情绪罢了，如学者叶礼庭（Michael Ignatieff）说的："许多人痛心地哀悼南斯拉夫的消逝，恰恰是因为这个国家曾经给予他们空间，令他们可以以非民族主义的方式界定自己。"我想，也许还能加上一句——许多人怀念南斯拉夫，可能是因为这个国家曾经消除了边界。

---

1 BMW，德国宝马牌汽车；Yugo，南斯拉夫汽车品牌，曾陪伴东欧人三十多年，现已停产。

这种边界，是一种人为的观念折磨——为了分清楚"我和你不一样"，无数暴行假它之手，最终摧毁了南斯拉夫本身。而我，窒息于当代社会生活无处不在的"边界"及在此基础上产生的隔阂，就像徒劳地寻找救命稻草一般，想在前南那块寂寞的土地上，寻找一些"边界消失"的慰藉，虽然这种慰藉已经成为历史的遗迹。

寻找的途中，我经历着一种失望、惆怅和振奋的情绪循环。人与人真的是不可相通的吗？即便如此，我也想尽最大努力靠近彼此的边界。虽然我们已经知道南斯拉夫的结局是什么，但我想，能被人想起的，依然是记忆的细节，而非结果。当一个人回忆自己经历过的人生，许多粗粝的艰辛之石会从这张记忆之网中漏掉，留下的也许已经不是全貌，却是这个人最想留下的。当文本放弃了对一种"真相"的野心，它也许会获得另一种有温度的"真相"。

最后再说一些更加难以解释的东西。冥冥之中，我就是会被南斯拉夫吸引。自古以来，在这片土地上，人们既不愿意向西方妥协，又不愿意做东方的附属，无论境遇有多么不堪，他们总是在说"不"——他们并非不知说"不"的后果，但还是这么做了。对奥斯曼帝国的顽强反抗，对奥匈帝国的持续斗争，萨拉热窝的暗杀，1941年的反纳粹游行，1948年和苏联的决裂，1961年的"不结盟政策"，1999年北约轰炸贝尔格莱德时站在桥上手拉手大声歌唱的人群——几乎每一次说"不"，南斯拉夫这艘摇摇欲坠的大船都会晃得更为猛烈。在事实结果面前，这样的抗拒显得毫无必要，可偏偏就是这块土地，一次次冒天下之大不韪，以营养不良的躯体迸发出巨大的毅力和热情。这样不合常理的能量，不管多么徒劳也千方百计想要在夹缝中寻觅"第三条道路"的勇气，就像是点燃我生命的火把。

行文至此，我做一点"补充声明"——书中引用的文献部分，比如学者叶礼庭的《血缘与归属》、巴尔干问题专家约翰·兰普的《南斯拉夫史》、历史学家托尼·朱特的《事实改变之后》、作家丽贝卡·韦斯特的《黑羊与灰鹰》、简·莫里斯的《欧洲五十年》、科尔姆·托宾的《走到世界尽头》、彼得·汉德克的《痛苦的中国人》、罗伯特·卡普兰的《巴尔干两千年》、休伯特·巴特勒的《巴尔干随笔》等等，无一不是作者从自己的亲身游历和体验出发，写下思索的结晶。它们或者成为历史类或政治类著述，或者写成游记类随笔。对于那片盘根错节之地的解读，每个人都调动了自己的生命经验，他们的理解无疑都是个人化的。而我的引用，是为了在相关行文所到之处，从我的生命经验和理解视角出发，提供更多元的阐述。因此，这些引用也是非常个人化的，如果有任何可能引起读者不解或者不适的地方，都是由于我的粗陋而导致，概由我本人负责。

我想，这部作品可能会被当成游记来阅读，对此，我也缺乏有力的证据表明这些主观的文字不是游记。不过，好像是沾染了南斯拉夫的精神气质似的，我又要说一声"不"了。如果你想从这里寻找关于东南欧的霁月光风和周游指南，我希望自己粗浅的文字能提供给你有限的享受；但我多么希望你要得更多，比如产生了对许多问题的思考，就像是：

如果没有边界，我们可以更好地理解彼此吗？坚定而开放的新一代人，在哪里呢？

柏琳

2022年4月3日 北京 第四稿

扫雷标签

　　序言以后，正文以前，这里列出一张"扫雷便签"，请读者诸君先做几次深呼吸，耐着性子扫一扫下文中的各个"知识雷区"，这些知识点都是我个人罗列的结果，仅仅为了方便读者能够顺利开始这趟南斯拉夫之旅——必须承认，本书可能存在若干阅读障碍，一方面，南斯拉夫本身就像一团毛线球，历史、宗教、民族、种族、文化、语言、风俗，彼此纠缠，丢失了线头；另一方面是由于我本人写作能力有限，深恐由于自己的粗陋而在正文埋下知识地雷。地雷一旦引爆，我多么害怕读者不再愿意继续行进——那样的话，实在太遗憾了。虽然巴尔干的历史和现实犹如迷雾，但在这样的迷雾中穿行，危险和精神的震颤却是同步的，千万走下去！

P. S. 这是一本内容很"硬核"的书，充满了杀戮、战争、流血、种族灭绝、宗教纷争、冷战思维、霸权等让人汗毛倒立的东西，但是，里面同样有小说、诗歌、电影、甜点、美酒、美人、落日、春风和细雨。在浪漫主义和写实主义之间，我相信一定存在一个诗性与现实感并存的生活空间。

扫雷便签

"一二三四五六七"：离我们的记忆最近的那个南斯拉夫时代（铁托领导下的社会主义南斯拉夫），其民族构成、宗教信仰、种族混合、地缘角力、政体变更等问题错综复杂，最方便的记忆方法，就是套用一个"口诀"：

一个国家：南斯拉夫

两种文字：西里尔字母和拉丁字母

三种宗教：东正教、天主教、伊斯兰教

四种语言：塞尔维亚-克罗地亚语、斯洛文尼亚语、马其顿语、阿尔巴尼亚语

五个民族：塞尔维亚族、克罗地亚族、斯洛文尼亚族、马其顿族、黑山族

六个共和国：塞尔维亚、斯洛文尼亚、波黑、克罗地亚、黑山、北马其顿

七个邻国：阿尔巴尼亚、希腊、罗马尼亚、保加利亚、匈牙利、奥地利、意大利

阿瓦尔人：英语里叫作Avars，是古代欧亚大陆游牧民族之一。他们的来源和语言未有定论，原居高加索，6世纪时一路西迁，抵达欧洲中东部，在匈牙利平原建立帝国，并于6—9世纪在欧洲中部和东部有重要影响。史学界普遍认为，阿瓦尔人是古代游牧民族柔然人的流亡后裔，信奉武力解决一切的信条，曾卷入日耳曼部族的缠斗，和拜占庭帝国也不惧开战，6—9世纪，整个欧洲大地都因为这支耽于武力征伐的西迁部族而陷入恐慌。805年，阿瓦尔人被统一法兰克王国的查理大帝征服。

马扎尔人：一般认为，马扎尔人是匈牙利人的前身，是如今匈牙利人的直系祖先。"匈牙利人"在匈牙利语里是"magyarok"，音译就是"马扎尔人"。这个民族起源于西伯利亚西南方的巴什基尔地带。他们最鲜明的特点是，作为中欧民族，语言却属于乌拉尔语系的芬兰-乌戈尔语族，和周围的印欧语系的语言没有亲缘关系。马扎尔人的命名方式是，先姓，后名，最后身份，和周围的印欧语系民族相反。

东西教会大分裂：希腊正教（东方正教会）与罗马天主教会（罗马普世公教会）在1054年正式分裂，相互开除教籍，正式分裂为天主教和东正教，双方近千年来断绝来往，彼此互相攻击。

西里尔字母（Cyrillic）：源于希腊字母，普遍认为是由基督教传教士西里尔（827—869）在9世纪为了方便向斯拉夫民族传播东正教所创立的，被斯拉夫民族广泛采用，因此有时也称为斯拉夫字母。属于西南斯拉夫语支的塞尔维亚语、克罗地亚语和波斯尼亚语，原本被看成是同一种语言，但因宗教和族裔等原因分立成三种语言。克罗地亚语和波斯尼亚语以拉丁字母书写，塞尔维亚语则同时以西里尔字母和拉丁字母书写。

尼曼雅王朝：欧洲中世纪时期塞尔维亚的一个朝代。1169年，斯特凡·尼曼雅（Stefan Nemanja）建立了统治塞尔维亚两百多年的尼曼雅王朝。1331年，斯特凡·杜尚（Stefan Dušan）继承王位。他颁布的《杜尚法典》稳定了塞尔维亚社会。在他统治时期，塞尔维亚国势最盛，成为东南欧的一大强国。受拜占庭帝国的影响，塞尔维亚皈依东正教，朝代徽号是红盾上的双头银鹰。14世纪末，在内忧外患之下，塞尔维亚帝国开始瓦解。1389年，土耳其入侵，引发了科索沃战役。战役以大公拉扎尔·赫雷别利亚诺维奇（Lazar Hrebeljanović）阵亡、塞尔维亚沦陷而悲剧收场。此后，塞尔维亚被土耳其人统治了近五百年。

1389年科索沃战役：1389年6月15日，在科索沃平原上的"画眉坪"，塞尔维亚大公拉扎尔·赫雷别利亚诺维奇领导的巴尔干联军和苏丹穆拉德一世统领的土耳其人之间发生战争，最终土耳其战胜塞尔维亚，残破的塞尔维亚帝国从此一蹶不振。尽管这个事件不能被视为塞尔维亚历史真正的转折点，但经过口传加工和民族主义者的书面建构，科索沃战役成为塞尔维亚历史的核心事件，这场灾难也成为塞尔维亚人世世代代的精神力量，许多塞尔维亚英雄人物的英勇事迹让塞族人永不能忘怀，大量围绕科索沃这一地名的民间传说、歌谣和文学作品由此而来。塞尔维亚年年在宪法节（公历6月28日）纪念科索沃战役，至今不衰，如今依然有许多塞尔维亚人把科索沃视为他们的"圣地"。

塞尔维亚起义：19世纪时塞尔维亚为反抗奥斯曼帝国压迫而发动了两次起义。第一次起义发生在1804年至1813年，首领为人称"黑乔治"的塞尔维亚牲畜商人卡拉乔尔杰·彼得罗维奇（Đorđe Petrović），起义发生在塞尔维亚中部的舒马迪亚地区（Šumadija），以失败告终。第二次起义发生在1815年至1817年，首领为米洛什·奥布雷诺维奇（Miloš Obrenović）。起义结束后，塞尔维亚虽未独立，但成立了塞尔维亚自治公国。

伊利里亚运动：拿破仑一世时期，法国征服达尔马提亚海岸（Dalmatia），他们从罗马帝国当年在此设立伊利里亚省的做法中得到灵感，于1809年至1813年间在此复兴"伊利里亚"（Illyria）术语，希望把克罗地亚人和斯洛文尼亚人的领地塑造成一个单一行政和文化单位。在此基础上，出现伊利里亚主义思潮，认为南部斯拉夫各族（塞尔维亚、克罗地亚、斯洛文尼亚、北马其顿）的语言有共同基础，这些民族都是古代伊利里亚人的后裔。在19世纪30—40年代，这一思潮在克罗地亚－斯拉沃尼亚地区重新流行。这是一种民族主义思潮，成为一种脱离现实政治的克罗地亚的文化战略，旨在动员创造单一书面语"伊利里亚语"，用"伊利里亚"一词代替克罗地亚、塞尔维亚、斯洛文尼亚等词，相信统一的南部斯拉夫人的国家可以建立在单一语言之上。该思潮在1848年欧洲革命失败后逐渐消亡。

巴尔干战争（1912—1913）：指1912年到1913年期间在巴尔干半岛上爆发的第一次巴尔干战争和第二次巴尔干战争。18世纪开始，奥斯曼帝国走向衰败，在和俄罗斯帝国的交战中屡次失利。俄罗斯在巴尔干的影响逐渐扩大，泛斯拉夫思想弥漫巴尔干半岛。塞尔维亚、保加利亚、黑山和希腊结成巴尔干同盟，在俄罗斯支持下，巴尔干同盟与奥斯曼帝国开战，奥斯曼帝国战败，割让大量领土给同盟四国，同时阿尔巴尼亚独立。由于战后利益分配不均，于1913年6月爆发第二次巴尔干战争，由保加利亚对抗希腊、塞尔维亚、黑山、罗马尼亚和奥斯曼帝国联军，保加利亚战败，割让大片土地。需要指出，塞尔维亚在这场战争后变得强大，引起奥匈帝国不安，两国的敌视成为后来"一战"的导火线。

南斯拉夫主义（Yugoslavenstvo）：指的是南斯拉夫人的民族主义思想。和传统的民族观念不同，南斯拉夫人是一种身份认同的概念，指所有南部斯拉夫人的联合，主张所有南部斯拉夫人的国家应该统一，包括波斯尼亚和黑塞哥维那（波黑）、克罗地亚、黑山、塞尔维亚（包括科索沃）、斯洛文尼亚、马其顿共和国。该理念最早的倡议者是克罗地亚大主教约瑟普·尤拉伊·斯特罗斯梅尔（Josip Juraj Strossmayer），最初是用来强调奥匈帝国治下的塞尔维亚和克罗地亚两个民族之间的融合可能性的方案。

第一南斯拉夫（1918—1941）：也称南斯拉夫王国（Kingdom of Yugoslavia），是一个位于巴尔干半岛的君主立宪制国家，由塞尔维亚王国国王彼得一世（Peter I of Serbia）在统一南部斯拉夫人各国后建立。1918年第一次世界大战后，黑山再次并入塞尔维亚，成立"塞尔维亚人—克罗地亚人—斯洛文尼亚人王国"。1929年国王亚历山大一世将其改名为南斯拉夫王国。其领土包括今天的塞尔维亚、黑山、克罗地亚、斯洛文尼亚、波黑和北马其顿[1]。1941年，"二战"中的轴心国一方入侵南斯拉夫，占领全境，王室家族流亡英国。

第二南斯拉夫（1945—1992）：即南斯拉夫社会主义联邦共和国（Socialist Federal Republic of Yugoslavia）。1945年，约瑟普·布罗兹·铁托（Josip Broz Tito）领导下的南斯拉夫共产党建立南斯拉夫联邦人民共和国，1963年4月改宪法，易名为南斯拉夫社会主义联邦共和国。"第二南斯拉夫"由六个加盟共和国——塞尔维亚、斯洛文尼亚、克罗地亚、波斯尼亚和黑塞哥维那、马其顿、

1　2018年底，马其顿为了加入北约和欧盟，并且迫于希腊的压力，遂修改国名为北马其顿共和国。

黑山以及两个自治省科索沃与伏伊伏丁那（Vojvodina）组成。1991年，斯洛文尼亚、克罗地亚和马其顿陆续宣布独立，第二南斯拉夫名存实亡。1992年2月12日，塞尔维亚和黑山两个共和国领导人举行最高级会议，决定组成新的国家。

南联盟（1992—2003）： 即南斯拉夫联盟共和国，也称"第三南斯拉夫"。继克罗地亚、斯洛文尼亚和马其顿在1991年宣布独立后，塞尔维亚和黑山1992年组成了松散的联盟共和国。2003年，南联盟改名为"塞尔维亚和黑山"（塞黑）。2006年，黑山公投后宣布独立，"塞黑"解体，南联盟不复存在。

穆克联邦： 又称波黑联邦，全称为波斯尼亚和黑塞哥维那联邦。20世纪90年代南斯拉夫解体后的内战让整个波黑千疮百孔，波黑内部在各方势力的搅动下，分成为穆斯林族和克罗地亚族联邦（穆克联邦）与塞尔维亚族共和国（塞族共和国）两个对立的政治实体。

切特尼克（Četnik）： 塞尔维亚军事组织，正式名称为"南斯拉夫祖国军"。"二战"时曾抵抗纳粹，但也具有极强的种族主义、沙文主义倾向。战争后期开始倒向纳粹德国，主要敌人为铁托领导的南斯拉夫共产党游击队。在当代，切特尼克被塞尔维亚民族主义者所推崇。在塞尔维亚以外的地区，这些人经常与极端主义和建立"大塞尔维亚"联系在一起。

乌斯塔沙（Ustaša）： 活跃于"二战"前后的法西斯

组织，目标是让克罗地亚从南斯拉夫独立，其领导人安特·帕韦利奇（Ante Pavelić）与意大利法西斯党有密切关系，并受到天主教的支持。1941年德国与意大利进攻南斯拉夫，乌斯塔沙组织的军队趁此时宣布克罗地亚独立，并成立克罗地亚独立国，加入轴心国阵营。虽然达成了克罗地亚的独立，但是乌斯塔沙政权残酷镇压塞尔维亚人、犹太人和吉卜赛人。该组织的成员主要以流氓和游民为主，即使在克罗地亚本国人心中，也是个不受欢迎的右翼组织。1945年乌斯塔沙被铁托率领的人民军击溃，克罗地亚再度并入南斯拉夫。

克罗地亚独立国（克罗地亚语：Nezavisna Država Hrvatska，简称NDH）：由纳粹德国扶植的傀儡政权，存在于1941年至1945年间，首都定为萨格勒布。它本质上是由克罗地亚乌斯塔沙创始人安特·帕韦利奇按照法西斯模式塑造的独裁政权，以屠杀塞族人、犹太人和吉卜赛人为政治目标，1945年被南斯拉夫人民军歼灭。由于乌斯塔沙成员极端残暴无良，NDH在克罗地亚不得人心。

南斯拉夫内战（Yugoslavia wars，1991—2000）：指前南斯拉夫社会主义联邦共和国解体而引发的民族对立和内战，这场旷日持久的战争悲剧是由系列战争组成的，主要包括：斯洛文尼亚战争（十日战争，1991）、克罗地亚战争（1991—1995）、波黑内战（1992—1995）、科索沃战争（1996—1999）。南斯拉夫内战被认为是欧洲自"二战"以来最惨烈的战争。

萨拉热窝围城战（1992—1996）： 波斯尼亚战争的一部分，是现代战争史上最长的一次围城战役。波斯尼亚和黑塞哥维那首都萨拉热窝从1992年4月5日至1996年2月29日遭到南斯拉夫人民军与塞族共和军围困，共计1425天。

斯雷布雷尼察大屠杀（Srebrenica Massacre）： 1995年7月11日至22日，波黑塞族军警以及南联盟派出的军警突袭并攻占了波黑边境靠近塞尔维亚的斯雷布雷尼察地区，对当地七千多名穆斯林成年男子和男孩进行了杀戮。海牙的前南斯拉夫国际刑事法庭将此次屠杀定性为种族灭绝。

波斯尼亚三部曲： 前南斯拉夫作家、诺贝尔文学奖得主伊沃·安德里奇（Ivo Andrić，1892—1975）在"二战"时期拒绝与法西斯合作，隐居贝尔格莱德，并写下刻画南部斯拉夫地区近五百年历史风貌的史诗代表作——《德里纳河上的桥》《萨拉热窝女人》《特拉夫尼克纪事》，这三部作品被称为"波斯尼亚三部曲"。安德里奇也因此在1961年因"以史诗般的气魄从祖国的历史中找到了主题并且描绘了人类的命运"，成为首位荣获诺贝尔文学奖的巴尔干地区作家。

我在观察。我在理解。我在感受。我在回忆。我在质问。

——彼得·汉德克

平静的爱恋

时间：2019年3月31日—2019年4月14日

在巴黎的里昂火车站，我跳上一列过夜的欧铁，午夜时分在苏黎世转车，然后一路睡到斯洛文尼亚，在首都卢布尔雅那（Ljubljana）下车。抵达的第一天，天空下着淅淅沥沥的小雨，我在车站的麦当劳里哆哆嗦嗦地喝着早餐红茶，耳边静悄悄的。候车大厅鸦雀无声，外面的街道也听不见什么响声。

斯洛文尼亚，对我来说像是一个失真的存在。毕竟，这个世界至今依然动荡不休，所以当我发现自己来到了一个童话故事里才有的仙境小国，而这块土地居然曾和"火药桶"南斯拉夫血脉相连，我真的不能相信自己的眼睛。

接下去的半个月，我待在这个袖珍小国。群山，森林，城堡，巴洛克建筑，石板路，湿漉漉的清新空气。早春四月还是雨季，云雾在天边迅速移动。自行车来回穿梭，人们迈着悠闲的步子，去桥边约会。不远处的阿尔卑斯山脚下，布莱德湖畔唯余风景如画，再没有了历史的滞重；在地处边缘的皮兰湾，亚得里亚海浓缩成一片可见的海域，浅浅地荡漾着深蓝色。迷你港湾中，停泊着无数的船只，让人觉得好似身在威尼斯。狂暴的海神波塞冬对这里一定兴趣寥寥，直布罗陀水手也不曾经过此地。整个国家的人，就这样几无波澜地幸福生活着。我怯生生的，生怕闯进了他们的宁静，可我也心有不甘，就想问问他们：为了得到自由，你们感觉过疼痛吗？

1991年，斯洛文尼亚从南斯拉夫独立出来，过去的历史需要重新解释，但这对于斯洛文尼亚人来说，似乎并不是多难的事。整个国家的表现，就像南斯拉夫没有存在过一样。

房东老太太每天早晨都给我泡一杯香气呛人的花草茶，坚持要看着我喝完。在喝茶的时间，她不厌其烦地对我赞美她的国家："斯洛文尼亚是巴尔干半岛最文明的土地，我们再也不爱南斯拉夫了。"

卢布尔雅那：一个被爱的地方

后来爱情消失了

Too comfortable to live，至今我也没想好这个短语对应的中文。我刚从喧嚣的巴黎乘坐夜车抵达卢布尔雅那，在火车站大厅外看着眼前欧洲小镇样板画般的城市景观，这个短语突然自动进入了我的脑海，但我不知道怎么用中文表达。细雨不停的春天早晨安静得出奇，除了汽车经过石板路溅起的水花重新坠落在石头上发出轻微的碎裂声，这个城市像一个心甘情愿的失语人，她的生活秩序里不需要众声喧哗。

在斯洛文尼亚语里，卢布尔雅那的意思是"一个被爱的地方"，它的发音听上去和它的语义同样温柔，你需要稍稍嘟起嘴，让声带振动产生的气流轻轻穿过嘴唇围成的小圈，于是念这个城市的名字就像一个牧羊人在吹他心爱的长笛，千回百转。据说，居住在卢布尔雅那的人，真的都有被爱的感觉。

斯洛文尼亚是镶嵌在中东欧花色地毯中间的一块不显眼的墨绿，四圈都是绚烂的大团色块——周身被意大利、奥地利和匈牙利团团围住，伸出一只脚踏入亚得里亚海，另外一只脚也没有忘记钩住她的斯拉夫同伴克罗地亚。在古老的斯拉夫起源和欧洲生活经验的撕扯之间，斯洛文尼亚始终维持着她动人的体面和宁静。首都卢布尔雅那，如同这个优雅小国的灵魂微雕，她守在阿尔卑斯山脚，面朝下游的萨瓦河，眺望着碧蓝如眼泪的亚得里亚海，目送着古老的斯拉夫情人渐行渐远。她曾经爱过他，后来爱情消失了。

在这个城市，一切景致都有恰到好处的尺寸——无甚壮观，既小且美。神态安详的斯洛文尼亚人在干净的砖石街道穿梭漫步，你听不到高谈阔论的声音，也看不到狠狠抽烟的表情——那种在巴尔干其他斯拉夫人的城市里经常可以看见的难以被驯服的表情，在卢布尔雅那已经绝迹。住在这里的斯拉夫人，血液里的野性因子在多雾森林和晶莹湖泊的熏染下，在心满意足的世俗生活中，悄悄发生了变异。他们早就是理想的欧洲人，文明的，安静的，理性的，微笑的欧洲人。

到这个地方寻找前南斯拉夫留下的情感痕迹，我觉得自己有点傻，很可能什么都找不到。1955年，作为南斯拉夫联邦中斯洛文尼亚社会主义共和国的首府，卢布尔雅那被铁托授予"英雄城市"的称号。1991年，斯洛文尼亚宣布独立，卢布尔雅那成为一个主权国家的首都。她卸下了"英雄"的重负，因为她从来不想做一个英雄。

卢布尔雅那和克罗地亚的首都萨格勒布（Zagreb）一样，从火车站出来后，首先映入眼帘的是民族英雄骑着高头大马的青铜塑像，可塑像的气质大相径庭。萨格勒布火车站广场上的塑像刻画的是超人和武士形象合一的开国国王托米斯拉夫（Kralj Tomislav），他手持利刃直指天空，带来一种刻意彰显克罗地亚民族意识的紧张感。卢布尔雅那的这座骑像则低调而沉静 —— 我甚至很尴尬地不知道他是谁 —— 一个绅士打扮的瘦削的男人，一手叉腰，另一只手轻抚着马颈上浓密的鬃毛，姿态像一个在河边漫步的轻骑兵，你怎能说他是咄咄逼人的民族斗士呢。雨中的塑像泛着黯淡的乌青，随时就要和身后黑白灰色调的现代大楼融为一体。天地之间，都是淡淡的表情。

我的住处在城郊，但卢布尔雅那实在太小，从火车站穿过旧城中心，再到郊外，直线距离不过2.2公里，步行四十多分钟就到了。马路上的车开得不疾不徐，虽然是周一早晨，但看不见汹涌的人潮和车流，我的步子也迈得悠闲。沿途有几条小街的中心被圈了起来，竖起的建筑围栏提醒行人此处正在修路，而修路工人还没有到上班时间。透过围栏空隙，能看见被撬开的路基裸露出了泥巴，所有的土块都被细心地罩上了一层透明网纱，显然是为了防止夜间的风吹起沙土。卢布尔雅那地处群山环抱的盆地之中，春天夜里时常刮来山风。虽然此刻细雨绵绵，湿漉漉的网纱派不上什么用场，然而，在巴尔干半岛的其他城市，频繁改造的马路很少会得到这样的照顾，土块大多无辜而横七竖八地暴露在外面。

这个被爱的地方，面积902平方公里，人口不到30万，据说是欧洲人口密度最低的首都之一。这个地区已知最早的定居点，是青铜时代建于水上的一片木屋。公元15年，罗马帝国在这里建立艾摩那殖民地（Colonia Iulia Aemona），452年，艾摩那被"上帝之鞭"阿提拉大帝率领的匈人所毁。6世纪后半叶，南下的斯拉夫民族的一支斯洛文尼亚人抵达此地。

整个中世纪没有多少关于斯洛文尼亚人的记载，他们曾被阿瓦尔人奴役，后归属于西斯拉夫人萨摩的公国，最后臣服于法兰克人的统治。在法兰克的查理大帝统治下，斯洛文尼亚人皈依了西方天主教会。随着日耳曼人的影响与日俱增，斯洛文尼亚地区变成了日耳曼殖民地。

13世纪开始，哈布斯堡家族逐步发迹。在得到奥地利之后，这个历史上争议颇大的日耳曼家族开始了长达六个世纪的版图扩充历程。14世纪，斯洛文尼亚被奥地利吞并，成为哈布斯堡王朝的世袭领地。从1335年到1918年的近六百年内，除了1797年到1813年间因法国大革命而奏响的"拿破仑插曲"之外，卢布尔雅那一直处于奥地利的统治之下。但法国短命的占领为斯洛文尼亚人带去了民族觉醒的情感萌芽。声名狼藉的奥匈帝国在"一战"之后迅速崩溃，卢布尔雅那成为"第一南斯拉夫"（塞尔维亚人—克罗地亚人—斯洛文尼亚人王国）中的斯洛文尼亚的首府。"二战"中的南斯拉夫王国曾有被纳粹蹂躏的屈辱历史，卢布尔雅那也曾有过至暗时刻——"二战"时，这座城市也有一个和法国的维希政府一样和纳粹合作的伪政权。

后来的历史越来越清晰，斯洛文尼亚游击队依靠自己的力量解放了卢布尔雅那。1945年，该市成为"第二南斯拉夫"（南斯拉夫社会主义联邦共和国）中的斯洛文尼亚社会主义共和国的首府。1991年，一场温和的"十日战争"后，卢布尔雅那牵起斯洛文尼亚的手，冷静地甩开了身后那个庞大却虚弱的南斯拉夫。她的自由在西方，她离开的心情是如释重负。

仿佛硝烟从未降临

我朝着城中心的河流走去。卢布尔雅那河穿城而过，从西南流向东南，如同一条弧形腰带缠绕着半个城市。奔腾的河水流经此地，染上了斯洛文尼亚人的脾气，一副被驯服了的模样。某些时刻，恍惚间河水会突然静止，成了城市的一面碧绿铜镜。河道狭窄，用石头和水泥铺就，沿岸有弱柳零星点缀，六条街道在此汇合为卢布尔雅那最有浪漫气息的普列舍伦广场。这个漏斗形的广场曾是中世纪的城门所在地，如今它的中心伫立着斯洛文尼亚民族最伟大的诗人弗兰采·普列舍伦（France Prešeren，1800—1849）的青铜塑像，于是，广场变成了这个最不喜欢强调民族情感的国家用来浓缩民族情感的地方。

诗人普列舍伦留着一头贝多芬那样的鬈发，手握一本诗集，静立沉思。他身后的头顶方向，高高地坐着一位女神，女神的手里拿着希腊神话中象征"阿波罗荣耀"的月桂树枝，要为诗人加冕。女神上身赤裸，丝缎般的头纱垂于腰际，曼妙纤细的身姿微微倾斜，就像安徒生童话里那位海的女儿，想要悄无声息地给她的情郎洒下月光般的荣耀。可诗人的眼睛却只是忧郁地看向远方，看向广场另一端的一座女性塑像，她叫尤利娅，诗人的毕生所爱。生性炽热奔放的诗人终生都没能打动这位佳人的芳心。

他更无法知道，当自己的塑像在19世纪的广场上竖立起来时，掀起了怎样的轩然大波（普列舍伦在1849年2月8日猝然去世）——诗人背后的那座女神塑像，是雕塑师以一位裸体模特为原型来塑造的。在信奉天主教、民风保守的19世纪的斯洛文尼亚，这个勇敢的女孩成了卫道士口诛笔伐的对象，尤其考虑到塑像所在的位置 —— 旁侧就是庄严的天主教堂。害怕被口水淹死的女孩，只能黯然逃离，移居美国，40岁那年郁郁而终。

一生未得所爱的普列舍伦却得到了所有斯洛文尼亚人的爱。他出生在农家，成长于田野，性格里充满了泥土的朴实芳香。他早年去维也纳求学，修读哲学和法律，欧洲的思想和文学经过他的传播，大大促进了斯洛文尼亚民族文学的复苏。他写起诗来真挚热烈，抒发人民对自由的渴望和对光明的憧憬，有非常强烈的感染力。斯洛文尼亚人谈起他来，总是不忘记告诉别人，普列舍伦是国歌之父 —— 1991年斯洛文尼亚独立后，当局用了他1844年一首长诗中的一节来谱写国歌。诗歌里写道：

当太阳升起的时候／所有的战争都消失／所有的人们成为自由的同胞。

斯洛文尼亚人热爱自由，但这份热爱中缺少激烈的东西，似乎他们的爱天然就携带着宁静的基因。和邻国克罗地亚不一样，和另一个近邻塞尔维亚也不一样 —— 后两者虽然认为彼此迥异，骨子里却含着同样的斯拉夫激情。斯洛文尼亚人很少会做出那些破釜沉舟的反抗举动，他们只是像平静的古希腊人那样，听凭直觉追寻着自由之风吹来的方向。这是一种随风而舞的姿态，而不是用力过猛的民族情怀。

我很想知道，这种宁静的爱究竟从什么时候开始，因为什么而产生，又给他们带来了什么。和他们相比，克罗地亚人就像是罗马战士，而塞尔维亚人简直是从荷马时代走来的英雄。我的意思是，斯洛文尼亚对我来说，完美得像是一个失真的梦境般的存在。我不能确定这究竟是不是一种溢美之词。在这个依然频繁战乱和动荡的世界上，当我发现自己来到了一个童话故事里才有的仙境小国的仙境城市，而这块土地又居然曾和"火药桶"南斯拉夫血脉相连，我真的会怀疑自己的眼睛和鼻子——硝烟仿佛从未降临，事实证明血缘和归属完全可以分道扬镳。

爱尔兰作家科尔姆·托宾（Colm Tóibín）曾在1993年南斯拉夫内战时到过卢布尔雅那。即使是在那个硝烟最盛、战争最白热化的年代，托宾在这个城市也完全没有感受到一丝一毫的混乱。他从头到尾都处于一种难以置信的恍惚状态，甚至觉得斯洛文尼亚没有战争。他把作家马克·汤普森（Mark Thompson）那本论述南斯拉夫衰亡的著作《纸屋：南斯拉夫的终结》（*A Paper House: The Ending of Yugoslavia*）作为了解这个地区的旅行读物。马克·汤普森是一个在克罗地亚居住多年的英国人，南斯拉夫灾难来临时，他写下了这本书。托宾曾在自己书里的其中一个章节《斯洛文尼亚之春》中，转引汤普森的话：

在斯洛文尼亚，农业部只有一条电话线路，国家电视台的足球评论员在周一到周五是家庭医生。遍览国家美术馆的作品只需半小时。[1]

在这样一个袖珍国家的首都，托宾觉得很舒适。抵达卢布尔雅那之前，他在邻国克罗地亚的萨格勒布住了几天，那儿的气氛让他压抑。一旦离开了克罗地亚，他立刻感到"远离了东欧的诡异"，在的里雅斯特（Trieste）慵懒的西欧氛围中休养了几日后，他来到卢布尔雅那，下意识里认为自己重回了欧洲。是的，克罗地亚还是"东欧"，而"东欧"是个什么存在，究竟是否属于欧洲，他也说不好。但有一点可以肯定，在卢布尔雅那，日常生活收复了它在东欧的失地。

独立不是一夜之间的事

托宾曾怀疑斯洛文尼亚是"博尔赫斯虚构的国度"，它很可能随时会消失。当他漫步在卢布尔雅那颇负盛名的"三重桥"上时，他确信这里不会是博尔赫斯的虚构。在柏林墙倒塌后出现的许多新国家之中，斯洛文尼亚显得与众不同，它没有激烈的转移和过渡，没有产生从一

---

1 （爱尔兰）科尔姆·托宾，《走到世界尽头》，温峰宁译，人民文学出版社，2018年11月，214页。

种意识形态一夜之间变成另一种意识形态时不可避免的震荡感，没有人头攒动的广场集会，没有激情澎湃的电视演说，生活在今天和昨天一样，明天也会和今天一样。现在是2019年4月的某个星期一，人们在"三重桥"上踱步，钻进河岸两边的咖啡馆、美术馆、画廊和商店，跑到河岸一侧的"一廊"——一栋用作封闭市场的两层石砖小楼——去"赶集"，那里的固定摊位货品展销琳琅满目，从农副产品到手工艺品不一而足。1991年宣布独立时，卢布尔雅那的生活也是这么过的。人们珍惜并满足于平凡的市民生活，珍惜平静。

缺乏某种明显的历史分野，生活就像那条在静止中缓缓流动的卢布尔雅那河，也或许"三重桥"的设计理念更贴近斯洛文尼亚人的生活艺术——所谓"三重桥"，就是彼此挨着但走向稍稍不同的三座白色的桥。相传这里原本只有一座始建于13世纪的木板桥，1842年改建为石桥，但因其地处城中交通要塞的缘故，小石桥不堪其重，终于在1931年斯洛文尼亚著名建筑师约热·普雷赤涅克（Jože Plečnik）的全新设计下，原来石桥的两侧各自添加了一座附桥，三桥两头相连，相隔咫尺，浑然一体。

从空中俯瞰，三重桥是大写英文字母M的形状，它的尺寸有点尴尬，站在平地上，照相机从任何角度也没办法把三座桥都收进镜头里。它的外观平淡无奇，如同三条分岔的马路，走近了又觉置身街心花园。如果不看河，很难把它当作桥。就是这么朴实无华的景观，充当了卢布尔雅那城区的中枢。三重桥连接着城市两大中心广场，两头遍布文艺复兴、巴洛克和新古典主义风格的各式建筑。喜欢骑自行车的斯洛文尼亚人，随意地把自行车倒在桥头，大步流星走向桥边那条满是咖啡馆和酒吧的长街，沉溺到日以继夜的舒适中。明亮的白天，温柔的夜晚，沉静的河流，俊俏的教堂尖顶，低声呢喃的人们……一种与世无争的欧洲小镇的逍遥气息久久不散。

1991年6月25日的晚上，斯洛文尼亚宣告独立时，许多人从家里走出门，来到三重桥边的广场和河廊，一起吃晚饭庆祝。独立不是一夜之间的事，如果你向那些经历过南斯拉夫分裂的斯洛文尼亚知识分子问起有关独立的事，他们也许大部分都会给你一个比想象中更温和的回答。他们会说，不，我们不是分裂南斯拉夫的人，不是导火索，也不是罪魁祸首。独立不是一种明确的计划，而是各方面情势同时发展的结果。事情就是这样成了。

给性格打一针镇静剂

铁托死后，20世纪80年代的南斯拉夫内部加快了酝酿"自然爆炸"的进程，当塞尔维亚的米洛舍维奇开始掌权时，斯洛文尼亚人确信自己嗅到了不祥的味道——本来，与其他共和国相比，斯洛文尼亚一直最西化、生活水平最高、失业率最低。然而，1980年以后它的经济增长率受到其他共和国的拖累而大幅下降，南斯拉夫的主体塞尔维亚在一系列想要力挽狂澜的经济改革中，牺牲其他共和国的利益，让大部分的钱都流向了贝尔格莱德。仅占南斯拉夫人口8%的斯洛文尼亚人负担了联邦预算的四分之一，这对他们来说，真的有点太多了。

从1989年开始的东欧共产主义政党连续垮台的阴影波及了南斯拉夫。在铁幕缓缓下降的时刻，自由的因子蠢蠢欲动。在1990年的春天，克罗地亚和斯洛文尼亚宣布改成多党制的自由选举，南斯拉夫共产党在这两个共和国的选举中惨败。即便如此，温和的斯洛文尼亚人也没有想用武力来"脱身"。他们厌恶流血，厌恶"积极"的东西，宁可一步步"消极"地脱离南斯拉夫。他们从来不是激烈的民族。在小小的两万余平方公里的土地上，这个小而美的国家拥有阿尔卑斯山的雪峰，亚得里亚海的港湾，巍峨的喀斯特高原，以及潘诺尼亚平原上童话般的乡村。此外，绵延的森林和如梦似幻的山雾无限柔情地包裹着它，富庶的人民并没有什么动力非要把生活过得像一场暴风骤雨那样。

即使在历史上和神圣罗马帝国关系密切，做过意大利的附庸，还被奥匈帝国统治了几百年，斯洛文尼亚人的反抗却常常意兴阑珊。在16世纪席卷欧洲的宗教改革中，很早就皈依了天主教的斯洛文尼亚的确也留有反抗的痕迹。新教学说在大部分贵族和城市居民中颇受拥护，到处都设立了新教学校。斯洛文尼亚宗教改革最鲜明的特点不在那些教义，而在语言——使用斯洛文尼亚语是改革最重要的成果。那些教养良好的天主教徒其实早就不是什么非理性主义者，对于他们来说，关注生命的存在与美感，才是更重要的民族特性（如果当时有这么一种民族特性的话）。1555年，斯洛文尼亚人普里莫日·特鲁巴尔（Primož Trubar）将《新约全书》译成斯洛文尼亚语，并以斯洛文尼亚语出版了许多赞美诗集和教义问答。文教上的革新，而非具体的宗教事宜改革，至今依然是斯洛文尼亚人引以为傲的事。他们甚至认为宗教改革是一场属于文学的革命，而文学一直是斯洛文尼亚最受尊敬的艺术形式。

诚然，宗教改革在这里也遭遇了反宗教改革势力的镇压，大量的斯洛文尼亚语文献被视为异端邪说而被焚烧，许多著作都消失了，成千上万的新教教徒被迫害，斯洛文尼亚重新成为纯粹的罗马天主教区域。然而，反宗教改革运动在这里更多是一种政治上的宣示主权行为——奥地利统治者不会允许一切在宗教改革名义下寻求自治的做法，罗马教廷也需要挽回颜面。但是，理性精神已经在这里扎根，世俗性被注入斯洛文尼亚人的性格，成为一种关键的镇静剂。这种镇静剂也改变了他们的基因构成，和信奉神秘主义的东正教信徒塞尔维亚人相比，他们缺乏向死而生的献祭精神，和同样是天主教徒却没有经历宗教改革的克罗地亚人相比，他们又缺乏狂热的信念。

历史的河水被消了音

激情的缺失，导致斯洛文尼亚民族早早地和"斯拉夫性格"分离。那些有神启性质的、浓烈的、锐利的、凶猛的、昂扬的东西，到了这个国度，仿佛都能百炼钢化为绕指柔。被称为"龙城"的卢布尔雅那，城市标志、城徽、旅游纪念品上都绘着翼龙，老塔楼、教堂和城门上布满翼龙的浮雕，最著名的是城里建于1901年的龙桥。这座古朴的石桥位于三重桥的东侧，是卢布尔雅那的象征。桥头两端的四根柱子上立着四只威风的青铜翼龙，张牙舞爪，怒目圆睁，却不见恐怖感。传说中，在古希腊时代，一艘名叫"亚哥号"的大船在海中遇险，船员逃难辗转到此，齐心协力打败了此处的龙形异兽，之后在这里定居，而被制服的异兽成为城市的守护神。

龙桥建于20世纪之始，为了表达对奥匈帝国皇帝的尊敬，原本被称为弗朗茨·约瑟夫一世禧桥，是一座具有新艺术风格的大桥。百年流转，大桥坚固如昔，桥头翼龙的神情已经和神兽的霸气或邪气不沾边了。在城市观光明信片、冰箱贴、咖啡杯或其他形形色色的旅游纪念品上，瘦削的翼龙发了福，更像是"小神龙俱乐部"[1]里的吉祥物。

我突然记起了卢布尔雅那城堡的吉祥物，一只活了五百多年的小老鼠，和哈布斯堡王朝的皇帝弗里德里克三世同名。15世纪，弗里德里克三世建立了卢布尔雅那主教区，还在附近的城堡山修建了一座要塞，用来防御奥斯曼土耳其人的入侵。那座要塞就是今日卢布尔雅那城堡的前身，里面有一座城堡该有的一切：自流井、塔楼、宫殿、蓄水池、教堂和中世纪监狱。整个19世纪以及20世纪上半叶，城堡里的中世纪监狱被用作贵族地牢，关押不听话的斯洛文尼亚贵族。而我们的小老鼠弗里德里克，五百多年来一直生活在这里，靠着灵巧身姿和敏锐知觉，成了城堡里的编年史家。

传说令人莞尔 —— 这只老鼠最喜欢窝在伊拉兹马斯塔楼里，塔楼底部就是贵族地牢，小老鼠是身陷囹圄的囚犯们的知心密友，囚犯们和它分享一切关于爱与黑暗的秘密。弗里德里克在城堡的隐秘角落穿行，于暗夜中观测历史的诡谲和人心的变幻。它是一只善良而有尊严的老鼠，认为自己身上流淌着斯洛文尼亚贵族的血液，于是决定用双脚直立行走。漫长的岁月给弗里德里克增添了几根灰白的胡须，却没能掠走它招牌式的快乐笑容。

1　迪士尼公司制作并运营的中国儿童节目。

吱吱……吱吱……他们说，今天去探索城堡的人，还能依稀听见小老鼠弗里德里克出来打招呼的声音。

也许，任何激烈的东西到了卢布尔雅那，都会成为温柔的存在。这是一个接受驯服的过程，但斯洛文尼亚人并不觉得"驯服"是一种遗憾的结果，他们不是这样理解自己的"民族性"的。这个国家的历史轮廓，就像三重桥的"M"里那两道平稳的直线，发生过小角度的倾斜，延伸路径各异，却都最终通向铺有漂亮石砖的市民广场。暗流涌动的历史之水，在桥面之下被消了音，生活只发生在桥面之上。

他们真切地希望远离"东欧的教条"

一个霏霏细雨的夜晚，我和卢布尔雅那大学的女教授维斯娜相约河畔，在著名的洛丽塔甜品店见面。我记得那个夜晚，若有若无的春雨像小松鼠的尾巴尖，轻抚行人的脸。不远处70米高的城堡山上，卢布尔雅那城堡面向山下的城市，散发柔和光晕，把河畔烘托得犹如插画背景，石砖路面被雨水洗刷得晶晶亮的。一个打扮成卓别林模样的街头艺人，在三重桥的栏杆边灵动地挥舞长柄雨伞，跳着自创的踢踏舞，皮鞋踩在石砖上，发出"踢踏踢踏"的清脆声。维斯娜骑着脚踏车，像一阵风一样穿过桥面，赶来赴约。

她50来岁，娇小的个子，梳一条油亮的栗色长辫子，喜欢用有点跳跃的姿态骑车和走路，有一种和她的年龄毫不相符的天真烂漫。可是一旦开口说话，黑框眼镜背后的眼神就会显露出浓郁的书卷气。维斯娜在大学里教一门叫作"文化政治学"的课程，在卢布尔雅那市区有一间面积很小但很舒适的公寓，窗外就是美丽的街心花园。她的家族世代居住在这里，家族里人才辈出，有科学家、教授、艺术家，还有运动员。

身处这样一个富裕的小国，维斯娜却并不愿意过某种物质至上的生活。她说，她的家族里都是典型的现代斯洛文尼亚人——"避免让自己的生活沾染上任何'主义'的色彩，无论是姓资还是姓社"，真切地希望远离"东欧的教条"，即那种认为"从冷战的铁幕下获得解放的人，会不顾一切地奔向物质主义"的观念。

"斯洛文尼亚人生性自由，教条捆绑不了我们。也许你会说，我们历史上被日耳曼人、意大利人和匈牙利人统治了那么久，早就很听话了。我认为这不是真的。斯洛文尼亚人的自由是珍藏在内心的，从没有被夺走过，就像冰心里包裹的火苗。"维斯娜为自己说了这么一个听上去很美的比喻而有些得意。她摘下开心果蛋糕上的红草莓，一颗一颗地扔进嘴里。

从洛丽塔甜品店的天花板高高垂下的串串黑色樱桃形吊灯簇拢成调皮的光圈，粉色的墙壁被映衬得愈加甜美可人。客人坐得满满的，他们和维斯娜一样，姿态闲适。偶尔有人转身看向窗外温柔的河流，表情淡淡的，却是心满意足的样子。

我最感兴趣的就是斯洛文尼亚人的"民族性"。在我眼中，他们是令人困惑的巴尔干人，也是令人困惑的欧洲人 —— 不像巴尔干人那么激烈，可似乎也没有西欧人那么注重理性。维斯娜很愿意回答我的问题："奥地利和意大利都统治过斯洛文尼亚。都说奥地利人井井有条，意大利人浪漫多情，可我们也有自己的优点呀！你不能否认我们就是生活在巴尔干半岛上，对不对？巴尔干半岛的地域因素，斯拉夫人的基因，这些给斯洛文尼亚人注入更动态更有活力的元素。至于生活理念，我们并不遵循日耳曼人那套刻板的传统，因为我们更有想象力。斯洛文尼亚人讨厌按部就班。也许秩序是启蒙运动留给欧洲的文化遗产，可是我们并不会全盘接受这样的遗产。"

维斯娜认为，无论是在南斯拉夫王国还是在社会主义南斯拉夫，无论哪个时代，这个所谓的巴尔干共同体中的其他部分都不能很好地理解斯洛文尼亚。"文学，艺术，语言，教育，这些才是我们最在乎的东西。不是抽象的'民族'，不是自我催眠的狂热宗教信仰，也不是那种三天三夜大摆宴席招待亲友的'热情'礼仪，当然，更不是战争。塞尔维亚人误解了我们，他们以为我们一心'攀西方的高枝'，想要甩掉受苦受难的兄弟。克罗地亚人误解了我们，以为我们和他们一样，也会为了某种可笑的'民族性'或'天主教的神圣'而肝脑涂地。事实上，斯洛文尼亚人并不对自己的民族抱有特别强烈的情感。如何优雅而有尊严地过日子，在内心保有与森林湖泊共呼吸的那份自由的感觉，如何让生活轨道不失去控制，这些才是我们最需要努力的，而且，这和你是东方人还是西方人有什么关系呢？"

不是非要闹革命

现代民族意识觉醒的一把火，从19世纪燃烧到20世纪中叶，其中大部分时间，斯洛文尼亚处在奥地利人的统治下。19世纪早期，法国大革命传播的自由主义思想极大地影响了斯洛文尼亚民族觉醒的深度，其后拿破仑在这里推行的一系列尊重斯洛文尼亚语言的举措，让斯洛文尼亚人愈加确信了自己的"民族主义"应该聚焦于文化领域。尽管随后奥地利统治的复辟结束了这里自由主义的政治倾向，然而想象力十足的斯洛文尼亚人另辟蹊径，从日耳曼文化里寻找自我身份认同——歌德和格林兄弟的文学作品激发了他们对本地文化传统的兴趣，在德语化的粗鄙方言中，他们还得到了发展斯洛文尼亚语文学的灵感。对于斯洛文尼亚的知识分子来说，民族意识的觉醒主要是一种文学的觉醒。

这也许没什么奇怪。学者本尼迪克特·安德森（Benedict Anderson）在其论述民族主义起源的《想象的共同体：民族主义的起源与散布》（*Imagined Communities: Reflections on the Origin and Spread of Nationalism*）中，转述了英国历史学家罗伯特·威廉·塞顿-沃森（Robert William Seton-Watson）的结论，"19世纪是方言化的辞典编纂者、文法学家、语言学家和文学家的黄金时代"，他自己进一步断言，"这些专业知识分子精力充沛的活动是形塑19世纪欧洲民族主义的关键"[1]。斯洛文尼亚的幸运在于，他们体内的民族主义烈焰，几乎不曾引发高亢骇人的大爆炸。

尽管1867年的"奥匈协定"保证了日耳曼人优于斯洛文尼亚人的地位，然而帝国政府在文化方面对斯洛文尼亚人还是做了很多让步。斯洛文尼亚人的不满情绪始终集中于教育问题——他们强烈要求在卢布尔雅那建立一所大学。然而，这种不满情绪却一直没有到达过其他南部斯拉夫人那样的高潮，斯洛文尼亚人不喜欢把任何诉求变成流血事件，他们对革命没有执念。

1989年，就南斯拉夫的未来所提出的新型"国家联合模型"遭到拒绝，对于失望的斯洛文尼亚和克罗地亚来说，和南斯拉夫分手似乎成为唯一的结局。1991年6月25日晚，斯洛文尼亚单方面发表了从南斯拉夫独立的宣言，之后由于边界关卡问题和南斯拉夫政府发生武装冲突。这场冲突从6月27日开始，历时十天左右即宣告结束，史称"十日战争"。这是一场在被巧妙挑起的短暂对抗后赢得完全独立的战争，它甚至不像一场真正的战

---

1 （美）本尼迪克特·安德森，《想象的共同体》，吴叡人译，上海人民出版社，2005年4月，69页。

争 —— 以斯洛文尼亚18人死亡对南斯拉夫44人死亡为代价，斯洛文尼亚的独立被贝尔格莱德正式承认。

就连战争也有一个温和的版本，维斯娜觉得她的祖国真的很幸运。而我对这场战争的温和性质有些迷惑不解，虽然国际上通行的解释认为，是民族构成的单纯性 —— 在斯洛文尼亚，斯洛文尼亚人占了90%以上，南斯拉夫中98%的斯洛文尼亚人都住在自己的共和国中 —— 让斯洛文尼亚的独立名正言顺。高度单一的民族构成符合民族自决原则，具有国际法上的正义，就连叫嚣着绝不让南斯拉夫分裂的米洛舍维奇，也对斯洛文尼亚的独立抱着乐观其成的态度 —— 在他的"大塞尔维亚"野心蓝图里，只有斯洛文尼亚不在其列，似乎这个共和国从源头上就是南斯拉夫的远房亲戚，分家也是早有心理准备的。

从前的爱是真的，后来的失望也是真的

马克·汤普森在《纸屋》中写道："斯洛文尼亚人利用南斯拉夫壮大了自己，他们是南斯拉夫衰亡的唯一受惠者。"[1] 维斯娜对此非常不认同："在南斯拉夫的这场悲剧里，只有受害程度的差别。当米洛舍维奇掌

1　转引自科尔姆·托宾，《走到世界尽头》，217页。

权时，南斯拉夫变得风声鹤唳，因为他谋求的是用某种'大塞尔维亚'民族主义观念来代替南斯拉夫统一体，于是斯洛文尼亚和克罗地亚说，不，我们想要邦联制（Confederation）[1]，请让我们彼此保持松散的联系，但我们依旧在一起。那些指责斯洛文尼亚的人必须明白，斯洛文尼亚并不是要抹去南斯拉夫的存在，相反，我们是想用邦联制的形式来最大可能地保存这个'南斯拉夫国家'。我并不是说这种形式一定行得通，但是起码要试一试。然而，马其顿和黑山完全不去思考这种可能性，选择站在塞尔维亚一边。至于波黑，原本是起决定性作用的一环，可还有比他们更可怜的人吗？他们也渴望摆脱来自贝尔格莱德的控制，他们本来应该站在斯洛文尼亚和克罗地亚这边的。可是他们别无选择，只能归顺塞尔维亚，因为他们心里清楚，一旦斯洛文尼亚和克罗地亚真的离开了南斯拉夫，自己只能和马其顿、黑山这样更虚弱的共和国相依为命，听候塞尔维亚摆布了。现实情况是，南斯拉夫内部看似势不两立的矛盾导致了内战的发生，而波黑又成了最大的受害者。"

维斯娜说，历史的发展走向已经证明，到底谁是输家。但我依然觉得这不是输赢的问题。撕裂的波黑是南斯拉夫大家庭中最令人心碎的成员，而斯洛文尼亚，无

1　由若干独立国家组成的松散国家联盟。

论是在地理位置还是在心理距离上，都更像一个对大家庭依恋最少的亲戚。

当然，从历史上看，斯洛文尼亚对南斯拉夫的爱之真诚性不容置疑，虽然亲南斯拉夫的奥地利作家彼得·汉德克不无讥讽地说："斯洛文尼亚国家从自身没有闪现过一种思想的光芒，无论如何直到出现坦克和炸弹武力之前没有过。"[1]但是，进入20世纪后，斯洛文尼亚越来越想为民族事业做得更多。1908年在萨格勒布发生的那场奥匈当局旨在污蔑斯拉夫人的臭名昭著的审判[2]，让斯洛文尼亚人义愤填膺；同年里奥匈帝国吞并波黑的举动，更是在卢布尔雅那引起了骚乱。随后，塞尔维亚又在争取民族解放的巴尔干战争中漂亮地赢下了全局，这一切都让斯洛文尼亚对于靠拢一个"南部斯拉夫人的理想国"的渴望变得真实而迫切。

"从前的爱是真的，后来的失望也是真的"，维斯娜乐于用一种女性化的方式去解释政治，这和许多男性知识分子很不一样，她喜欢用情感模式来帮助别人理解现

1　（奥地利）彼得·汉德克，《痛苦的中国人》，刘学慧、张帆译，世纪文景·上海人民出版社，2016年10月，169页。

2　1908年著名的"阿格拉姆审判"（"阿格拉姆"即萨格勒布的奥地利名称），20世纪初奥匈当局迫害居住在克罗地亚的塞尔维亚人的一起事件。53名克罗地亚的塞族人被奥匈当局指控与塞尔维亚的自由塞尔维亚人密谋，试图反抗奥匈帝国，指控的公诉方公然做伪证，在维也纳法庭进行了一场诽谤诉讼，公诉方带来的270个证人也几乎都是克罗地亚人。该审判引起的轰动加剧了克罗地亚境内的动乱局势。

实。我告诉她，她让我想起了自己挚爱的以色列作家阿摩司·奥兹，他擅长运用破解两性谜题和家庭困局的方式来理解巴以冲突。"他会告诉你，巴勒斯坦和以色列的冲突，就是两个好人无法相爱的错误，如果他们不能相爱，就只能做邻居。"我怅惘地和维斯娜说。而她也有一个关于斯洛文尼亚和南斯拉夫的版本：

"斯洛文尼亚并不是南斯拉夫大家庭的土生子，不过你说的'远方亲戚'也不合适。斯洛文尼亚是南斯拉夫自由的情人，我们有迥异的民族性格、生活习惯，我们有独立的语言。请注意，语言问题对于我们来说是至关重要的。在前南时代，我们的兄弟国家几乎没人听得懂斯洛文尼亚语，在军队里，发号施令的语言只能是塞尔维亚语，不能用斯洛文尼亚语，这对于我们来说是无法忍受的。

"我知道，现在的克罗地亚、波黑、黑山等国都在拼命'创造'自己的语言，但其实他们的语言和塞尔维亚语难以区分，几乎就是同一种语言！可斯洛文尼亚，不，我们与众不同。我们不容易激动，我们是稳定的，可以被信任。我们是温柔的，曾经为了情人庇护我们的那份勇敢而甘心委身于他，可一旦发现这个情人自以为有权利对我们粗暴地予取予求，他的英雄形象就消失了，我们会毫不犹豫地离开。斯洛文尼亚人的字典里，生活应该是一幅云淡风轻的水彩画，绝不是一首以流血和荣耀、掠夺和吞并、歌颂英雄主义为主旋律的战争进行曲。当然，我们也很感激情人的放手，这让我们的爱情故事有了一个好聚好散的结局。"

斯洛文尼亚真的会感激吗？特别是在这场分手的拉锯战中，克罗地亚和波黑都付出了巨大代价，斯洛文尼亚的和平离开看上去就更显得侥幸。

得不到清洗的伤口，早晚会毁坏整个肌体的健康

维斯娜对克罗地亚和波黑的遭遇有如鲠在喉的悲哀，可对于西方观察家眼中的"大恶人"塞尔维亚，她并没有一边倒地谴责。可能真的像彼得·汉德克所说的那样，对于南斯拉夫的悲剧，真正诚实的态度应该是：**"我在观察。我在理解。我在感受。我在回忆。我在质问。"**维斯娜没有表现得像某些生活在西方世界的作家和学者那样，只是借助电视新闻画面来"审判"谁该下地狱，谁该得到拯救 —— 因为世界从来不是按照两分法运行的。

"发生在塞尔维亚—克罗地亚之间的悲剧是这么复杂，但其实南斯拉夫悲剧的核心，就是围绕这两个如此相像却又致命不同的斯拉夫种族之间数百年无休无止的爱恨纠缠而扩散生发的。我根本不敢妄下论断孰对孰错。在斯洛文尼亚，斯洛文尼亚人占了90%以上，相比起来，在克罗地亚，克罗地亚人只有75%左右，在塞尔维亚，塞尔维亚人仅占65%，而在波黑的三大族群（塞族、克族、穆斯林）根本不过半。对于这种混居的现状，你

怎么过滤呢？"维斯娜的眉心拧成了一团。

我其实并不想让我们的对话变得政治味道太浓，也担心这沉重的话题让我的新朋友不愉快，我甚至觉得有点羞愧。如果按照之前遇见的形形色色的巴尔干人的观点，我似乎完全不具备讨论巴尔干的资格。在萨格勒布时，曾有个脸色通红的克罗地亚酒保这样对我说："任何试图和我们讨论南斯拉夫问题的外来者——美国人，中国人，俄国人，甚至是应该最了解我们的欧洲人——都是很可笑的，你们只是来看你们想看到的东西罢了。"听上去，巴尔干的悲剧是某种被神秘主义力量掌控的秘密，不可能被外来者真正领会。因为我们，外来者，无法驾驭那种亦正亦邪的能量——坐在火药桶上放声大笑，载歌载舞时号啕大哭，在互相杀红了眼的时刻又恨不得狠狠把对方抱在怀里。所以，共情的能力在这里真的会因为某种过于鲜明的民族性的强大冲击而失灵吗？

可我又认为，这种想法是前南斯拉夫人的自我神化，类似再造某种单一民族的神话。我记得政治学者叶礼庭曾在《血缘与归属：探寻新民族主义之旅》（*Blood and Belonging: Journeys Into the New Nationalism*）谈论南斯拉夫内战的篇章中，带着有点讽刺又有些悲哀的语气，描述他在内战期间去往贝尔格莱德时在某公路加油站边遇见的一群塞尔维亚人，他们正在排长队等待加油。一旦叶礼庭凑上去想和他们攀谈，"一群愤怒的人很快就围住你"，而"长队中的人们说他们不想和一个西方人有任何瓜葛，转过身去，让他们的朋友可以看到，他们做出了多么漂亮的挑衅姿态，然后他们转回来，开始交谈，停顿下来让你记笔记，从你的肩头窥视你是如何写他们的名字"。叶礼庭很快意识到，这是塞尔维亚民族主义仪式本身风格的一部分："我们不说话，西方永远不会理解；我们蔑视你，你说的全是谎言；然后，他们开始说话并且滔滔不绝……"[1]

这岂止是塞尔维亚民族主义的仪式，这根本就像是一群受到应激性创伤的人的集体反应。凡是经历过南斯拉夫悲剧的人们，他们都承受着不同程度的心理创伤，压抑着某种委屈而失重的感觉。也许正是这种感觉，而不是复杂如乱麻的真相，我想，才让这些人面对外来者时，同时表现出愤世嫉俗、自嘲、讥讽、愤怒、故意的冷漠和不可遏制的热烈等多种情绪。

当然，在这些情绪后遗症中，斯洛文尼亚人的症状算是最轻的。维斯娜倒是不觉得外来者缺乏评论的资格，她也很推崇叶礼庭和他有关新民族主义和新民族战争的著作，认为《血缘与归属》是了解南斯拉夫悲剧的极好参考书。尽管如此，维斯娜还是想多说一点她所知的真相："毫无疑问，克罗地亚没有我们幸运。当时，克罗地亚境内有10%左右在战时起到关键作用的塞族人，克

---

1 （加拿大）叶礼庭，《血缘与归属》，成起宏译，三辉图书·中央编译出版社，2017年8月，59—60页。

罗地亚就算想独立，难道他们可以逼迫这些人离开，然后直接宣布脱离南斯拉夫吗？不可能的。当时在克罗地亚有块塞族人的'飞地'克拉伊纳（Krajina），本来塞族人在那里享有某种自治，后来克罗地亚的民族主义者弗拉尼奥·图季曼（Franjo Tuđman）和他的党派突然宣布，塞族人在独立的克罗地亚的公民构成中，不是一个有宪法效力的少数族群，这就是塞—克战争的导火索。也许没有这个决定，战争也会爆发，但某些政治决议是致命的。"

更糟糕的是，在悲剧落幕那么久以后，国际社会对塞族人谴责的一边倒趋势，正在悄悄滋生着巴尔干某种新的悲剧因子。米洛舍维奇被称为犯有种族灭绝罪的"屠夫"，这本来也算是正义的审判，然而，这一切却让人有意忽略了克族人针对克罗地亚境内塞族人的种族灭绝行为。同样犯有种族灭绝罪的克罗地亚民族主义领导人图季曼，非但没有得到和米洛舍维奇同样的下场，反而在独立后的克罗地亚当选为总统，被人尊称为"国父"。1999年，图季曼病死，但直到2004年，海牙国际法庭才承认"大克罗地亚"民族主义的存在。图季曼得到了极为风光的葬礼。而米洛舍维奇，这个强硬的塞族人面对法庭审判从来没肯低过头。2006年，他神秘地死在海牙国际法庭的监狱里。

维斯娜焦虑地意识到，有一条"双重标准"横亘在后南斯拉夫时代的巴尔干半岛，她感受到某种令人不快的"非正义"在无形地吞噬人心。"也许真相都是某种折中的东西，但我们必须明白，塞尔维亚也为整个南斯拉夫的悲剧付出了巨大的代价。今天在这块土地上，我看到太多戴着有色眼镜的人，把米洛舍维奇等同于塞尔维亚，然后对塞尔维亚人投去恐惧而轻蔑的目光。我看不了这些。我自己最好的朋友就来自贝尔格莱德，我不会背弃我的朋友。"

维斯娜更担心的是未来。"图季曼去世得太是时候了，他的死'帮了'克罗地亚一个大忙，让克罗地亚免于受到公正的审判。这种审判不仅指控塞族民族主义政客进行种族灭绝的罪行，还指控克罗地亚官方默许的法西斯组织乌斯塔沙对吉卜赛人、犹太人的灭绝罪行。不，历史远远没有得到公正的审判，而久久得不到清洗的伤口早晚会毁坏整个肌体的健康。"

我注意到，斯洛文尼亚在对待邻国克罗地亚时，态度是令人玩味的。作为最先"重返欧洲"的两个前南国家，也是南斯拉夫联邦中信仰罗马天主教、被奥匈帝国和意大利长期统治且在历史上为"南斯拉夫理想"齐心协力的两个国家，斯洛文尼亚和克罗地亚的关系并没有想象中那么亲密。似乎这两个国家之间也有一条隐形的"鄙视链"——斯洛文尼亚在链条的上端，对处于下风的克罗地亚，有一种淡淡的讥讽和警惕。

"我非常担忧，南斯拉夫悲剧中，塞—克两方手上都染上了无辜的鲜血。然而，克罗地亚赢了一切，塞尔维亚输得一败涂地，这种局面中蕴含着多少不安定因素？也许这个看似稳定的局面会维持个二三十年，但历史是会反击的，因为这并不是正义。"说话的瞬间，维斯娜的脸上浮现了一丝老态。

我们是第二名，所以我们要更努力

卢布尔雅那夜色已深，但城市了无倦意。透过明亮的玻璃窗，我看见许多打扮时髦的年轻人正成群结队沿着河边走向依然灯火通明的酒吧长街。酒吧长街就在洛丽塔甜品店的附近，我记得中间隔着一家装修黯淡的二手书店，人们总是先路过这家书店，再进入弥漫着轻微迷醉气息的酒吧，喝啤酒，抽烟，随着背景里的朋克摇滚音乐摇摆。

维斯娜很喜欢那家叫作"古董"的二手书店，她经常会去那里淘一些旧日的诗集。书店门口挂着斯洛文尼亚作家伊万·参卡尔（Ivan Cankar）的巨幅肖像。早已泛黄的肖像里，参卡尔穿着整洁的格子西装三件套，微微侧身，目光清亮而纯洁，修剪精致的浓密胡须十分对称，像一架天平挂在嘴角。

参卡尔1876年生于一个裁缝家庭，以具有现代主义风格的抒情诗走上文坛，他被认为是斯洛文尼亚现代主义文学的奠基人之一，19世纪和20世纪之交欧洲文学的重要作家。然而，作为一个信仰社会主义的人，参卡尔很早就投身工人运动，在文学上逐渐脱离现代派的影响，开始了现实主义风格的写作探索。他的小说、诗歌和剧作后来多以描写下层人民的苦难、鞭挞资产阶级的罪恶为主题。南斯拉夫把参卡尔视作真正的无产阶级艺术家，但斯洛文尼亚人现在一般不会这么说，更多人愿意把他看作是一个纯粹的属于文学的人。

"伊万·参卡尔留下了许多随笔，这些作品精微地描绘了斯洛文尼亚真正的特性 —— 麻雀虽小，五脏俱全。"维斯娜只要说起她的文学偶像参卡尔，表情就变得很振奋。而我还想继续刚才没有说完的话题，想弄懂斯洛文尼亚对克罗地亚并不亲近的原因。这也是科尔姆·托宾在卢布尔雅那时想弄懂的问题。他的注意力主要在宗教 —— 联想到爱尔兰在天主教和新教问题上的水火不容，他想知道，在宗教狂热这一点上，为何克罗地亚和爱尔兰是如此相似，而斯洛文尼亚却大相径庭。托宾的朋友告诉他，因为斯洛文尼亚并不把宗教信仰和民族认同捆绑在一起，斯洛文尼亚人甚至不太关心自己的民族认同应该是什么，他们更关心公民社会的形态。"比如同性恋权利运动、和平运动，一旦条件具备，这一切全都能进入政治运作"，因此，"在此期间教会的作用并不重要，和民族主义一样"[1]。

维斯娜也认同这个判断，她说斯洛文尼亚人可能并没有把天主教当成民族灵魂中的组成部分，这一点和克罗地亚完全不同，也因此，斯洛文尼亚人拥有可以和平生活的能力。"即使在今天的克罗地亚，你依然感受到教会和军队无处不在的威慑力。但是斯洛文尼亚呢，虽然数据说我们之中有70%以上的天主教徒，可我们更像捷克人，更世俗，更快活。"

斯洛文尼亚是世界上为数不多的贫富差距非常小的国家，这不仅减轻了它的历史重负，也让它在融入欧洲的进程中显得游刃有余。但克罗地亚不是，那个国家大量的财富都集中在少数上层精英手中。不过，维斯娜希望我不要有什么误解："克罗地亚其实比斯洛文尼亚富裕得多——考虑到它有那么长的海岸线，有那么丰富的天然资源。当然，克罗地亚在南斯拉夫内战后经济确实萎靡了，但至今还是那么不景气，我真的很难理解。当斯洛文尼亚人的人均月收入是1000欧元时，克罗地亚人还是只有500欧元！他们竟然是那么会浪费的一个国家！"

为什么情况会发展成这样，维斯娜有一套颇为浪漫的解释："从前有个体育用品公司，他们的标语是——我们是第二名，所以我们要更努力。我认为，这就是斯洛文尼亚为什么今天生活安定的最好解释。我们深知自己先天条件不足，比不上克罗地亚。克罗地亚是公主，斯洛文尼亚就是灰姑娘。灰姑娘没有公主命那么好，所以必须辛勤劳动才能得到幸福。"

维斯娜也很为克罗地亚惋惜："他们把主要精力放在了过激的民族主义情感上，这种莫名其妙的情感阻碍了他们面对真实生活的能力。而斯洛文尼亚是那么小，我们一点都不重要。我们的土地是多样性的：有平原，但不及匈牙利的广阔；有海岸线，但比不上克罗地亚的绵长；有山峰，但比不上瑞士的俊秀。我们在小小的国土上拥有这些多样性，但都只有一点点，而且都不是最好的。于是，我们会去重视可循环的生活方式，谦逊地对待自然资源，因为这是我们仅有的东西。"

"我告诉你，八年前，我买了一双皮质一流的靴子，穿到现在也没有换新的，因为没有必要浪费。我和我丈夫住的公寓非常小，每天早晨喝咖啡时，我们会走到窗前，张望张望楼下的花园，呼吸几口来自森林深处的空气。重要的是你看见了什么，感受了什么，而不是你拥有什么。"

布莱德：白银盘里一青螺

明亮的钢琴和弦。
在绿色的半夜
月光在安静的湖上。

所有都安静。你也是。
我们像两张脸。
从远处互相看着。
穿过灵魂中的绿色的风景。

我们相爱吗？

还是我们只是，

从相同区域穿过的星星？

——斯雷奇科·科索维尔《明亮的钢琴和弦》[1]

过滤了历史苦味的甜蜜

离开卢布尔雅那后，斯洛文尼亚对于我来说，越来越像是一种在夜里发光的风景，中心画面渐次淡去，边缘泛出清晰的轮廓。轮廓的线条因为有月光护体，而不显咄咄逼人，只映照出这片土地的灵魂的另一种质地。如果内陆的斯洛文尼亚被森林与平原罩上了温柔面纱，那么边界的斯洛文尼亚则是被湖泊与海洋浸润了棱角，通体晶莹。

我先坐大巴到达某个不知名的小镇，接着坐上了一列军绿色火车，又在某个不知名站点被列车员请下了车，满脸疑惑地跟着列车员走向另一列遍布五彩涂鸦的火车。列车再晃荡了半个小时，我才确定自己抵达了布莱德（Bled）。

已是中午，山雾快要消散殆尽，我从半山腰那个迷你型火车站走出来，扶着栏杆眺望半山脚下的布莱德

---

1 （斯洛文尼亚）斯雷奇科·科索维尔，《整数26》，袁帆译，99读书人·人民文学出版社，2017年8月。

湖。四月的天气依然寒冷，但已经能看见许多穿短裤绕湖慢跑的身影。天高云淡，阿尔卑斯山的白雪峰顶纹丝不动地倒映在水晶般的湖面上。山峰右侧，湖心岛的圣母升天教堂钟楼的墨绿尖顶闪着古朴的光泽；左侧，布莱德城堡上砖红石块连成一片，是这幅风景画中唯一的暖色。

眼前的湖光山色，让我想到唐朝诗人刘禹锡有一首妙不可言的绝句。那是一首写洞庭湖的风景诗："湖光秋月两相和，潭面无风镜未磨。遥望洞庭山水翠，白银盘里一青螺。"（《望洞庭》）

诗描绘的是秋天的日暮景象，却和布莱德湖此刻春日正午的意境十分契合。文学的通感，真的可以与空间乃至时间都无甚相关。正午日光渐强，湖水更显碧蓝，几叶小舟滑过湖面，连同倒影一起，做了镜面花纹。船驶向苍翠的湖心岛，靠向岸边。人们登上99级台阶，进入教堂内，聆听许愿钟声。另有一波人在陆地行走，绕过大半个湖，走栈道，登上布莱德城堡。城堡瞭望台上，湖景尽揽眼底。

我不紧不慢地下山，沿着湖边散步。大家都在用自己的方式亲近自然，体验静谧带来的愉悦。骑行，划船，家庭露营，朋友野餐，情侣漫步……布莱德湖的峭冷之气，也因此被人的味道和爱的声响驱散了。这个湖原本是阿尔卑斯冰川融化形成的湖，被欧洲人称作"山的眼泪"，它的面积约两平方公里，近30米深，适宜漫步行舟。湖畔密林葱郁，空气清凉湿润，湖心岛和峭壁上的城堡则有遗世独立的气质。这里是被阿尔卑斯山和地中海共同庇护的一寸童话世界。

斯洛文尼亚人把布莱德湖视作靠近边界的一颗蓝宝石，这是他们的珍爱之物。布莱德湖畔不仅是今人的胜地，更是这个国家诞生的起始之所。公元6世纪，南下的斯拉夫人的一个分支被布莱德湖秀美的风光吸引，来此定居，他们就是后来的斯洛文尼亚族。正是在这里，有了第一个属于斯洛文尼亚人的国家——卡兰塔尼亚公国。当时的布莱德湖边，多个种族混合而居，主要是斯拉夫人，也有凯尔特人和日耳曼人。蛮族从西南面来，只是劫掠财物，并不杀人。

公元1004年，卡兰塔尼亚公国沦为日耳曼殖民地。亨利二世在布莱德湖畔的悬崖上建造了布莱德城堡，并把它送给了当时的主教，城堡几经易主，先后属于哈布斯堡家族和南斯拉夫王国。湖心岛上的天主教堂也是亨利二世所建，原为哥特式风格，在经历地震后于15世纪重建为巴洛克风格。每逢正点，教堂钟声响起，声波伴随光影移动，阿尔卑斯山的白雪倒影仿佛也随之荡漾。突然之间，布莱德湖的真实质感不复存在，成了冰玉奇境，随时都会消失。

19世纪时，布莱德湖是奥地利皇室在郊外宫廷生活的延续，贵族们在此纳凉，看雪，骑马，疗养。到了社会主义南斯拉夫时期，铁托极为喜爱此处，常来度假。

在湖畔某处有一栋绿树掩映的白色楼房，便是当年铁托的"夏宫"，铁托在那里接待了包括印度开国总理尼赫鲁和日本明仁天皇在内的诸多世界名人。如今，这里已经是对外开放的布莱德别墅酒店。

铁托住进布莱德的别墅时已经70多岁，在私人生活层面，他一直是个开放的人。他在夏天时来到这里，趁着太太不在，就溜进厨房，和厨子们一起做饭。更让警卫头疼的是，这位领导人总是能够摆脱层层保护，独自一人跑出去，到布莱德小镇上的乡村酒馆买醉，和当地农民聊天。他会问大家，生活过得怎么样，是否一切安好，对如今的生活有什么想法。他恳请农民们说点真心话，因为他总觉得，人在喝酒的时候应该是自由的。

拥有一半斯洛文尼亚血统的铁托去世后，布莱德湖畔的人们常常伤心地回忆起他在乡村酒馆的笑声。而四十年之后的游客，会来到国营的布莱德别墅酒店，排队品尝一种叫作"Kremna Rezina"的奶油蛋糕。布莱德是这种斯洛文尼亚知名甜点的发源地。蛋糕方方正正的，薄薄的酥皮铺着果酱，罩上肥嘟嘟的奶油，盖上酥皮帽子，再结结实实地拍一层洁白糖霜。一口咬下去，嘴里充满了过滤掉历史苦味的甜蜜。

漂亮真是一件非常脆弱的事情

我在布莱德没有长久停留，急着奔向另一个边境之地。太阳还没落山，我急匆匆回了迷你火车站。进了候车区才发现，空荡荡的月台上，只有我和一个高挑的金发姑娘两个人。我有些疲惫，也有些冷，坐在角落的木椅上，百无聊赖地看着月台。景色实在单调，一排苍茫绿山与我面面相觑，月台有净寒之色，六角形石砖地面泛着银白光，米白顶棚搭建得很是精良。站台的主色其实是墨绿，墨绿的时钟，墨绿的柱子，垂下来的花篮式墨绿吊灯。冷冷清清，一个管理员也没有出现。

我想找人聊天，可是看木椅另一端的姑娘正低头专心读书，又不好意思打扰。直到姑娘自己抬起头，冲我露出笑容，我才决定厚着脸皮和她攀谈。姑娘叫玛娅，布莱德本地人，在维也纳读大学，这个星期回家探亲，现在要搭乘火车去卢布尔雅那和男朋友相聚。

我对她读得入迷的那本书更感兴趣，问她书名。玛娅说这是一本诗集，名叫 *Integrals '26*（《整数26》），是斯洛文尼亚诗人斯雷奇科·科索维尔（Srečko Kosovel）的作品。这个名字听上去挺陌生，我求玛娅再多说一点。我看见那本诗集内页上的诗人照片，真是英俊得不可思议。

这个叫斯雷奇科·科索维尔的斯洛文尼亚年轻男人，只有22岁，也永远只有22岁——那一年他得了脑膜炎，英年早逝。他有一张精致的脸，高挺的鼻梁上架着金丝边眼镜，俊俏的眉眼揣着怀疑世界的目光，注视前方。这位"斯洛文尼亚的兰波"真像一个古希腊的王子啊，漂亮原来真是一件非常脆弱的事情。

玛娅说，科索维尔是她最爱的诗人，"因为他的灵魂和他的面容一样英俊"。玛娅说着，就有点羞涩了。1904年，科索维尔出生在布莱德附近的一个小镇，邻近的里雅斯特，隶属奥匈帝国统治地区。他早年经历"一战"，目睹过人类的悲惨境遇，这些对于一个敏感的天才诗人就像一种诅咒般的馈赠。科索维尔在卢布尔雅那开始真正的诗歌创作，早期主题多为痛惜欧洲文化的堕落和腐朽，或者描绘家乡的风物。在他生命的最后两年，因为看了太多战争的血腥和人民的苦痛，科索维尔逐渐转变为一名具有"左倾"思想的民族诗人。

科索维尔最著名的是他的构成主义诗歌，他写有大量深具奇特实验风格的诗作，也因此奠定了作为先锋派诗人的地位。尽管科索维尔把自己视作无产阶级作家，玛娅却觉得这个身份对她的吸引力不大。"诗人是不应该有身份的，诗人就是美本身，美是不分左右的。"玛娅说得飞快，脸颊绯红。

我请她推荐一首科索维尔的诗歌，她抱歉地说，手里的是斯洛文尼亚语版本，读了我也不会懂，不如就直接告诉我是哪一首，我拍下照片，等有条件的时候再去弄明白。我照做了。等我想再和她谈谈诗人的生平时，火车进站了。

后来，我真的对照着诗歌照片，去寻找玛娅最爱的那首诗。我找到了，这首诗叫作《明亮的钢琴和弦》，关于一场穿过彼此灵魂的爱情。这场爱情发生在月光下的湖面，也许是布莱德湖："我们相爱吗？/还是我们只是，/从相同区域穿过的星星？"在绿色的半夜里，诗人这样问安静的湖面。

皮兰：暗夜流金，沉静如海

梦来梦往，走到海角的尽头

去皮兰（Piran）的路上，我忽然不合时宜地想念起一本不相干的小说来，是杜拉斯的《直布罗陀水手》。走出皮兰的临海大巴站，夜幕已经完全降临。尽管如此，落日在云层后留下一道不甘心的强劲的金边，亚得里亚海的海面上，暗夜流金起起伏伏。

这里是斯洛文尼亚的边境之海，风平浪静，几无波澜，甚至不能发生一场有强度的爱情。强烈的爱情发生在与它隔海相望的意大利。我冻得瑟瑟发抖，裹紧棉衣，咬牙沿着怪石嶙峋的海岸线走了一段，站在礁石边，凝望海平面。现在是日夜交接的暧昧时刻，这里的海蓝得不讲道理。

尽管只有短得可怜的46.6公里海岸线，斯洛文尼亚人却心满意足，正如他们对待这片土地上的其他资源一样。虽然总是只有一点点，可他们就是很幸运。皮兰的海港停泊了许多小小的帆船和游艇，很少看见大船，这座海湾斜坡式的小城根本不能容纳庞然大物。

黑山独立后，最后一点属于南斯拉夫的"遗迹"也消失了，塞尔维亚成了彻底的内陆国家，克罗地亚拿到了亚得里亚海东海岸几乎全部的海岸线，斯洛文尼亚侥幸保留了皮兰湾附近46.6公里的"通往大海的生死线"。即便如此，克罗地亚也觊觎着这段微不足道的长度。两国刚建交时，克罗地亚就提出，既然南斯拉夫不存在了，那么应该重新划界，而斯洛文尼亚认为，前南时期已经规划好了各自的海界，不需要重划。两国就这46.6公里海岸线的争议拉锯了数年，要不是斯洛文尼亚在克罗地亚入欧盟问题上拥有一票否决权，恐怕两国会一直僵持下去。

皮兰位于亚得里亚海岸的伊斯特拉半岛顶端，它的正北方向是意大利的的里雅斯特湾。作为欧洲曾经最自由的自由港，的里雅斯特是铁托的伤心地。那个融汇了拉丁、日耳曼和斯拉夫文化的弹丸之城，铁托曾经那么想要得到它，由英美政府撑腰的西欧各国怎么可能顺从南斯拉夫的心愿呢？几经历史的更迭，它归属于意大利。与它近在咫尺的皮兰，虽然心也是属于意大利的，可那并不是名正言顺的爱。皮兰属于斯洛文尼亚。

在历史上，皮兰曾被威尼斯共和国统治了五百年，以致这座海滨小城俨然是复刻版的威尼斯，当地人干脆也称其为"小威尼斯"。如今，斯洛文尼亚语和意大利语在皮兰都是通用语言。威尼斯共和国给皮兰的城市面貌刻上了难以磨灭的印记，以塔尔蒂尼广场为中心向四周散射开来的街巷，好像把那不勒斯原样照搬了过来，沿街老房子的哥特式拱形窗台和向外伸展的铁质花台亲热地挤在一起，墙上随处可见的圣马可石狮浮雕也提醒路人，它们有意大利的血统。

因为这种意大利式的拉丁血统，皮兰沾染上了地中海的气质，亲切慵懒，没有压力。又因为被斯洛文尼亚的恬静气息影响，比起其他亚得里亚海的沿岸城市，皮兰沉静如海。科索维尔早年写过不少关于亚得里亚海的诗歌，其中有许多都是以皮兰湾为缪斯的。恐怕，他爱的一直都是夜晚，于是，他写下月光里的卢布尔雅那，月光里的布莱德湖，还有月光里的皮兰湾。

银色月光中

黑色的船划行，

从绿色的港口

船夫起航，

从绿色的沉静的

水晶之心。

从夜半之心。

……

在银色的海上

年轻的船夫

夜夜梦来梦往，

但是

他永远不会回到港口，

永远。

——《银色月光中》[1]

虽然非常冷，可我还是站了很久，看完了亚得里亚海的日落，舍不得走。海岸已经成了一条连续的光线，地平线上点着一排不规则的璀璨灯火，把天和地隔开。皮兰古城向前延伸，直到海的尽头。夜晚的视线依然清晰，可以望见远处高高的灯塔，锯齿状，像戴着王冠，更像一朵月牙色的莲花。灯塔旁侧是建于18世纪的圣克莱门特教堂，那里已经是海角尖岬。

---

1 斯雷奇科·科索维尔，《整数26》，2017年8月。

缺席的爱情回信，如同南斯拉夫的命运

旅馆十分紧俏，我决定住一晚青年旅社，就是那种容纳两张上下床的房间。放下书包，睡下铺的满脸雀斑的德国女孩玛丽安递来一杯热巧克力。我不好意思地坐在她的床角，担心并不干净的牛仔裤会弄脏她自带的小雏菊花色床单。玛丽安会在这个房间住上一个星期，她在海德堡大学读社会学，马上就要毕业了，现在正在放假，于是她独自旅行，从巴登-符腾堡州一路坐火车过来，要周游巴尔干半岛"属于欧洲的部分"。

我觉得有趣，就问玛丽安，什么是"属于欧洲的部分"。"就是斯洛文尼亚和克罗地亚啦"，玛丽安咯咯地笑起来，又打开床头小抽屉，拿一盒小甜饼塞给我。我没什么可以给她的零食，就从书包里掏出一个印着厦门鼓浪屿的书签送给她。我说，这是中国南方一处非常有文艺气息的旅游小岛，但海水已经变成了灰色。玛丽安眯起眼睛，端详了一会儿书签上的鼓浪屿风景，用德语轻轻感慨了一句，我问其含义，她用英语说："爱情不会降临灰色的小岛，因为爱情是蓝色的。"

我又记起小说《直布罗陀水手》里的爱情。那是发生在皮兰对岸的意大利的爱情，海水倒是碧蓝，可爱情里充满绝望。一个男人离开一个他不爱的女人，去追求另一个女人，而这个女人正在满世界寻找她曾经爱过的一个水手。男人上了女人的船，从意大利的海港再度出

发，在世界各地的码头停泊，在一张张似是而非的面孔上，寻觅那个自称"直布罗陀水手"的男人的蛛丝马迹。那是一场注定不会找到的寻找，一旦停下爱情就会终结的寻找。

我和玛丽安谈起了杜拉斯，一个中国女孩和一个德国女孩谈论着一个法国女人，这种场景简直有种无以名状的异国浪漫情调。"不知道为什么，皮兰这个地方，总让我想起这本爱情小说。你不觉得这里的风景很契合那种寻找水手情人的爱情吗？"我冒着傻气问道。"可能因为，皮兰这个地方，在亚得里亚海的尖角上，很孤独的，它的姿态就是等待和寻找爱情的姿态，"玛丽安托着腮帮子，一边往嘴里塞着小甜饼，一边说，"你知道皮兰的尖岬处有一块叫作'美人鱼'的石雕吗？要我说，这里就像一个制造童话的地方。"她陷入了遐想。

皮兰入夜已深，玛丽安忘记了关窗，沁凉的海风吹动了白色纱窗帘，我和她一起走到窗前，凝视盈盈月光下的海港，小帆船们挤在一起，轻轻晃动。这样的场景，让我想念那个笑起来温柔似水的斯洛文尼亚新浪潮导演伊戈尔·什特尔克（Igor Šterk），还有他那些月光般质感的风景短片。这个出生于1968年的斯洛文尼亚男人，微笑时两个深深的酒窝露出来，有着弯弯的眉眼和嘴角，他拍的电影和他的长相一样，像是月光洒在白色海滩上，又或者是你闭上眼睛的时刻，感受到有一双粗糙温暖的大手，轻轻抚过你的脸颊。

伊戈尔·什特尔克1989年拍摄了只有二十七分钟的风景纪录片《明信片》(*Razglednice*)，翻开了斯洛文尼亚电影新浪潮运动的崭新一页。"二战"的时代，在巴尔干半岛上，一个旅行中的女人孤独地写明信片给她始终缺席的丈夫。一封又一封，这个叫米亚的女人沿着亚得里亚海的海岸线行走，路过无数个小岛和海港，在轮船汽笛的呜咽声中，对丈夫倾诉她无尽的想念，在人头攒动的海滨浴场的阳伞下，写着恋人絮语。"我就像是你永不会长大的孩子"，"恋爱之时，便是死去之日"，"龙舌兰只开一次花便会死掉"，"吻你，从那里到这里"……然而，战乱之中，爱情注定收不到期待的回响。1934年，南斯拉夫的亚历山大国王遇刺。从那时起，一个王国将要堕入沉沉的黑暗，而米亚依然独白不停："只要我们的信仰不崩塌，南斯拉夫就什么都不会发生。"

在《明信片》拍摄的年代，旧世界的轮船就要驶入新的海港，冷战的帷幕马上就会只是一张发黄的电影海报。伊戈尔·什特尔克用流水般的诗意，幻灯片般的拍摄手法，配合着朗诵与钢琴、管弦乐的声音，穿梭在南斯拉夫现实和历史交错的画面中。那是属于南斯拉夫的一片海，湛蓝得一无所有。米亚来到达尔马提亚的赫瓦尔岛，她看见了中世纪教堂门口的希腊铭文，"无望的希望"，就像她迟迟不来的爱情回信，就像南斯拉夫的命运。

南斯拉夫这艘大船什么时候会沉没呢?

天亮以后的皮兰,天是蓝的,海是蓝的,蓝得无辜,完全是一种浪费。我下楼去旅社的公用厨房,想冲杯咖啡喝。站在楼梯上,我透过雕花白窗向外张望,明艳的蓝色从四方齐刷刷向我照耀,睁不开眼的我恍惚之间觉得自己站在了天堂的门口,簇簇蓝光是天使手里的火把。几乎每一个白天,皮兰都没办法从这种纯净中苏醒过来。

厨房里,有个瘦瘦的男人坐在木桌边,正在香甜地喝一碗麦片粥。我在他对面坐下,饶有兴味地看他往麦片粥里撒许多许多白葡萄干。男人觉察到我在观察他,略带羞涩地做出一个想请我品尝的手势,我婉拒后,他又从裤子口袋里掏出一块巧克力递给我,这个动作让我没来由地变得很快乐。

这勾起了我另外的记忆——在巴尔干半岛,我一路走来,似乎每一个在这里新认识的朋友都请我吃过巧克力,就是那种又甜又腻、咬上一口就被甜蜜充满的牛奶巧克力。巴尔干畜牧业发达,牛羊都被喂养得健康而肥壮,奶源丰富新鲜,当地人习惯随身带着牛奶巧克力赶路。这个半岛地形崎岖,交通不便,喀斯特地貌歪歪斜斜,人们经常要在缓慢行进的大巴或火车上待很长时间,有时候也需要长久步行,牛奶巧克力就成了忠实可靠的伴侣。我不确定牛奶巧克力是不是当地人用来和新朋友

　　　　　　　　平静的爱恋

打招呼的方式，但让我吃惊的是，从表面上看可能最不"巴尔干"的斯洛文尼亚人也这么做。

我趁此机会和这个男人闲聊。他叫戈兰，53岁，卢布尔雅那人，自由职业，在欧洲游荡，为了省钱总是住在青旅。因为太爱皮兰，每年都会在这儿待上一个月。他有潜水教练的资格认证，也因此经常在各个海滨城市逗留，一边在游客中心兼职做潜水教练，一边闲逛。

以戈兰的年龄推算，南斯拉夫解体时，他正值青年时代。而他现在居无定所，单身一人，过着一种和斯洛文尼亚独立后国内大多数人选择的平静中产阶级生活相去甚远的人生。我对他的经历产生了好奇，但戈兰在闲谈时多次欲言又止，并不打算和陌生的我分享他的内心世界。他只是反复诉说着皮兰这个地方的海水多么澄澈，天气多么温和宜人，来这里潜水的人多么年轻，教堂钟楼敲响的钟声比他在欧洲任何一个城市听见的都要缠绵。

我想努努力，问问他怎么看待他的国家。这个脸色发红的男人，最终还是卸下心防，决定和我聊聊他的青春时代。"我年轻时是个水兵，退伍那年，正好赶上我的国家独立，许多人到大街上去庆祝，我没有出门。我当兵那会儿，经常随军舰在亚得里亚海上巡视，也会时不常在克罗地亚和黑山那些海港登陆。我那时候交了一些特别带劲儿的朋友，有克罗地亚人，也有黑山人，甚至还有塞尔维亚人，那时候真不错。我们当时都是年轻小伙子，都对南斯拉夫有感情。我们知道时代可能要变了，南斯拉夫这艘大船什么时候会沉没呢？很迷茫的，我记得。铁托死在卢布尔雅那，那一年，葬礼列车从南斯拉夫这个国家穿过，从卢布尔雅那到萨格勒布，再到贝尔格莱德，沿途挤满了爱戴铁托的人们，我也跟着妈妈，挤在人群里。"

话突然中断，我吃惊地发现，他哽咽了，鼻尖发红。真的没想到，这个看上去淡漠的男人这么感性。我不知如何是好，只能沉默地等他情绪平复。戈兰继续说话："南斯拉夫解体后的这些年，斯洛文尼亚表面平静，内在却藏着许多暗涌。我们已经加入欧盟二十五年了，这样巨大的历史转折，毕竟会在人的心里留下痕迹的啊。我们天生就有共产主义的基因，铁托去世时，我们的哭泣都是真心的。与其说是对这个了不起的老人的哀悼，不如说是哀悼我们自己，因为我们心里都清楚，马上就要和彼此说再见了。也许，当今的世界会把曾经的南斯拉夫看成一个监狱，但只有我们才知道，当我们的身份还是南斯拉夫人时，我们的内心没有界限。现在？界限又重新长了出来，它叫作民族主义。欧洲是天真的，以为富裕平静的中产阶级物质主义生活会让民族主义趋于消失。真的是这样吗？也许吧，斯洛文尼亚是被驯服的物种，沉溺在富裕的幻觉中，我厌恶极了，厌恶这种无限趋同于西欧人的生活。"

"现在，斯洛文尼亚的年轻人普遍认为，和巴尔干的其他邻居相比，斯洛文尼亚更高雅更文明。这是一种生活在历史真空中的狭隘想象。我们只是更富有一些，我们穿着古驰的皮鞋，带着乔治·阿玛尼的墨镜，女人系着爱马仕的花色丝巾，孩子玩着乐高玩具，一切都很好，一切都像维也纳和柏林。"戈兰说话的语气已经带上了强烈的讽刺味道。我不再说话，也不再提问。我把手铺在他紧紧攥住的拳头上，轻轻地拍了拍他的手背。这个已经老去的水手，但愿他在皮兰得到平静。

重回卢布尔雅那：一场无可挽回的离别

是的，南斯拉夫有了新的边界。我看到它们不是向外，而更多是向内在延伸，当今每个独立的国家莫不如此；延伸成不真实的界限或者条带；直延伸到中心，最终任何国家都不存在，既没有斯洛文尼亚也没有克罗地亚，就如同蒙特卡洛或安道尔。

——彼得·汉德克《梦想者告别第九王国》

"记忆的垃圾场"

我回到了卢布尔雅那。城市依旧笼罩在朦胧的山雾之中。我赶个大早，步行去城堡山下的蒂沃利公园，等着斯洛文尼亚现代史博物馆开门。博物馆藏在公园的一个角落里，是一栋米白色的三层小楼。博物馆重点展示了20世纪斯洛文尼亚作为一个独立民族的斗争和发展历程，有许多斯洛文尼亚社会变迁的照片、实物和文献资料。我在一个贴满蓝色墙纸的小房间里停留了很久，房间里随意放着成堆的社会主义风格塑像。它们主要是铜像，铁托的半身像最多，也有零星的南斯拉夫游击队群像，工农兵浮雕，还有佩戴红领巾的少先队员群像。它们之中有许多还没有完成，留下粗疏的颈部或半边脸的线条，是永远都不可能再去完成的作品。在门口的小角上，集中了八座大小不一的铁托半身像，它们凌乱地码着，有的铁托已经是轮廓刚毅、双目炯炯的领袖，有的铁托眼睛还没有睁开。

对于此类的社会主义遗迹物品展，斯洛文尼亚的博物馆将其命名为"记忆的垃圾场"。这种叫法听上去会不会让人感到有点伤心？没有错，今天的卢布尔雅那，从日常生活中已经难觅社会主义的痕迹，斯洛文尼亚意在抹去社会主义历史的那些心思，也没有遮掩的必要了。这样的事情在冷战结束后的东欧，已经是人们心照不宣的做法。

我记得，在匈牙利布达佩斯的郊外有一个雕塑公园，名字叫作"在斯大林靴子的阴影下"，冷清萧瑟的草地上随意放置着各种社会主义遗迹，从马克思、恩格斯一体像到匈牙利共产党领导人的雕像。在波黑的萨拉热窝，人声鼎沸的巴什察尔希亚商业大街上，在展示土耳其软糖和波斯尼亚银器的花花绿绿的铺子之间，总是有许多铁皮小盒子懒洋洋地摊在地面上，盒子里丢着废弃的党旗和党徽、反法西斯战争勋章、五角红星徽章，以及缩小版的南斯拉夫人民军军人的街头雕塑。贴在上面的标价大多已经被磨得辨认不清，店主似乎也并不关心这些历史遗物的未来，它们的未来已经结束了。

斯洛文尼亚独立后，这个国家的历史也有了全新的官方版本。社会主义时期被戏谑为"铁托的南斯拉夫"，被认为已经过了时。那些当年纪念南斯拉夫建国的公共纪念碑、社会主义雕像纷纷从公众视线中消失。这些做法是为了强化对历史的修正，用官方的说法，是一种"历史观的更新"。

其实，铁托去世后的十年，在斯洛文尼亚，社会主义式的风俗习惯已经被逐渐抛弃，从前那些在公共空间难以言说的东西，此时都开始松动。同时，从前的道德标准开始撤退，人们更加认同西欧资本主义世界的价值观，原先主导的权力结构也开始失灵，民主选举和公民意识在政党的构建中成为最重要的议题。柏林墙倒塌后，斯洛文尼亚是"回归欧洲"进程中速度最快的东欧国家之一。

为什么斯洛文尼亚不太怀念南斯拉夫呢？答案也不是很复杂。斯洛文尼亚是离西欧最近的巴尔干国家，无论是从地理位置还是从社会发展上看，它的政治文化与天主教、意大利和奥地利总是紧紧相连。19世纪时，保守派占据了斯洛文尼亚政治生活的主流，他们甚至反对建立独立的国家，主张在哈布斯堡王朝的框架内争取自治地位，从而将二元性的奥匈帝国改造为奥、匈、斯的三元帝国。所以，彼得·汉德克甚至会说："在斯洛文尼亚的历史上，没有什么东西，压根儿就没有什么东西迫使它成为一个国家。"[1]

飞走的凤凰

我的房东安娜斯塔季娅，一个70岁的斯洛文尼亚老太太，从源头上解构了"为什么斯洛文尼亚不怀念南斯拉夫"这个问题。她曾经神秘兮兮地对我说："这几年欧洲有了一项最新的民间科学研究，考证出斯洛文尼亚人完全是独立的种族，和南部斯拉夫人一点关系都没有。"

皮兰的业余潜水教练戈兰一定会对这项"民间科学研究"嗤之以鼻，他可能是斯洛文尼亚人中为数不多的怀念南斯拉夫的人，但他也无法否认周围人对这种情感的漠然。对此，他提供了一个十分伤感的解释："从前，一个穷苦的大家庭生出了一只凤凰，却无力抚养。这只

---

[1] 彼得·汉德克，《痛苦的中国人》，169页。

凤凰被送去富裕人家养育。久而久之，凤凰染上了收养家庭的习气，对原来的家庭既陌生又嫌弃。而那些苦哈哈的兄弟们，也就对凤凰从心理上疏远了。兄弟们嘴上不说，心里都有受伤的感觉。但是呢，凤凰早晚有一天要远走高飞，它们一个个早就做好了心理准备，也不会死乞白赖去横加阻拦，因为凤凰早就不是自己人了。"

这些或神秘或寓言性的回答，当然不能拿来当作"正确"的解释，但什么是正确呢？尤其当我们讨论的是这样一种根本不对等的情境——当一个国家像一头巨兽那样轰然倒下，谁来承受它？谁又来消化它？也只能是巨兽阴影下数以万计的蚂蚁吧。然而，巨兽并不会问蚂蚁：你们准备好了吗？留给蚂蚁的选择，要么是原地死亡，要么是把腐败的巨兽尸体当作养分，让自己活下去。不过，有些蚂蚁是不是会更聪明一点？它们会慢慢从阴影里爬向光明。

维斯娜教授的回答，也许就是"爬向光明"的蚂蚁们的回答："南斯拉夫消失后，在塞尔维亚、马其顿和黑山这些落后的前加盟共和国里，你会经常遇见怀念南斯拉夫的老人，这并不只是单纯的怀旧情绪，而是一种更朴素更诚实的情感——因为那个时候他们生活得更幸福。这是当然的，因为他们那时享有许多特权，享受着从斯洛文尼亚和克罗地亚'送来'的钱。但是反过来，斯洛文尼亚就不可能有这种情感，因为我们什么都没有得到。"

"况且，"维斯娜急于补充，"斯洛文尼亚人的目光，始终瞄准的都是邻国意大利和奥地利，我们知道自己没有邻国发达，所以心里着急。对于中产阶级和知识阶层，这种窘迫感和羞耻感是很普遍的。因为制度的缘故，加上冷战的阴影，学者、工程师和艺术家的收入比西欧同行要少得多。受过高等教育的知识分子们，不能像西欧的知识分子那样满世界旅行，因为我们还是要穷一些。所以，南斯拉夫一解体，斯洛文尼亚松了一口气，我们终于可以名正言顺地过正常日子了。正常日子没那么复杂，就是每个人都能有自尊和体面罢了。"

但我很怀疑，这种"自尊和体面"是否已经变了味。

遇见"后南斯拉夫时代"的年轻人

在卢布尔雅那的最后两天，我待在城堡山下的城市广场上，像一只出来晒太阳的小狗那样，来回来去溜达。天气偶尔放晴，我抓住晒太阳的短暂机会，在广场的露天咖啡座杀时间。我想象自己的眼睛是一台照相机，快速浏览古老的桥梁和喧闹的市集，打量精美的画廊和博物馆，定格成排的巴洛克咖啡馆，捕捉从眼前飞速掠过的脚踏车。不论斯洛文尼亚人是否已经被驯服，眼前的生活并不坏，不是吗？

在城市广场的卡尼奥兰三河喷泉前面，25岁的斯洛文尼亚男人马蒂亚兹正站在那里抽烟。他金发及肩，高大强壮，戴一副迪奥的茶色墨镜，穿一身笔挺的阿玛尼西装。他突然走上来和我交谈，介绍自己是工程师，在学汉语，即将前往中国青岛的某跨国电器公司交流业务，看见我的东方面孔，觉得很是亲近。我感到有点好笑，他怎么知道我不是日本人或韩国人呢？马蒂亚兹说："你手上拿着的书的名字是*The Fall of Yugoslavia*，比起日本人和韩国人，好像中国人对南斯拉夫会更感兴趣吧。"

我倒是也乐意和他聊聊。作为出生在南斯拉夫解体之后的一代人，斯洛文尼亚人马蒂亚兹不知道有没有什么崭新的特质。随着谈话的进行，我越来越不安，马蒂亚兹对父辈的历史有明显的轻蔑，对于南斯拉夫的存在有深深的遗憾之情，而对于从前的兄弟国家，克罗地亚、塞尔维亚和波黑，他所表现出的强烈鄙夷，让我嗅到了一种尴尬而危险的气味。

马蒂亚兹彬彬有礼，亲切随和，说话却带着斩钉截铁的语气，就像最初判断我的国籍那样，他喜欢迅速下结论，并且对自己的判断很自信。在坚持点了咖啡馆里最贵的黑樱桃蛋糕之后，他满意地笑了，然后从西装口袋里掏出一把闪亮的汽车钥匙，对我晃了晃，说这是他最近颇为开心的事 —— 他买了特斯拉新能源汽车，又环保又炫酷。我微笑着说，你知道这个汽车牌子是在向伟大的塞尔维亚裔美籍发明家尼古拉·特斯拉（Nikola Tesla）致敬吗？马蒂亚兹眯起了眼睛："我知道呀。不过，甜心，注意你的用词，特斯拉是克罗地亚的发明家，不是塞尔维亚的。"

一种熟悉的倦怠感袭上心头。虽然我早已知道，为了争抢尼古拉·特斯拉的族裔归属，克罗地亚和塞尔维亚这两个国家一直都在打一场令人困惑的持久战。在萨格勒布和贝尔格莱德，不知内情的游客听见的是两个不同版本的特斯拉故事。事实是，尼古拉·特斯拉出生在现属克罗地亚的斯米良（Smiljan）区域的一个塞族家庭，父亲是塞尔维亚东正教神父。特斯拉死后，遵照他的心愿，骨灰回到了贝尔格莱德。在公开场合，特斯拉几乎没有表露过对克罗地亚或塞尔维亚的明显倾向，他只是爱着一个叫作南斯拉夫的国家。因为他在美国科学界的杰出贡献，美国政府为他的祖国南斯拉夫捐献了千万美元的物资。

我和马蒂亚兹解释着这段他也许十分清楚的渊源，情绪有点激动，感到一种莫名其妙的委屈。马蒂亚兹用对待一个不懂事的孩子那样的眼神看着我："好吧，特斯拉是塞族人，可他出生在克罗地亚呀，那就属于克罗地亚。而且太奇怪了，你怎么会为塞族人说话？你不知道他们是可怕的民族吗？不知道他们的罪行吗？"

我从激动变成了轻微的愠怒："我当然知道。种族屠杀是法西斯的罪行，但你可以因为纳粹的罪行而指责整个日耳曼民族吗？如果不能，你怎么能因为塞族极端民族主义分子的作为而去否定整个种族？"

马蒂亚兹吃了一惊，估计他没有想到我居然有那么激烈的反应。"所以……你觉得塞尔维亚是个不错的国家?"我说:"贝尔格莱德太美了。"他干脆被正在喝的咖啡呛到了:"我承认你的审美有点……与众不同。在巴尔干,没有什么人觉得贝尔格莱德很美,甚至住在那里的人都不会这么想。"

我突然就泄了气,这的确是一场徒劳的争辩。我问他,对塞尔维亚这个国家,是否有什么私人想法。马蒂亚兹依然风度翩翩,他姿态优雅地搅动着卡布奇诺咖啡上的奶泡,不紧不慢地说:"读书时代,我有一些来自塞尔维亚的同学,他们都很野蛮粗俗,喜欢打架,不知道高雅生活的意义。这不能怪他们,因为他们来自一个全民都喜欢打仗的民族,没有完善的医疗和教育体系,不知道怎样才能像一个绅士那样走路。你问我塞尔维亚对如今的巴尔干半岛有没有影响?有的,现在许多骂人的语汇都来自塞尔维亚语。当然,克罗地亚也没强多少。哎呀,那些乱七八糟的南斯拉夫人。"

这下轮到我不解了:"你认为斯洛文尼亚人不是斯拉夫人?"马蒂亚兹皱了皱眉:"这倒没有。源头上说,我也是斯拉夫人,但这有什么关系呢?我们从小接受日耳曼式的文明教育,你甚至可以说我是'斯拉夫德国人'。不过血统这种东西,只有原始部落还在讲吧?所以我说,塞族是原始人的民族,克罗地亚也差不多。而世界能够顺利运行的秘密从来都是,而且一直将是——文明人统治原始人。"

在那一刻，我好像找到了巴尔干悲剧延续至今的根源。

幽灵似的中欧流言

彼得·汉德克会如何看待马蒂亚兹这样的"后南斯拉夫时代"的孩子呢？我欲言又止，打算不再争论。只要不谈政治立场，不谈价值观，马蒂亚兹就又变回了那个可亲风趣的欧洲人，一个沐浴在欧洲中产阶级文明中的精致的人。他下周要去意大利旅行，"买几双好皮鞋"。

难道在卢布尔雅那不能"买几双好皮鞋"吗？我问他。马蒂亚兹承认道："没错，卢布尔雅那也能买到，其实在购物方面，斯洛文尼亚和意大利已经区别不大了。"

这也许就是新的危机。南斯拉夫分裂的硝烟并未真正抵达斯洛文尼亚，更不曾侵蚀卢布尔雅那的日常生活。十年复十年的富裕，不是什么精神幻觉，它给斯洛文尼亚人注射了持续的镇静剂。然而，汉德克忧思难消：

我担心在"斯洛文尼亚共和国"里总会有一天，就再也不可能闻到国家的味道，就像在安道尔，那里纵横交错地开掘在比利牛斯山脉岩石里的购物街依然是最后的开阔地带——密密麻麻，鳞次栉比，像曼哈顿一样，是城市公园或者第五大道延伸到山区里的水泥浇筑的购物商店和银行大厦——早就使国家、地区、空间、地点和真实的味道湮没；这里没有一丝文化气息，只有一个早就被掏空了灵魂的民俗传说的硫磺味和一派胡言乱语。[1]

汉德克的血管里流着一部分斯洛文尼亚的血，于是，斯洛文尼亚成了他魂牵梦萦的"第九王国"，一种"难以名状的东西，却是童话般真实的东西"，那是他的精神漫游之乡，是他感受真实时刻的土地。南斯拉夫解体后，他变得越来越容易愤怒，因为他发现"在斯洛文尼亚，幽灵开始干预现实"，"第九王国的古老斯拉夫童话已经年复一年地消失，取而代之的是幽灵似的中欧流言"。他目睹许多不明就里的西方知识分子在世界媒体上呼吁"拯救斯洛文尼亚"，希望把斯洛文尼亚从"巴尔干"彻底切割出去，像切蛋糕那样干脆利落，然后再把这块蛋糕放入一个由奥地利、德国等国组成的"中欧"的盘子里。他想发笑，又觉得伤心。

我想，对于马蒂亚兹这一代斯洛文尼亚人，"伤心"这样一种缓慢却会延续很久的情感，真的不会出现在他们的梦里吗？如果斯洛文尼亚与南斯拉夫的分手，注定是一场无可挽回的离别，那么，所有相爱的痕迹，真的会这样悄无声息地隐去吗？

---

1 彼得·汉德克，《痛苦的中国人》，171页。

卢布尔雅那河静静流淌，在不远的远方，它是否会和萨瓦河、克尔卡河[1]相聚呢？多么希望是这样。

1　萨瓦河、克尔卡河和卢布尔雅那河是流经斯洛文尼亚的三条主要河流。

在卢布尔雅那，卢布尔雅那河穿城而过，从西南向东流去，如同一条弧形腰带，缠绕半个城市。

斯洛文尼亚现代史博物馆，一个叫作"记忆的垃圾场"的主题展厅，放着若干个"铁托"塑像，都是半成品。它们都没有完成，也许永远都不会完成了。

诗人普列舍伦和他的女神。而今，卢布尔雅那的年轻人依然喜欢来到这个诗人的脚下，聚集谈笑。

1991年6月25日，斯洛文尼亚宣告独立。当晚，卢布尔雅那的许多市民走出家门，来到三重桥边的广场，一起吃晚饭庆祝。

卢布尔雅那大学的女教授维斯娜很喜欢这家叫作"古董"的二手书店，她经常会去淘一些旧日的诗集。书店门口挂着斯洛文尼亚作家伊万·参卡尔的巨幅肖像，在斯洛文尼亚人心中，没有谁比参卡尔更能描绘出这个国家的气质。

皮兰的海岸边，黄昏和夜晚的交接时刻。从大巴站走出来，第一眼就可以看到亚得里亚海的最北边。

自由的重负

时间：2019年4月14日—2019年5月15日

来到克罗地亚的首都萨格勒布，除了第一天阳光还算和煦，我天天都带着雨伞出门。天气冷峭萧索，像极了我对这座城市的印象：阴郁，心事重重，保守，不会对陌生人轻易显现出热情。城市建筑是俊美的，只是缺乏性格。

本来我想在萨格勒布待得更久，可是过于充沛的雨水渐渐腐蚀了我的念头。克罗地亚是一个多数城市在沿海、首都却在内陆的奇特国家，陆地和海洋两种迥然不同的地貌，造就了克罗地亚的性格分裂。在内陆，萨格勒布以及斯拉沃尼亚这样的平原上，人们有一种更为严肃的生活态度，也许是因为历史上受到奥地利和匈牙利的影响，人们信任一种更为"进步"的欧洲价值观。又因为是虔诚的罗马天主教徒，无论是宗教、文化还是生活方式，内陆的克罗地亚人强烈向往着一个"欧洲"。

萨格勒布是擅于模仿的优等生。城市被奥匈帝国时期的新古典主义建筑群包围，阴郁华美的高大房屋冷冷地矗立着，典雅也是阴沉沉的典雅。虽然这里有不少

"香榭丽舍"，然而来萨格勒布旅行，绝不意味着喝一杯咖啡、拍几张照片而已，到处都有历史人物的阴影碎片，到处都是窃窃私语。

整整一个月，我和三个不同代际的萨格勒布人长时间地谈话。我夹在他们彼此对立的想法中，困难地想要理出一些思路。太遗憾了，来到这个城市时，我有些晕头转向，离开的时候，迷雾仍在心中。我们需要清晰的历史，用来勾勒自己记忆中的轮廓。我们也需要激动人心的故事，而不是在平庸中等待枯萎。

可现实总是不可爱的，甚至比你想象的更是一团乱麻。在萨格勒布，民族英雄可能是一个谎言，融入欧洲可能是另一个谎言，杀戮的历史细节疑点重重，受害者和加害者之间一线之隔，"南斯拉夫"成为克罗地亚人的烫手山芋——可这似乎也不是真的。到底什么不是谎言？我提醒自己，"南斯拉夫主义"的理想，最早诞生在克罗地亚。可是，对于这个真相，为什么大家忘记的速度这么快呢？

萨格勒布四月天：没有高潮的雨中曲

进站：雨中的铁轨

　　火车在边界线上逗留。才停了没多久的春雨，又开始在车窗外飘起来，不一会儿，窗户就蒙上了一片晶亮亮的细线。两个身穿黑色制服的克罗地亚铁路边检警察，敲了敲我所在的车厢门。进来后，其中的一个女警请我拿出护照检查，我愣了一下，问她："申根区[1]还需要检查？不是畅通无阻吗？"身形苗条的女警对我温和地笑笑："没错，申根区不需要检查。不过克罗地亚还不是申根国家，我们只是入了欧盟。"

我慌忙掏出护照，并为自己记忆错误而道歉。习惯了半个月来在申根国家自由穿行，当我从斯洛文尼亚坐着舒适的欧铁来到它的邻居克罗地亚境内，我显然忘记了，这两个相邻的前南斯拉夫国家，其实身份并不相同。

男警察把检查完毕的护照还给我，微微点了点头。两人正要离开，腆着将军肚的男警察冷不丁又回头，看了看我，说："等着吧，我的朋友，克罗地亚成为申根国家的那一天不会太远，我们属于欧洲[2]。"

我把目光移向车窗外，雨丝正密密地斜着滑入窗台缝隙。透过微微变形的玻璃，我看见铁轨的一边在成排高大绿树的掩映下，每隔十几米，单薄的灰色长杆上就插着两面小旗，一面是克罗地亚的红白格子国旗，一面是欧盟的蓝天金星旗。火车慢慢重新启动，在加速中，旗帜渐渐连了起来，变成一道模糊的红蓝交错的波浪线。

火车开往萨格勒布。雨密得很。

1　指《申根协定》的成员国。《申根协定》由德国、法国、荷兰、比利时和卢森堡五国1985年在卢森堡边境小镇申根（Schengen）签署，旨在取消各成员国之间边境检查，截至书稿完成时，共有成员国26个。

2　克罗地亚于2023年1月1日成为申根区第27个成员国。

贵公子和乡下女孩

1937年春天，萨格勒布雨水连绵。20世纪关于巴尔干半岛最杰出的游记《黑羊与灰鹰：巴尔干六百年，一次苦难与希望的探索之旅》（*Black Lamb and Grey Falcon*）在萨格勒布老火车站的月台上拉开帷幕。彼时，法西斯铁蹄如同瘟疫，正在黑暗中一寸寸逼近欧洲大陆。

半个多世纪以后，20世纪80年代末的春天，充沛的雨水再度降临这个城市，《巴尔干两千年：穿越历史的幽灵》（*Balkan Ghosts*）的作者罗伯特·卡普兰（Robert Kaplan）怀揣着一本几欲翻烂的《黑羊与灰鹰》，深一脚浅一脚地踏上被雨水泡软的火车站出口的泥地，意欲从萨格勒布开始，追随前人脚步，忧心忡忡地等待某种他并不愿意见到的悲剧发生——南斯拉夫即将分崩离析。内部积聚的仇恨火焰已在喷发边缘，巨大的暴力正在前方恭候摇摇晃晃的巨人。

2019年春天，萨格勒布几乎整个四月都在下雨。我的书包里同时装着《黑羊与灰鹰》和《巴尔干两千年》两本厚厚的游记，坐火车来到这个城市。战争的硝烟已经散去，眼前是欧洲城市日常生活的安逸画面。打着雨伞、手提超市购物袋的人们扎堆在火车站广场前，热烈地交谈。海蓝色的有轨电车缓缓驶来，交错的轨道上，像鸽群一样聚拢的行人纷纷四散。几分钟后，电车拖着迟缓的身子向旧城方向驶去。广场再度变得空旷，一览无余，雄伟的巴洛克和新古典主义建筑群在车站中央大楼的中轴线两边排排坐，互相之间以喷泉和大草坪对称地隔开。萨格勒布的下城区，就像一个东南欧版本的紫禁城，方正高大，正襟危坐，唯恐初来乍到者看不到它的典雅，外来者不知道它属于欧洲。

我来到广场前方，雨依然很密，大团阴云在天上翻滚，时明时暗的天色给城市笼上一层暧昧诡谲的光影。萨格勒布是一座极具空间感的城市，布局是城市景观的关键要素。火车站、托米斯拉夫国王广场、新艺术宫、斯特罗斯梅尔古典大师美术馆、兹里尼斯基公园（Zrinski Park）、铁托广场、国家剧院，这些怀揣历史感的景观，或同处于一条笔直的延伸线，或干脆被安放在直角转弯处，间距开阔，绿树成荫，颜色几乎全是布尔乔亚式的——吐司黄、香槟金、蜂蜜黄、奶油白，这些颜色实在太柔和。虽然布局是东方的皇城式样，但萨格勒布的梦想，是成为另一个维也纳。它知道自己成不了，但是模仿模仿也很不错。

城市空间景观经过了典雅与柔和的双重润色，无不体现出萨格勒布对维也纳的倾慕，简直到了不可理喻的地步。如果说萨格勒布从前是一个斯拉夫的乡下女孩，那么维也纳则是一个冷酷无情却举止高雅的贵族公子。公子哥毫无怜悯之心地占有了少女的一切，随心所欲又玩世不恭地打扮起她来，参照的是所谓维也纳宫廷上流社会的标准。可怜的女孩，不仅不感到屈辱，还居然在这被迫害的扭曲中沉醉，学得飞快，幻想有一天自己也成为贵族，得到贵公子完整的爱。结局我们当然已经知道，上流社会从不是靠模仿得来的，而且和斯拉夫乡村质朴明净的强健比起来，上流社会那虚弱的华丽外表，也许并不值得爱恋。

萨格勒布学维也纳学得很到位。早在上世纪50年代，它就因为酷似维也纳的市貌而成为众多好莱坞和欧洲导演的选择。遍布巴洛克风格建筑群的下城区，成为《铁皮鼓》《苏菲的选择》等许多经典电影的取景地。艺术家们之所以选择这块地方，还有一个重要的原因——它和"老欧洲"如此相像，取景成本却如此低廉。

萨格勒布缺少一种独特性，一种能够让这个城市独树一帜的激动人心的东西。萨格勒布没有高潮。正如《黑羊与灰鹰》的作者丽贝卡·韦斯特（Rebecca West）女士所说的那样："萨格勒布正因为它缺乏个性特征的俊美，而被赋予了一种犹如舒伯特的乐曲一般的怡人情调。"[1]

空间是彩色的，时间是灰色的

抒情曲毕竟是很讨人喜欢的。我即使刚刚来到此地，

---

1 （英）丽贝卡·韦斯特，《黑羊与灰鹰》，向洪全、奉霞等译，三辉图书·中信出版社，2019年4月，49页。

也能感受到萨格勒布的彬彬有礼。它那么小心翼翼地维护着自己赏心悦目的外表，希望得到外来者的一瞥。主路和小道两边，成排的高大百年梧桐被统一修剪成巴黎香榭丽舍大道树群的样式，黑色铸铁长椅随处可见，玉兰树开的花灿若云锦，粉紫、纯白、橙黄的郁金香花丛占据了下城区空地的每一处边角。在温顺的春雨中，萨格勒布以其明艳动人又毫无侵略性的空间色彩，把自己涂抹成了静物画。

这个城市没有湍急的河流，没有制高点，所谓的上城区也只不过是一座坡度缓和的小山，18世纪叫作"一片台地"。下城区绝大多数建筑都是18世纪至19世纪奥匈帝国时期的产物，属于遍及中欧的各种历史风格样式，然而，当这些元素组合后，最大限度地展现了"整体大于局部的总和"。到过此地的人，几乎都对下城区的城市"绿肺"难以忘怀。

这块"绿肺"叫作"蓝努斯马蹄"，是由七个正方形组成的公园系统，源源不断地向城市供给绿色养分。七个正方形是七个由广场和公园组成的建筑群落，从空中俯瞰，犹如一个U型马蹄，是萨格勒布的城市象征。"蓝努斯"这个名字，来自19世纪下半叶杰出的克罗地亚城市规划设计师米兰·蓝努斯（Milan Lenuci），正是这个规划萨格勒布及其公园的天才设计师的远见卓识，赋予了这座原本平淡无奇的城市一种舒朗优雅的气息。

萨格勒布人喜欢把这块"马蹄"叫作"绿色溪流"，

我也更喜欢这个名字。克罗地亚人的基因里，天然携带着斯拉夫种族朴拙醇厚的品质。虽然具有丰沛的想象力，却经常把自己固定在某种僵硬的言行中，他们的灵魂时刻在等待一种流动的质素，盘活他们虔敬的信仰和摆脱日常生活固定性的渴望。这股"绿色溪流"从城市的火车站广场潺潺地向前流动，拐弯，再拐弯，把萨格勒布全然缠绕在花、树与草的绿色丝带之中。

我被告知，要想探寻克罗地亚的历史，"绿色溪流"可能是最好的出发地点。七大方块中有六个是以克罗地亚历史上的名人来命名的，而对我来说，视觉上让我感到震撼并立刻陷入困惑的，非托米斯拉夫国王广场莫属。

你无法拒绝这个广场，无法回避这个地方，它如此放肆而直接地出现在每一个坐火车来萨格勒布的人的眼前——坐火车是到这儿的最主要方式。只要你出了站，那个骑在骏马上、手中挥舞着十字架的勇士的青铜塑像就进入了视线，充满勃勃迸发的雄性气息，不容一丝商量的余地。他手中的十字架利剑直指云霄，气势恢宏，仿佛要告诉你，这个国家从来不是面目模糊的幽灵——从一开始，克罗地亚的历史就是一部独立、昂扬的自尊史。

历史真的是一个被人随心所欲打扮的小姑娘吗？对于克罗地亚来说，历史与其说是一段维护自尊的过往，不如说是一种致幻剂——一种服用后可以在镜子里显现清晰面容的魔法药水。这个自诞生起就不曾真正挣脱附属地位的巴尔干国家，最需要的就是明晰。轮廓分明的历史，才能拯救它。

不幸的是，虽然它的空间是如此色彩饱满，疏落有致，它的时间却是灰色的。

一位欧洲知识分子绅士的画像

来到萨格勒布的第二天，春雨依然下个没完。赛德和我相约见面。作为一个土生土长的克罗地亚人，赛德出生于1970年，1991年克罗地亚和塞尔维亚的战争开始前，他在军队服役，战争开始时，他很幸运地退伍了。现在，他是克罗地亚国内小有名气的出版人，曾把以色列作家阿摩司·奥兹和奥地利作家彼得·汉德克的作品引进到巴尔干地区。

我们相约在火车站主广场前的托米斯拉夫国王广场上碰头。晚上七点，下雨的天空非常黯淡，下城区的街道两边，新古典主义的时髦路灯尽职地亮了起来，暖黄的光线把细密的雨幕照个通明。我站在托米斯拉夫的塑像下张望。一个打着黑伞的男人朝我走来，匀称的中等身材，浅棕短发，金丝边眼镜，白衬衫外罩着一件绒皮夹克，西裤的裤线烫得很是齐整。他伸出手来欢迎我到他的城市。他英语口音纯正，笑容温和，礼貌周到，走路时和我保持恰到好处的距离，过马路时会微微侧身，走在我稍前的位置，用一种不易察觉的姿态保护一位女士远离可能突然冲出来的车辆，但表情自然，不会特别热情，也不会特别疏离，就如一个典型的欧洲知识分子应该表现出的绅士模样。他受过优良的教育，熟读克罗地亚以及整个巴尔干的历史，并且作为一个在前南斯拉夫时代度过青春岁月的人，他对这片颇具神秘主义气息的半岛，无疑有着自己的记忆。

眼前的赛德，令我迅速想起《黑羊与灰鹰》里的克罗地亚人瓦勒塔，那个陪伴作家韦斯特女士游览萨格勒布的大学数学老师，性格恬静，举止优雅，高贵友善，就是那种"不会在餐馆里大喊大叫，也不会在满嘴食物时说话"[1]的克罗地亚斯拉夫人，和经常被西欧世界认为是"原始野蛮"的塞尔维亚斯拉夫人完全不同。

克罗地亚一直为萨格勒布这座城市能够给人提供完整的受教育机会而深感自豪。这里有1669年就成立的萨格勒布大学，克罗地亚艺术和科学学院，自然历史博物馆，国家图书馆，还有品质优良的各种预科学校。到21世纪初，14岁以上的克罗地亚人的识字率接近99%。和曾经的"老大哥"贝尔格莱德相比，"小弟"萨格勒布一直以来都十分珍视自己"西方文明世界"的气息。

1　丽贝卡·韦斯特，《黑羊与灰鹰》，90页。

"毕竟皇室的时代已经远去了"

雨更大了，居然还刮起了北风。"这再正常不过了。你应该记得《黑羊与灰鹰》的故事也开始于这样的萨格勒布四月天。下雨，总是下雨，萨格勒布是个暧昧的城市。"赛德说。他决定把我带到一个暖和些的地方去喝咖啡。在街上踩着水洼兜了几圈后，我们推开了宫殿酒店的沉重水晶门。

毫无疑问，这又是U型"马蹄"中一座典型的奥匈时期建筑。四层高的外墙被漆成我们熟悉的巴洛克风格的奶黄色，墙面凹凸起伏，棱角和曲线让整栋楼的立体感尤为强烈，立面用山花断开，从二楼往上紧凑排列着众多雕花阳台窗户，窗户上部的中央照例是人形雕刻。有些装饰过度，甚至矫揉造作，但远远望去，却有富丽奢华的皇家情调——维也纳的效果。

这是奥匈帝国统治时期留存下来的酒店。一楼是咖啡厅，金灿灿的大厅让人乍一看有些晕眩——带金框的大镜子，散开的白色丝绒窗帘，酒红色的地毯，铺着玫瑰红天鹅绒垫、带金边的沙发椅，精细得能抚摸到纹理的桃木桌，金黄色的灯罩，穿戴像皇家侍卫的服务生，所有这些让人产生一种在19世纪的维也纳宫廷喝下午茶的错觉。当然，我不可能有过那种经历，可这里铺天盖地的华丽气息仿佛能和电影里刻画的维也纳宫廷无缝对接。

赛德似乎看出我的不自在，安抚性地为我拉开一把椅子，示意我坐下。即使是现在的萨格勒布，会来这里喝咖啡的克罗地亚人也依然不多，"毕竟，皇室的时代已经远去了"。

一个收起雨伞的胖子推开了大厅的门，带进一股潮湿清香的雨水味，夹杂着几缕晚风。胖子梨形身材，强壮活泼，嗓门洪亮，用我听不懂的克罗地亚语远远地和等在那里的朋友打招呼。接着，他一路小跑冲了过去，和在场的两位女士紧紧拥抱，还不忘行贴面礼，发出"吧唧吧唧"的响声。过程持续了数分钟，热情程度有点让人尴尬，尤其在这样一个因紧绷的优雅而让人更觉寂静的皇家风格咖啡厅里。服务生表情僵硬，抿紧嘴唇，沉默地站在一边。

"你看，这就是我们克罗地亚人。开心的时候，还是会忘记了场合，毕竟是斯拉夫人。你没必要感到拘束，我们斯拉夫人血液里的东西是一致的，并不会被环境所束缚。"赛德摘下眼镜，一边轻轻擦拭着镜片上的雾气，一边说。

在历史的迷雾中穿行

我看了一眼服务生端来的瓷白色咖啡碟，一杯卡布奇诺旁边放有一块圆润的巧克力小饼干。萨格勒布和许多其他巴尔干城市一样咖啡馆遍布，不同的是，在这里你喝咖啡时不可能吃到甜腻的土耳其软糖——他们会用奥地利式的精致巧克力代替。毕竟，在奥斯曼土耳其人占领巴尔干近五百年的时间里，位于半岛西部的克罗地亚几乎没有受到过真正的奴役。克罗地亚人是优秀的战士，把自己当作捍卫西方文明的忠诚的天主教徒，委身于哈布斯堡王朝的军队，心甘情愿被当作奥地利人的"军事边界"，抵抗土耳其人从东面和南面袭来的侵扰。

历史的痕迹造就今日的面貌，克罗地亚人想方设法拒绝敌人的东西。如果你去贝尔格莱德、萨拉热窝或者斯科普里（Skopje，北马其顿首都），去任何一个巴尔干的中东部城市，你总会轻易地嗅到土耳其的味道——土耳其咖啡（虽然名称会略有不同）、土耳其软糖、土耳其毡帽——那些城市没有萨格勒布这么"幸运"，由于地理位置更靠近东方的亚洲，他们的世界被残忍地从欧洲"切割"出去。

但克罗地亚的首都萨格勒布是否真的可以说是"幸运"，我心里没底。无论是臣服于东方的拜占庭或奥斯曼帝国，还是归属于西方的匈牙利人和奥地利人的王朝，都不是真正的"独立"，也都不是一种真正具有民族自决意识的存在。

来这个国家之前，我已经阅读了不少关于克罗地亚的历史。我所获得的知识让我对这个国家产生了一种犹如在迷雾中穿行的困惑——克罗地亚人拥有狮子般的雄心，但为何在这个国家一千四百多年的历史谱系中，独立是如此短暂，而附庸是如此漫长？甚至会让人产生一种错觉——如果没有了那些压迫者，被压迫者本身的面貌就是模糊不清的。压迫者的更替算得上频繁——匈牙利人，威尼斯人，奥地利人，法国人，德国人——无论统治者如何更替，克罗地亚人总会把自己的脊梁压低。

这是古怪的历史，一千四百多年的历史对一个国家来说不算悠久，也不算短暂，然而，这个民族拥有属于自己独立王国的时间，只占其中的两百多年。形成对比的是，克族人骁勇善战，而且，克罗地亚才是现代意义上"南斯拉夫理想"的发源地。

"你所说的困惑，可能从源头上就是不存在的。"赛德意味深长地连叹几口气。我对着窗外漆黑的雨幕努了努嘴，不远处的托米斯拉夫国王广场上，立着一尊器宇轩昂的塑像。"这位国王是我到这个城市后第一眼看到的英雄，相信对很多人都是这样。据说他是克罗地亚的第一位国王。你不觉得这是人们的某种心理作用吗？正因为克罗地亚的独立史如此之短，人们才这么强调它。"我说。

"关于这位克罗地亚人的国王，其实根本没有切实证据表明他是真实存在的。这可能只是某种神话，而不是具体的人物。"赛德缓缓地说。

神话和现实的混血儿

历史的源头，也许一直都是神话和现实的混血儿。克罗地亚人原来是斯拉夫族的一个主要部落，随着西罗马帝国的衰败，各斯拉夫部落从原来的领地喀尔巴阡山北部向南迁徙。在公元7世纪左右，这个勇猛善战的斯拉夫族受到拜占庭帝国皇帝希拉克略邀请，前来巴尔干半岛，赶走了阿瓦尔人。

打跑了阿瓦尔人后，巴尔干半岛上的潘诺尼亚平原和达尔马提亚海岸线已经空旷如荒野，于是皇帝又邀请他们作为帝国的子民在此定居。克罗地亚人蜂拥而至，那个时候他们还是异教徒。随着向西南方向的亚得里亚海迁徙，他们甚至还会攻击那些已经被罗马化的伊利里亚人。谁可曾想到几百年后，克罗地亚人自己是罗马天主教最虔诚的信徒。

这群南部的斯拉夫人，不是什么野蛮民族，他们受到拜占庭瑰丽文明的影响，自己也传承了一系列拜占庭的复杂典仪。8世纪时他们已经形成了两个强大的部落，各自由一位大公领导，克罗地亚公国由此形成。在内陆，法兰克王国政权一直松散地控制着克罗地亚人，稍后，毗邻的匈牙利马扎尔人也会来插上一脚；在海岸，公元800年，日耳曼人的查理大帝把征服的烙印带到了亚得里亚海，日耳曼人为异教徒克罗地亚人强行施洗，强迫他们全部改信基督教。与此同时，从拜占庭脱离的意大利人也正在海边崛起，一个迅速扩张的威尼斯沿岸帝国觊觎着达尔马提亚。克罗地亚人选的定居点，真不是个能安居乐业的地方。

古老的拜占庭即将倒下，但巨人是不会甘心的。君士坦丁堡恨罗马教廷，恨一直以来总让他头痛的日耳曼人，这些蛮族从未有过忠诚，他也恨从手掌心里逃走的狡猾的威尼斯商人。可是帝国在衰落，运势一如夕阳将要入海，无可挽回。

就连被赠予安息之所的克罗地亚人，也起身反抗拜占庭，而且他们选择请罗马教廷来撑腰 —— 当时，罗马教廷已经非正式地成为基督教会的西方中心。基督教即将一分为二，世界即将在东方和西方之间，裂开一个可能永远无法弥合的大口子。

得到教皇支持的克罗地亚人，从此在心理天平上向罗马天主教倾斜，永远地把自己认作西方世界的忠诚子民。这是一个不知有意还是无意的历史"安排"，如果没有宗教原因，克罗地亚和塞尔维亚，也许就不会彼此心存芥蒂甚至心怀仇恨了那么多年 —— 英国语言学家、巴尔干问题专家内维尔·福布斯（Nevill Forbes）曾在一项关于巴尔干的研究中写道："就种族与语言而言，塞尔维亚人和克罗地亚人原本是一个民族，这两个名字仅仅具有地理上的指称意义。"

克罗地亚人摆脱拜占庭后，终于建立了第一个克罗地亚王朝。公元925年，托米斯拉夫登基，宣布自己为国王，并将领土扩大至匈牙利境内，统一了潘诺尼亚和达尔马提亚。他的王国几乎包括了现代克罗地亚的全部地区，甚至还有波斯尼亚和黑山的一部分领土。

这位克罗地亚人的第一个国王，虽然只统治了四年，却象征着克罗地亚人独立与自决的努力。在他死后，无能的继任者把他的国家拱手让人。1102年，匈牙利人做了他们的国君，克罗地亚开始了在匈牙利王国内独立但不平等的存在。更糟糕的是，总是胳膊肘往外拐的克罗地亚贵族，马上就跑去支持那不勒斯的拉迪斯劳（Ladislao）。

这个从不把克罗地亚放在心上的外族人皇帝，不知道是因为缺钱，还是纯粹想偏袒他的意大利同胞，他用10万达克特[1]的价格，把达尔马提亚卖给了威尼斯共和国。这就意味着，内陆的克罗地亚人，从此和他们的达尔马提亚兄弟分开了 —— 内陆还是匈牙利人的，沿海从此属于威尼斯人。之后的漫长岁月里，无论是面对气势汹汹进犯、最终悻悻打道回府的土耳其人，还是迎接留着黑亮小胡子的直挺挺的奥地利人，克罗地亚这个美丽的国度，内陆和沿海再也没有全境统一。

1　意大利威尼斯铸造的金币，近似足金（经检验含金量为0.997），重3.56克。1284年至1840年发行，由于其便于铸造、携带、整理，价值又高，在中世纪欧洲受到很大欢迎。

现实需要英雄，历史需要故事

我隐约可以理解，为什么托米斯拉夫国王的塑像对克罗地亚人如此重要——那是在晦暗不明的历史隧道中，克罗地亚真正独立的时期。这件作品创作于1927年至1934年间，基座在"二战"前完成，整座塑像于1947年矗立起来，两边的浮雕是后面加上去的。

仔细看塑像，一种由于过分阳刚而表露的不协调感出现了。马的左前蹄上扬，但马头却低了下去，马背上的国王身上的铠甲和披风显得太过现代，仿佛是美国动漫里的超人，亮着八块腹肌，手里的十字架利剑又尖锐得骇人。看不出这位国王是在意气风发地前进，反而更像是在欺负自己的坐骑——马儿马儿，你为什么低头？为什么不奔跑？

罗伯特·卡普兰在20世纪90年代看到这座塑像时，把它比喻成"一件锋利而没有内脏的、状似克罗地亚平原的武器"。他这样揣测雕塑作者的心理："一个西方的天主教的民族，若要在巴尔干这样一个先由东正教的基督徒后由穆斯林主宰的半岛上存活下来，它就必须使自己的内心足够坚硬，从而使自己的盔甲之内不留下任何柔软的地方。"[1]

---

1 （美）罗伯特·卡普兰，《巴尔干两千年》，赵秀福译，北京大学出版社，2018年9月，38页。

我对赛德说，我不喜欢这座塑像，克罗地亚人理解他们的独立史的方式，让我觉得诡异。赛德挺欣赏我的直觉，但又说，个中缘由太复杂了："10世纪时，克罗地亚也许真的存在一个巴尔干国王，但是真的有托米斯拉夫这样的人吗？谁也不知道。你已经知道，这座塑像在南斯拉夫王国时期才开始创作。事实上，托米斯拉夫不是中世纪克罗地亚的遗产，而是20世纪初巴尔干民族解放运动的产物。"

现实需要英雄，历史需要故事。20世纪20年代，共产主义运动在巴尔干半岛越发活跃，与西方列强的边界争端迟迟没有解决，"塞尔维亚人—克罗地亚人—斯洛文尼亚人王国"这个"南部斯拉夫人"的联合王国刚刚建立。王国摇摇欲坠，塞族的狂热、波斯尼亚穆斯林的焦虑、克族和斯洛文尼亚族始终存在的分歧，从一开始就在破坏王国的松散根基。

"南斯拉夫王国，一直想要维护一个'王国'的君主政体统治，亚历山大国王厌恶俄国的布尔什维克，试图宣布共产主义运动是非法的。与此同时，也存在反对'南斯拉夫'的声音，其中最主要的一方同样来自克罗地亚，当时的克罗地亚农民党创始人斯捷潘·拉迪奇（Stjepan Radić）反对统一，另外还有更极端的克罗地亚民族主义者，也嚷嚷要一个独立的克罗地亚。于是，在1925年，王国成立七年后，关于这种'民族自决'的英雄叙事，就在克罗地亚被'制造'了出来。其实每个巴尔干的民族国家，都需要一个'曾经我们也是独立王国'的传奇，用以支持民族独立的合理性。塞尔维亚需要，波斯尼亚也需要，而在克罗地亚，神话就是——我们有托米斯拉夫，我们也有国王。国家需要英雄，就创造了英雄。"赛德脸上扬起不易察觉的笑容，像是淡淡的自嘲。

"但许多思想家和学者都提醒我们，所谓现代意义上的巴尔干民族主义，是以西欧为源头输入的，并不是巴尔干本身的产物。"我对赛德讲述了我敬重的学者叶礼庭和巴尔干历史专家马克·马佐尔（Mark Mazower）的观点。赛德推了一下眼镜，说："他们是对的，但问题是，潘多拉的魔盒一旦打开，就再也关不上了。"

我再度望向窗外的雨幕，雨中的托米斯拉夫国王塑像，在灯光的烘托下，更加神气。但赛德告诉我，如果在冬天，在基督降临节的日子里，国王广场不过就是一个属于孩子的童话乐园。那时候的公园，花木缤纷，五彩灯光闪耀得仿佛可以从树上掉下来。

在广场上徘徊的幽灵

萨格勒布实在暧昧得很，赛德说的一点都没错。让我觉得诡异的，不只是那位"第一眼英雄"托米斯拉夫国王。

"蓝努斯马蹄"中最漂亮的林捷瓦卡公园，也让我觉得不对劲。林捷瓦卡公园，又叫兹里尼斯基广场，以一位克罗地亚贵族的名字命名，这位贵族同时是克罗地亚和匈牙利的民族英雄——他在1664年至1670年的克罗地亚-匈牙利叛乱中，密谋建立了一个反抗哈布斯堡王朝的组织，后来密谋失败，许多克罗地亚和匈牙利的贵族被砍头。

在1670年那场反抗奥地利人的谋划败露后，主谋佩塔尔·兹里尼斯基（Petar Zrinski）被处决，对他的判决如下："……他犯下了比其他人更大的罪恶——希望获得与国王陛下相同的地位，即成为一名独立的克罗地亚统治者，因此，确实不应该用皇冠，而应该用血淋淋的利剑来为他加冕。"

成为一名独立的克罗地亚统治者，让克罗地亚自治，这个要求也是1848年的耶拉契奇（Josip Jelačić）及其人民的希望。我从兹里尼斯基广场步行，走到热闹非凡的耶拉契奇总督广场，对着中央那座骑像（又是一座骑像），注视良久，慢慢明白过来，为什么自己会那么困惑。

耶拉契奇总督广场，最显眼的当然是总督骑像。他在马背上挥舞手中的剑，方向直指布达佩斯。1848年9月，这位19世纪的克罗地亚政治家，被哈布斯堡王朝委派为总督，带领强悍的克罗地亚军队，与匈牙利人作战，为的是推翻匈牙利的凶残压迫。战役获胜了，然而战斗失败了——作为"回报"，哈布斯堡王朝"非但没有给予克罗地亚人所要求的自治权，如今还彻彻底底使之附属于中央政府……为安抚匈牙利，奥匈帝国建立起来二元君主制，克罗地亚人被当作其奴隶，归属于匈牙利人"[1]。

兹里尼斯基和耶拉契奇都失败了，而两场斗争中敌对的双方，却在1867年联手组成奥匈帝国，把克罗地亚人的脊梁彻底压弯。

我始终没有理解，克罗地亚人想到轮番压迫他们的匈牙利和奥地利，究竟是什么心情。首都最繁华的两个广场，用了反抗奥地利和匈牙利的本族英雄来命名，四周却环绕着奥匈风格的建筑——反抗奥匈的两个克罗地亚灵魂，一百年里，都在奥匈的广场上游荡。

童话里的凉亭

我知道历史没有泾渭分明的定论，从萨格勒布两个广场的设计来感知克罗地亚暧昧的过去，期待得到某种启示，是徒劳的做法。今天的我，站在耶拉契奇广场那座四面都有显示屏的大时钟下面。这座水绿色盘面、乳白色外壳的现代时钟，是萨格勒布人约会的地标，先到的人会看着精准的刻度表等待，迟到者要请喝咖啡，这是萨格勒布人心照不宣的习俗。我看见广场周围有形形

1　丽贝卡·韦斯特，《黑羊与灰鹰》，56页。

色色的政府机构、银行和商业办公中心，这些色调并不和谐的新古典主义和巴洛克风格大楼局促相邻，犹如一盒制作失败的花色奶油蛋糕，先是橙红色的一小块，接着是奶黄色的一小块，再是米白色、巧克力色，最后是雕花的咖啡色——正在修缮的大楼的半个身躯被遮蔽在相似颜色的塑料布之下。远远看过去，蛋糕裱花糊成一团。我从不觉得这个广场因为"浓浓的欧洲风情"而有多好看。

顺着耶拉契奇广场的电车轨道，转个弯就又回到了兹里尼斯基广场。公园里绿树成荫，亭亭如华盖，由奥地利建筑师赫尔曼·博莱（Herman Bollé）设计的"蘑菇喷泉"不知疲倦地喷洒着晶莹的水柱，公园的中心矗立着一个19世纪的八角形音乐凉亭，顶部和八根支柱由黑色铸铁制成，每个侧面都有精心设计的圆弧顶，呈现扇形拱门的模样，就像童话里的公主等待心上人时停留的凉亭，又像一座空心的旋转木马，徒留凝固的转盘。

正逢克罗地亚天主教的复活节前夕，公园里布置了许多明艳的装饰品，巨型塑料兔子坐在地上，竖起金黄色的大耳朵，等着孩子们抚摸。许多尼龙编织篮子堆在小道两边，篮子里的彩蛋太多，滚到了地上。孩子们在兔子和彩蛋之间疯跑，家长们满怀爱意地拍摄下他们的笑貌，提醒他们不要跑远。

凉亭四周，停着四辆滑稽的手推车，四个老头在四个角上分别售卖爆米花、冰激凌、卡通气球以及旅游纪念品。画面温柔 —— 想想看，复活节前夕，童话似的凉亭周围，圣诞老人模样的胖老头笑眯眯地诱惑着小孩。他们递来巧克力甜筒和唐老鸭气球。幼童发出喜悦的咯咯笑，父母在温柔地呼唤他们的名字。我突然觉得，是否理解这个广场沉重的历史寓意，也许一点也不重要。

天赋之鞭抽动他的肉体

整整一星期，我的眼睛才适应了这座城市自相矛盾的外表。我提醒自己，这并不是冲突，只是不同历史时段留给萨格勒布的地质岩层。事实上，这是游客的幸运。

在春雨后的周六，我从已经看习惯了的托米斯拉夫国王广场那座气势吓人的雕像下出发，走向城市的心脏。我穿过具有达盖尔银版法摄影风格的国家艺术宫，这座建筑通体浸染着令人愉悦的鹅黄色，是1897年建成的新古典主义风格的展览馆，在下城区普遍暗色调的建筑群中就像一位脱颖而出的娇俏女士。我喜欢她散发出的活泼的生命气息。

这座艺术宫原本是一座欧洲古典城堡。1896年，匈牙利布达佩斯举办世界博览会，当时的克罗地亚展览馆是一座钢架结构城堡，克罗地亚人为自己能贡献一座美丽的迷你城堡而倍感自豪。他们是这样喜爱自己的艺术，尊重用自己的头脑和双手创造出来的每一件艺术品，世博会结束后，他们根本不同意在异国他乡拆毁它。参会者一拍大腿，做出了惊人的决定——不惜工本，不论距离，不管交通，必须把这座城堡迁回萨格勒布。他们做到了。韦斯特女士曾善意地揶揄塞尔维亚人对待艺术品的态度："他们农民般节俭的本性告诉他们，知名大师用昂贵材料精心雕刻的雕像被扔掉的话是缺德的浪费。"[1]这令人忍俊不禁的评价，同样适用于克罗地亚人，从源头上说，他们根本没有区别。

　　和艺术宫明艳的外表相比，宫内经常更替主题的艺术展览，反而让我觉得无趣。2019年4月，馆里正在展出20世纪萨格勒布重要的雕塑家杜尚·扎莫尼亚（Dušan Džamonja）在20世纪50年代颇具颠覆性的雕塑作品。这位长寿的斯拉夫现代艺术家，一生不断变化创作风格。受到20世纪现代主义的影响，他的作品里繁复精细的元素越来越让位于一种动态的简约，并且更多地使用钢铁、玻璃、金属丝和黑色混凝土作为原材料，但主题又倾向于现实主义，这些作品阳刚、充满隐喻，但也不知所云。1957年以后，这位脑洞很大的艺术家又突然决定抛弃原有风格，开始天马行空地创造一种具有"几何学式的纯净"的雕塑，他称之为"钢铁织锦"。在这些同样令人费解的作品里，艺术家再次使用各色原材料进行拼接，以此表达"精神性的冲突"。

1　丽贝卡·韦斯特，《黑羊与灰鹰》，467页。

我云里雾里地在艺术宫走了一圈，对自己的欣赏无能倒没觉得有多遗憾。克罗地亚人是出色的艺术家，天性里隐藏了斯拉夫式的审美天赋，我毫不怀疑，在永不枯竭的激情与西方文明熏陶的双重作用下，这里有世界一流的雕塑家——比如伊万·梅什特罗维奇（Ivan Meštrović），一个典型的斯拉夫艺术天才。

我喜欢在萨格勒布街头姿态各异的塑像前驻足观赏，不落窠臼又壮志满怀的克罗地亚艺术家们从未停止对艺术的崭新探索，又因为这个国家不甚清晰的历史轮廓，这些雕塑作品呈现出彼此冲撞的精神状态。而伟大的伊万·梅什特罗维奇，也许只有在他的作品里，才流动着真正属于斯拉夫人的神秘血液。尽管他早早去了美国，没有体验过社会主义南斯拉夫。

几乎是直觉性地，我爱上了这位天才雕塑家的作品。它们粗犷慵懒，却流畅得让人惊奇。漫不经心，又因为把想表达的全都表达了，显出一种巨兽心满意足躺下休息的姿态。这位狮子座的雕塑家，1883年出生在克罗地亚，1947年离开新建立的南斯拉夫，去美国生活，直至去世。

他是克罗地亚最杰出的雕塑家，他的横空出世被罗丹称作"雕塑界中最伟大的现象"。梅什特罗维奇13岁就已经是一名大理石切割师，三年后，他受到奥地利一名富裕矿主的资助，前往维也纳学院学习。22岁时，这个天才就在维也纳举办了分离主义风格的雕塑展览，从此越发受到欢迎。"一战"前他在巴黎，创作的五十多件作品为他赢得了世界声誉。南斯拉夫王国成立后，他回萨格勒布定居，担任萨格勒布艺术学院院长，并成为物理学天才尼古拉·特斯拉的密友。"二战"期间，他被萨格勒布的法西斯组织乌斯塔沙投进监狱，后来在梵蒂冈的影响下才获释。梅什特罗维奇被逮捕的原因是，当局担心他会移民。

但他还是逃走了，以一种并不太光彩的方式——他的瑞士签证是拜托"克罗地亚独立国"的外交官来获得的。铁托的南斯拉夫政府邀请他回国，但他拒绝了。1962年去世之前，梅什特罗维奇最后一次返回南斯拉夫，目的是访问被当时共产党政府监禁的红衣主教阿洛伊齐耶·斯坦皮纳茨（Aloysius Stepinac）以及铁托本人，但他表示自己不会停留，他不能和铁托的南斯拉夫共存，因为那个政权不符合他心中"南斯拉夫多元文化的图景"。

这个有诸多争议的天才，早年长相酷似列宁，后来因为留着长胡子而越来越像托尔斯泰。他一生被体内无法控制的激情和冲突所驱使，如同毛姆《月亮和六便士》中的疯子画家斯特里克兰，天赋之鞭抽动着他的肉体，他必须创造。

梅什特罗维奇留下了好几百件作品，散布在世界各地，但最能体现他艺术理念的作品几乎全献给了巴尔干：贝尔格莱德的卡莱梅格丹城堡要塞上著名的赤裸美男"胜利者"，斯普利特（Split）的戴克里先（拉丁语：*Gaius Aurelius Valerius Diocletianus*）宫殿门口捍卫克罗地亚语使用权的巨人大主教格雷戈里，萨格勒布大学教学楼门口的那座怀抱中世纪斯拉夫语字母表（格拉哥里字母表）石板的克罗地亚女性，杜布罗夫尼克（Dubrovnik）古城大门上塞尔维亚彼得国王的雕像，黑山的洛夫琴山上诗人统治者涅戈什的陵墓……

梅什特罗维奇将这些洋溢着民族热情的大胆的切割物，献给他追随的"南斯拉夫"文化理想。这些高大又强壮的斯拉夫人的身体，无论是青铜还是石膏材质，都从内向外散发出一种肉感而结实的光泽，而他们的脸部塑造却是极度简约的，创作者似乎认为，斯拉夫人的表情无须雕刻。梅什特罗维奇曾深刻地受到米开朗琪罗的影响。

许多研究南斯拉夫历史的文化学者都认为，梅什特罗维奇才是真正体现"南部斯拉夫文化"理想的完美代表。他是一个克罗地亚人，一个热心的南部斯拉夫多元文化的倡导者，一个伟大的欧洲人，而不是一个肤浅的"国际主义者"。他曾这样写过自己："我知道我的职责所在，我只是尽力在祖国的荒土上多播撒一些种子。"

生命之井：斯拉夫人的秘密

在萨格勒布上城区有一个梅什特罗维奇艺廊，展示了他创作生涯前四十年的一百多件艺术品。我站在门口张望，却没有走进去。室内展厅有方方正正的天井和铺着光滑大理石的地面，里面拥挤地陈列着艺术家创作的青铜像、石膏像和木刻像，而我认为这并不是展示梅什特罗维奇的最佳方式。

想要理解这个天才，必须给他的雕塑让出足够开阔的空间，好让这些斯拉夫灵魂自由地舒展，自然地展现因准备献身给某种理念而流露出的甘愿受苦的神情。比如，在克罗地亚国家剧院门口，一片郁金香花海之中的那口"生命之井"。

我喜欢这个"长"在地上的青铜雕塑。它位于一个有台阶的圆形空地中央，微微下沉于地表，很容易被粗心的路人忽略，但如果你注意到了它，长久地凝视它，你会得到意外的精神享受：一种由于领悟了斯拉夫人价值观而产生的狂喜。这是一个青铜奇迹 —— 被称为生命源泉的古井，四周环绕着人形铸成的井栏，那些人形用肉身守护心中的泉眼免于尘世的污染。

这是梅什特罗维奇创作于1905年的职业生涯早期作品，首次展示于维也纳的分离主义展览。1912年，克罗地亚人原封不动把它移到了国内，并永久性地展示在国家剧院门口。

简单地说，这个雕塑代表了生命的循环，雕塑家用娴熟的雕刻技巧，给饱满的斯拉夫灵魂以具体的形态 —— 中央的古井被连续的人体轮廓包围，共有十个裸体人像，从幼童到耄耋老人，他们跪坐在地上，大多数成双成对，以拥抱或其他方式缠绕彼此的肉体，连成一个圆环。唯一突出的个体，是凝视着自己在古井水面倒影的长者。

这个圆环揭示了某种关于生命的秘密：一个自然老化的过程。活着有什么奇迹和烦恼，痴缠的赤裸之人正在对你倾吐，而你无法区分哪里是生命的起点，哪里又是终点，这和年龄无关——每个角度都可以是起点，任何一个身体部位上光滑发亮的弯曲，都能让视线光滑地扫视整个圆环。你从一个点出发，但会看到全部。

梅什特罗维奇再一次显示了天赋，他做到了真正通过雕塑来表达人类的心灵属性和热情，他甚至可以达到这样一种程度——作为观众，我们不需要注意雕塑的表情，仅仅凝视那粗犷切割的身体形态，就可以理解作品的情绪。在这口"生命之井"边，我看到一种非常健康的斯拉夫人的人生观——生命无谓始终，只要守护那股源泉，让它流动，保持纯净，活水能涤荡你在尘世遭受的一切灰败与疲倦。斯拉夫人总是疲倦又亢奋，几乎人人都是一张基督受难者的脸，而眼睛却犹如黑夜山头燃烧的火把。

给克罗地亚老祖母献一束花

真是受不了，也许2019年复活节前的雨水太过频繁，导致我在萨格勒布住了一个星期后，决定再也不来了。四月的雨夹着不知从哪个方位刮来的寒潮大风，刮起来没有轻重缓急，街头的行人阴沉着脸，棉大衣和羽绒服挑衅似的赖在身上。他们不耐烦地收了雨伞，匆匆拐进街角的咖啡馆，没了踪迹。城市中心广场上露天的桌椅被随意地摞起来，像塌了一半的积木胡乱扭在一起，就如同没有亲妈的孩子，在广场上淋着雨。克罗地亚内陆的春天真要命。

我来到旅行手册里煞有其事介绍的露天集市"多拉茨市场"，它位于作为上城区和下城区分界线的阶梯广场。在雨天里连成一片、压得很低的红白格子布伞下，市场里的气氛低落。海鱼摊位、猪肉铺子、健康食品摊、面包店、奶酪柜、鲜花摊、蔬菜瓜果摊，受到雨水的浸染，全都耷拉着脑袋。

我站在集市入口处，暗自丈量着克罗地亚大婶模样的青铜塑像（又一座塑像）。大婶挺彪悍，穿着克罗地亚民族传统服装，身材壮实，头顶一个满满当当的菜篮子，却依然能保持平衡，双手叉腰，很是骄傲地站着。

这位大婶名叫"库米查"（Kumica），也就是"老祖母"的意思。她是强壮勤劳的克罗地亚农村女性的化身。在交通极不发达的时代，这些乡村女性经常头顶沉重的菜篮子，长途跋涉来到城里，售卖自家的奶酪和蔬果。因为吃苦耐劳的性格，这些女性被人们亲切地称作"库米查"。据说，萨格勒布的男人经常会在这位老妈妈叉着腰的臂弯里放一把新鲜的丁香花，或者在她的脖子上挂一串紫罗兰。

这种表达敬意的方式让人莞尔。从本质上说，斯拉夫民族是母性的民族，女人们勤劳、谦卑、沉默，总是在超负荷地干活，而男人们乐得把自己的饮食起居交给女人全权代理，快活地一边喝着烈酒，看着女人劳作，一边讨论国家、战争乃至抽象的宇宙问题。是的，女人的地位并不高，可在那个年代，又有哪个民族的女性是被平等对待的呢？斯拉夫民族的特色在于，一边让自己的女人累个半死，一边笨拙而真诚地爱着她们，而且从不吝啬表达。

不过在这个见鬼的雨天，大婶的臂弯和脖颈上都空荡荡的，没有人献花。

只有朝气明亮的生活才值得过

顺着阶梯广场，一路往上，在尽头处向右拐弯，就是上城区，这是萨格勒布历史开始的地方。发源地有两座低矮的小山，它们分别形成了定居点卡普托尔（Kaptol）和格拉达茨（Gradac），1850年两处定居点合并，萨格勒布由此诞生。其实早在中世纪时，这两个定居点被一条水流湍急的河谷分开，两地百姓各自安居乐业。卡普托尔是精神中心（也称为大主教管区），现今萨格勒布大教堂所在地，牧师们被赐予土地，居住于此。

格拉达茨的居民呢，在匈牙利王国的统治下倒也很太平，国王贝拉四世为了表彰居民的顺从，赐给他们金玺诏书，这表示格拉达茨居民从此拥有可以不受地方长官管辖、只需要履行军队职责的特权。

格拉达茨百姓其实不太在意这种"皇恩"，和隔水相邻的卡普托尔邻居相比，他们世俗得多，满脑子都是怎么做买卖的问题。自然，他们人丁兴旺，来往商贩众多，市集热闹繁华。而隔壁的大主教管区因为专注宗教生活，人口稀少，也不屑于商业，所以连个像样的集市都没有。于是，每年四月份，格拉达茨就会举办为期两周的贸易节，吸引隔壁居民过来采购农副产品。

好日子没持续多久，更精明的威尼斯人来了，他们从达尔马提亚海岸开始，一步步向内陆渗透，像条贪婪的毒蛇，逐渐掌握了克罗地亚的贸易资源，与此同时，不死心的奥斯曼土耳其人，也一直对这块地区虎视眈眈，像一只绕着铁笼子转圈的花猫，明知道够不着笼子里的金丝雀，可总是心痒痒，时不常就来骚扰一下。格拉达茨经济大不如前，出于自我保护的本能，他们不再允许卡普托尔居民过河来这儿买卖交易。当时，双方因为争夺河谷的水资源，已经剑拔弩张，加上这个雪上加霜的规定，两边说打就打，大规模冲突所造成的伤亡，把河谷和街道都染成了血红色。

被污染的河谷只得被迫改道，两个地区也被政府索性合并。如今，在被填充的河谷之上，是一条叫作特卡尔契奇的步行街。这条街因上文所说的居民喋血斗殴史而落了个"血街"的外号。"血街"年轻时代名声不佳，在1899年到1941年间，街上几乎每栋房屋都是妓院，光顾的多是奥匈帝国的官员。由于它的中心地理位置，奥匈帝国下令，所有窗户都要装上不透明的玻璃和红色灯笼。

这让我想起了1903年塞尔维亚那场血腥的皇家谋杀事件，奥布雷诺维奇家族最后一个皇帝亚历山大和大他10岁的情妇德拉加皇后，被一群无法无天的叛乱军官刺杀于宫殿内，手段之凶残令人发指。两具尸体被剥光衣服，嗜血者用剑划破他们的脸，剖开他们的肚子，将赤裸的尸体扔到王宫的阳台外。根据《黑羊与灰鹰》的描述，当时，和王宫一街之隔的俄国使馆里，俄国公使整晚都透过百叶窗的缝隙观看这场悲剧，他有机会制止，可是他什么也没有做。不过：

一位绅士总有他的底线。俄国公使走进花园，走向那些正站在那里的军官，指向尸体。"看在上帝的分上，"他说，"把他们抬进宫殿。不要把他们留在雨中让公众看到。"被记录下来的这句话，足以象征列强在巴尔干地区施加教化影响的本质和程度。[1]

1　丽贝卡·韦斯特，《黑羊与灰鹰》，554页。

遮盖在历史温情面纱下的脸往往不会太好看，可而今，用"风景如画"来形容这条街也不为过。我打着伞，站在街上发抖（因为太冷），但仍然觉得这是一条美丽的街，灰败的雨雾一点也没有挫伤它的生命力。特卡尔契奇街延续了萨格勒布工匠和商人的百年传统，手工作坊林立，但最多的还是咖啡馆和餐馆。虽然它们也和耶拉契奇广场上的建筑类似，紧挨彼此，犹如花色奶油蛋糕，但我猜，住在这条街上的肯定是一群热爱甜食和美酒的老百姓，他们给自己的房子漆上梦幻般的颜色，青草绿、玫瑰红、奶油白……在雨中，色调柔和的房子轻纱笼面，楼层都不是很高，有某种小生产者群体的默契——炫耀式或占领式气质的建筑在这里没有生存的空间。只有明亮的生活，可以在这年轻的城镇得以延续。

一位巴尔干女牛仔

在"血街"上，你能看见一个用罗马字母标识时间的古老日晷被固定在一面墙上，这面墙属于一座普通的三角尖顶小石屋，墙体破旧发黄，凹凸不平的墙身被嵌入了四扇木窗，墙角的黄漆剥落，露出珊瑚红色的石砖。这座小房子是个名不见经传的小咖啡馆，主人似乎没觉得那个古老日晷有什么保护的必要。

日晷前方，站着萨格勒布著名女记者玛丽亚·尤里奇·扎戈尔卡（Marija Jurić Zagorka）的立身塑像。长发盘头，长裙及地，戴着长手套，手扶一把撑地的尖柄雨伞。这位丰满的女士身形挺拔，神情严肃，大大的圆眼严厉地瞪着前方，嘴角抿紧，不怒而威，即使裙摆褶皱如鸢尾花般散开，也让人无法把"温柔""甜美"这种字眼和她联系在一起。

这位扎戈尔卡女士，看上去比克罗地亚的男人还要阳刚。她长得胖乎乎，体内好像有个小马达，扬着肉鼓鼓的下巴，瞪着圆圆的双眼，敢于反抗一切加之于身的歧视和不公。作为克罗地亚和南斯拉夫王国历史上最重要的一位女权主义者，东南欧地区的第一位女记者，扎戈尔卡是她性别的叛逆者。在一个父权制占绝对统治地位的社会里，她像一个不管不顾的女牛仔那般冒出来，左奔右突。

1873年，她出生在一个富裕的克罗地亚家庭。这个历史时期，在依附于奥匈帝国的克罗地亚境内，女性不能像男子那样获得同等的受教育机会。尽管如此，扎戈尔卡还是因为家庭的上层地位而接受了良好的私立教育。她的梦想是成为一个演员，但父母粗暴地把女儿嫁给了一个她从来没有见过的匈牙利人。在经历了和这个大沙文主义的匈牙利男人如同道德监禁的三年婚姻后，扎戈尔卡一个人逃到了萨格勒布，开始了她开拓性的事业。

20世纪初，巴尔干民族解放运动的火山正在积累热能，百姓在沉默地等待，女人们又在同时经历另一种社会歧视的挤压。在克罗地亚，匈牙利、奥地利的长期统治造成了至今也难以根除的影响。匈牙利的民族主义者们，除了自己的马扎尔文化之外，对其他民族的民族情感都表现出一种奇怪的憎恶。奥地利人很有耐心，从教育到修路，从建筑到饮食，他们有计划地在克罗地亚逐步推进对日耳曼文化的认同感。在同化进程中，克罗地亚男人被集体噤声，更不要说从来就不存在的女人。但这挡不住女牛仔扎戈尔卡，她就是要说话。她成了克罗地亚第一个政治记者，新闻作品在最受尊敬的克罗地亚日报《奥布佐尔》（*Obzor*）发表，虽然不被允许用真名。

《奥布佐尔》的总编辑不喜欢这个滔滔不绝的女人，称呼她为"无名的巫婆，感染了社会主义和女权主义的观念毒气"。当时，因为担心女性员工的存在会让报社的访客感到羞耻，扎戈尔卡被迫在一间用窗帘隔开的独立小房间里工作，不许见外人。

扎戈尔卡的前半生，与马扎尔文化、日耳曼文化这两种席卷克罗地亚的风浪做斗争，并为此进了监狱。1903年她在萨格勒布领导了第一次女性抗议游行，动员劳工阶级女性参与政治活动，1918年她写出了克罗地亚第一部科幻小说《红海》（*Crveni Ocean*），1925年她开办克罗地亚第一本女性杂志《女人的报纸》（*Ženski list*）。"二战"期间，她的作品因为反对法西斯傀儡政权"克罗地亚独立国"的统治，被禁止出版。战争结束后，男同事们觉得她那套女性主义宣言已经无人问津，都嘲笑她，而她则继续组织言行大胆的女权运动，直至1957年去世。

同时代的男人觉得她太过吵闹，几乎没有男人喜欢她。一个男人曾经刻薄地咒骂她："你胆敢这么早就来到这个世界上！"她写了许多小说，《格里奇的女巫》（*Gričku vješticu*）是最受欢迎的，于是萨格勒布的男人也用"女巫"来称呼她，她对此欣然接受。在那些情节扑朔迷离的故事中，狡黠的女主角们穿上父权社会强行勒紧她们的紧箍胸衣和沉重的裙装帽饰，与各种道德压力拔河，几个回合后，她们获得了自由。

今天，在萨格勒布上城区，多拉茨集市不远处，有一座以她的名字命名的图书馆，人们可以自由地进出。有一天，我路过图书馆，看见一位拄拐杖的老人在门口探头张望。我问他为什么不进去，老人可能和我开了一个温和的玩笑："我小时候见过扎戈尔卡女士。坦白说，萨格勒布男人至今还有点害怕她，这个女人真的让人吃不消。"

天国的教堂，人间的建筑

时间快到中午十二点，特卡尔契奇街上的人潮开始向某个方向集中涌动。我顺着人潮走，前方就是萨格勒布大教堂。灰蒙蒙的广场上，有人在派发橄榄枝叶，人们排队等待领取，领到的人就走进教堂，等待弥撒。

据《新约》记载，耶稣骑着驴子进入圣城耶路撒冷，百姓认为他是救世主，于是夹道欢迎，把他们的衣服和棕榈树叶、橄榄枝叶一起铺在他经过的路面上。但也是这群百姓，后来集体要求把耶稣作为叛徒钉上十字架。今日的萨格勒布，复活节临近，人们拿着枯瘦的橄榄枝叶走进大教堂，在弥撒迷幻般的祷告声中，等待复活的耶稣。

克罗地亚是天主教国家，梵蒂冈是他们心中的庇佑之所。尽管如此，它依然是罗马教廷用来划分基督教东西方的边界，是信奉天主教的哈布斯堡王朝用来对抗土耳其人的军事边界。它离东方太近，离西方却不够近。它就在伊斯兰的波斯尼亚旁边，也在东正教的塞尔维亚隔壁。越是地处边缘，就越对中心有强烈渴望，身在中心的人反而对归属感比较淡漠。对大多数克罗地亚人而言，他们世俗生活的中心是维也纳，而精神生活的中心，则是梵蒂冈。

同托米斯拉夫国王雕像一样，萨格勒布大教堂也是一个无法绕开的存在物。它拥有克罗地亚最高的建筑物——两个108米高的尖顶，无论走到萨格勒布的哪里，都像在绕着这两个尖顶走路。它们带着不容置疑的神气直冲云霄，无限接近天空。其中一个尖塔正在修缮，被包裹上一层土黄色塑料布，气势就因此减了一半，英雄突然气短，跌落成人间建筑。当地人告诉我，尖塔似乎永远都在维修，从没有人见过两个尖塔同时完整的模样。

萨格勒布大教堂曾被称为圣斯特凡大教堂，是巴尔干最大的罗马天主教建筑，整体采用哥特式风格，始建于1093年，1242年被鞑靼人破坏，并燃起一场大火，15世纪末入侵的土耳其人在大教堂附近修建了许多防御工事，

1880年教堂在一场大地震中被严重破坏，教堂中殿垮塌，塔楼基本全毁，无法修复，主政者决定对教堂重建，整修后的大教堂采用新哥特风格，并增添两个尖塔，就成了今日的庞然大物。

我战战兢兢走进去，心中并无对耶稣的强烈情感。作为一个来自东亚的游客，面对这样一座打上深刻宗教烙印的建筑物，脑海中的反应是轻微的恐惧，也许是因为联想到了天主教在克罗地亚近代史上施加的那些毁誉参半的影响，我并不虔敬。

被参天石柱支撑的大教堂，内部光线昏暗，宏伟也是朦朦胧胧的感觉罢了，透过天窗和电灯而四散的光变得稀薄，形成一张有形尘网，光线的颗粒在滞重的空气中流动，缓缓上升，消失在教堂顶端，顶端是被涂成海蓝色的天花板，缀以金色的星星，一切如坠梦中，直升天堂。

死亡只是一场别离

1937年复活节，丽贝卡·韦斯特参观了萨格勒布大教堂。在这里，她感到信仰的纯度被提升了：

当时，人们因为强烈的信仰而修建起这座建筑，这座建筑也承载了强烈的信仰。这是复活节的前夜，巨大的十字架被从圣坛上取下来，斜撑着放在台阶前。受难的基督，面色青灰，在脚边烛光的映照下黯淡不清。[1]

然而，教堂中殿的巨大枝形吊灯，显示出一种与阴沉的内部景观完全不协调的明亮。据说这些吊灯来自美国的拉斯维加斯赌场。把赌场的大灯拿来照明教堂，这是多么古怪的选择啊，我直犯嘀咕。

我继续往前走，来到主祭台，绕开了躺在水晶棺木里的红衣主教的遗体蜡像，走到祭台左侧，去看那座石头浮雕，浮雕背后是一座坟墓，里面的灵魂就是水晶棺木里的克罗地亚大主教阿洛伊齐耶·斯坦皮纳茨。这是一座谦卑的浮雕，刻画了大主教正在下跪接受耶稣祝福的场景，洁白的大理石黯淡无光，人物体态全无锋利线条，显得圆浑而朴实。这同样是雕塑家伊万·梅什特罗维奇的手笔，在他被乌斯塔沙关进监狱的日子里，是大主教斯坦皮纳茨救了他。他发自内心地尊敬这位大主教，在铁托即将成立社会主义南斯拉夫之前，他奉劝大主教逃离克罗地亚（正如他自己做的那样），大主教拒绝了他，他说愿意为了天主教的事业将自己献祭。

在克罗地亚，大主教斯坦皮纳茨是一个敏感符号。他是克罗地亚最有争议的人，因与乌斯塔沙的合作而被铁托的南斯拉夫政府判决犯有叛国罪，但同时又受到克

1　丽贝卡·韦斯特，《黑羊与灰鹰》，60页。

罗地亚民众的爱戴。这是一个暧昧不清的灵魂，如同萨格勒布模糊不清的城市轮廓。他是一个虔诚到极致的天主教徒，一个热心的克罗地亚民族主义者，一个捍卫信仰乃至甘愿牺牲自己的人，一个极度恐惧共产主义的人，一个在政治上极度幼稚的人，但同时，又是一个不接受苟延残喘的人，一个冒生命危险来营救老弱妇孺的人。在他生命的终点，谁也无法揣测他的内心。

虽然斯坦皮纳茨并不喜欢纳粹，认为法西斯是"异教"，但对共产主义的恐惧蒙蔽了他的感知。他和乌斯塔沙的纳粹头子安特·帕韦利奇会面，欢迎这个政权来主导天主教克罗地亚的未来，他丝毫没有发觉，这个政权不过是纳粹德国和法西斯意大利扶持的傀儡。为了不惜一切代价阻止共产主义，他任凭自己的心灵麻痹，对乌斯塔沙屠杀塞族人、犹太人和吉卜赛人的暴行视而不见。一直到大屠杀的残忍让他无法再装聋作哑时，他开始在私底下对乌斯塔沙激烈抗议，把犹太人藏在大教堂里，帮助其躲过搜查，他还成功解救过上千名塞族儿童和共产党游击队员。但同时，他从来没有和乌斯塔沙公开决裂过，还继续参加他们的公开集会。

有人说，斯坦皮纳茨这么做，是因为他知道一旦决裂，就不能再保护那些"异教徒"。也有人说，他对乌斯塔沙反人类罪行的妥协，足以证明他是一个刽子手。在1946年一场走过场的审判过后，斯坦皮纳茨被铁托软禁起来，直至1960年去世。

他曾说，死亡只是一场别离。我们不会再有答案，他却留下了糟心的遗产。生前，他拒绝了铁托的要求——让克罗地亚教会独立于梵蒂冈，让南斯拉夫政府对天主教学校和报刊进行限制。许多克罗地亚人假定他无罪，许多塞尔维亚人确信他有罪。于是，正如《南斯拉夫史》（*Yugoslavia as History*）的作者约翰·R.兰普（John R. Lampe）所说："天主教的宗教权利问题转变成一种易被利用的民族争端。"

在克罗地亚，乃至在巴尔干，宗教问题实在太重要。因为宗教从来不仅仅是宗教，它和民族认同、民族情感、民族冲突搅在一起，是一种让人心痛而无能为力的工具，大主教斯坦皮纳茨的遗产也就是这样一种工具。用罗伯特·卡普兰的话来说："斯坦皮纳茨的魂灵成为塞尔维亚—克罗地亚之争的重要的符号，而这个巴尔干地区最大的、最关键的、已分崩离析民族的其他所有民族仇恨都围绕塞尔维亚—克罗地亚之争展开。"[1]

此刻弥撒已结束，教堂里的人群缓缓向外移动，我盯着那些跪下亲吻石头浮雕的人发呆。1994年，正值克罗地亚和塞尔维亚的内战不可开交之时，天主教梵蒂冈的教皇保禄二世来到萨格勒布，为斯坦皮纳茨举行追思弥撒，赞美这位大主教。教皇赢得了长久的热烈掌声。

---

[1] 罗伯特·卡普兰，《巴尔干两千年》，28页。

我感到喘不上气，从阴沉的大教堂跑出来，虽然雨还没有停，但起码空气是清新的。我再次站到教堂门口的广场，仰望圣母玛利亚纪念柱，四位表情柔和的天使环绕着顶部的圣母。阴雨中，圣母的头发金光闪耀。雨水把广场地面冲洗得几乎透明，倒映出大教堂的剪影。把这座巨型物倒过来看，凌厉的外观被磨得毛毛糙糙的，像油画家的一幅早期习作。

历史遗忘他们，还是他们遗忘历史？

顺着鹅卵石斜坡，我小心翼翼地下山。路面湿滑，鹅卵石地晶莹剔透，如同镶钻的表盘。我时常因道路两边多彩多姿的小店铺而分心，尤其受到那些花花绿绿的领带店的强烈吸引。

克罗地亚旅行手册的封面上，几乎都有一个外形很酷的克罗地亚墨镜硬汉，身穿白衬衫，打着克罗地亚领带，英挺地靠墙而立。这是阳刚气十足而又西欧绅士做派的典型画面，但领带才是主角。

领带被认为是克罗地亚人的"土特产"，但最初的历史可能有误。它的历史可以追溯到罗马帝国时期，在古罗马的战场，杀敌的战士胸前要系上一条领巾，在杀人后用它来擦拭战刀上的鲜血，这也是现代领带大多采用条纹型花式的起源。来自哈布斯堡王朝军事边界的克罗地亚轻骑兵，在法国路易十三（Louis XIII）统治期间

（1610年至1643年）被征募进入法国军团，当时就在脖子上系一条传统围巾作为身份的识别标志。

1688年，"太阳王"路易十四（Louis XIV）在巴黎检阅克罗地亚雇佣军时，发现这些衣领上的布带子十分时髦，追求时尚的法国人就开始采用这种时尚的配饰，并用"cravat"（克罗地亚语：kravata）这个词来指称领带，也表示"像克罗地亚人一样系领带"。这个词的起源，是法语里表示"克罗地亚人"的"Croate"的错误发音，当时，人们就称呼克罗地亚人为"戴领带的人"，"领带"就成为克罗地亚的代名词。

这是嗜血的优雅。如今风靡全球的克罗地亚领带的经典式样，是取材于国旗元素红白方格盾牌的花纹款，可是塞尔维亚人和犹太人恐怕不会太喜欢它们。1991年克罗地亚从南斯拉夫独立出去，当他们使用的新国旗上恢复了红白方格盾牌图案时，塞族人心中暗叫不妙。它的确是克罗地亚人纯正的传统徽章，却也是"二战"期间的乌斯塔沙政权使用的旗帜图案。而这个政权到底处死了多少塞族人和犹太人，至今数字仍有争议。

颇受欢迎的克罗地亚女作家斯拉文卡·德拉库里奇（Slavenka Drakulić）在20世纪90年代第一次去以色列，她从来没有想到，等待她的是一群犹太人不依不饶的诘问：你感到内疚吗？

"二战"期间，"克罗地亚独立国"在臭名昭著的亚塞诺瓦茨集中营杀害了大量的塞族人、吉卜赛人和犹太人，虽然具体数字一直不确定，但肯定有超过一万七千名犹太人被处决。在特拉维夫，在斯拉文卡准备做文学讲座的礼堂里，她惊异地发现，在座的数百张面孔几乎都在酝酿一种骇人的情绪。她收到接二连三的读者提问："关于克罗地亚人在'二战'期间对犹太人的所作所为，你道歉吗？""你是否对犹太人有什么话想说？""如今克罗地亚国内，是否有关于贵国"二战"罪行的任何公共讨论？"……斯拉文卡陷入失语。她出生于1949年，乌斯塔沙犯下暴行时，她还没有出生。她不明白，一个人是否必须永远为他的先人所犯罪行而内疚？一个克罗地亚人面对犹太人时，是否必须永远是忏悔的姿态？[1]

但事实远比这些问题还要复杂。斯拉文卡意识到，就她所知道的历史而言，她愿意以个人名义向犹太人道歉，但是如果想借此解释如今克罗地亚国内如何面对这段历史，却太困难了。在独立后的克罗地亚，关于那些并不光彩的历史，公众保持了沉默。不知是在等待历史遗忘他们，还是在等待他们遗忘历史。

但我想，历史不会放过想要遗忘的人，历史会审判这些人，让他们一直活在历史中。这是吊诡的地方——你拼命想记住的某个东西，即将从你的生命中淡去；你

1　详见斯拉文卡·德拉库里奇的东欧文化随笔著作《欧洲咖啡馆：寻找自我的东欧世界》（*Café Europa: Life After Communism*）中的 A Croat Among Jews 一章。

拼命假装不存在的东西，已经扎根在你的体内。对于克罗地亚人（包括塞尔维亚人）来说，拼命想记住的是中世纪的荣光，是曾经的独立王国版图和英雄神话，拼命想抹去的东西，是自己犯下的罪行。

他们的巴尔干，不是我们的巴尔干

我在萨格勒布意外结识了一位克罗地亚老太太，名叫菲卡。就在我从大教堂逃出来的那个阴郁午后，当我流连在一排可爱的小店里，想舒缓一下心情时，遇见了这个手工首饰品店的店员。说她是老阿姨可能有点失礼，已经58岁的她时髦，热情，戴一顶卓别林款的高礼帽，有一头瀑布般的卷曲金发，穿破洞牛仔裤，像一个现代的吉卜赛女郎。

她热情地招呼我，发现我盯着一对陈旧发亮的钱币耳环，过来向我问好。这对耳环是1909年破损钱币的加工品，面值两个第纳尔，上面的图案是代表斯拉夫文化的双头鹰图腾。我说我喜欢这对耳环，即使它已经完全氧化发乌。这位女店员对我很有兴趣，她判断我是"又一个对南斯拉夫历史有浓厚兴趣的东方人"，她提出想和我做个朋友，请我去喝咖啡，对我诉说"克罗地亚的故事"。

我欣然会意，也求之不得。当晚，菲卡就把我带到了耶拉契奇广场一个震耳欲聋的酒吧里"喝咖啡"。这家装修前卫的咖啡馆，放送欧美流行的混音舞曲，服务生和DJ的花臂文身十分扎眼。室内摆着米白色高脚凳和咖啡色软沙发，墙面是波普风格。我像是置身在伦敦或纽约的某个现代时髦酒吧。为什么一个萨格勒布人带我来这么个地方，我很不解。菲卡说，她要让我感受一下"现代文明"。

但是她并没有给我感受的时间。服务生刚把咖啡端上来，她就开门见山问我："来吧，中国姑娘，关于克罗地亚，你好奇什么？有什么问题我可以为你解答？"我觉得挺别扭，这并不是新闻发布会。我扭捏起来，顾左右而言他。菲卡见我吞吞吐吐，爆发出夸张的大笑："原谅我，自从1991年那场战争后，每个到巴尔干来的外国人，差不多都是来提问的。我遇见过太多这样的外国人，你们都觉得和我们聊聊天就能找到某种答案，但没有外国人能真的了解巴尔干。"

我给她列举了丽贝卡·韦斯特的《黑羊与灰鹰》、罗伯特·卡普兰的《巴尔干两千年》、休伯特·巴特勒（Hubert Butler）的《巴尔干随笔》（*Balkan Essays*）等诸多众口交誉的巴尔干主题作品。她点上一支烟，口气很是不以为然："是的是的，你说的也许都是好书。但我告诉你，没有几个克罗地亚人或者塞尔维亚人会在乎。这些博学的外国人，他们没有和我们生活过，他们永远不会了解，在巴尔干，喜剧就是悲剧，悲剧的形式也像喜剧。外来者意外得到了冰山一角，却永远不会知晓事情的全貌。他们的巴尔干，不是我们的巴尔干。"

"但你还是需要允许外部的解读啊。有时候旁观者会更清醒，因为亲历者都太沉溺于自己承受的伤害中了，是看不见敌人所受的伤害的。"我坚持我的看法。

"所以你可以告诉我你的问题了吧？"她似笑非笑。

我说，发问之前，请让我先将一将自己究竟有多少东西没有消化——在萨格勒布不少博物馆的纪念品店，都有现代克罗地亚共和国首任总统弗拉尼奥·图季曼的银币纪念徽章和人物纪念册售卖。这位"国父"在1991年的巴尔干战争中，和塞尔维亚的总统米洛舍维奇一样，是狂热的民族主义者。他领导的联合犯罪集团，屠杀了克罗地亚境内许多塞族人。不仅如此，这位年轻时与乌斯塔沙作战的游击队员，把"二战"中死于亚塞诺瓦茨集中营的犹太遇难者的人数最小化。

这位"国父"，从未亲自去过亚塞诺瓦茨，从未像当年的联邦德国总理维利·勃兰特（Willy Brandt）那样，在波兰华沙犹太隔离区起义纪念碑前下跪。面对克罗地亚这段黑暗的法西斯暴行历史，图季曼和他的民族狂热分子追随者们从来没道过歉。而这些民族狂热分子中，有些是当年乌斯塔沙政权的成员，他们之中居然还有一个人在独立后的克罗地亚议会当选为议员。

克罗地亚，还有更多怪事让我无法理解。比如，如今的克罗地亚军队中有某个旅以乌斯塔沙来命名；每年4月10日（乌斯塔沙建立的法西斯政权"克罗地亚独立国"的诞生日）还有民间的纪念活动；国内有以乌斯塔沙政权的文化部部长米莱·布达克（Mile Budak）的名字命名的街道（这位部长签署了反犹太种族的法令）；在克罗地亚第二大城市斯普利特，街上"让犹太人去死"的涂鸦长期存在；文化界出现了讲述安特·帕韦利奇"英雄事迹"的大量历史新书；现在流通的货币"库纳"正是乌斯塔沙时期的货币名称……这些咄咄怪事，难道不会让一个外来者感觉到不安吗？了解这个国家的历史后，把它和当下所见对照，让人疑窦丛生。

"不能让受害者也下跪"

七十多年前，"二战"的前夜，韦斯特身处阴冷的萨格勒布，克罗地亚知识分子瓦勒塔告诉她：

在这地方，没什么是轮廓分明的。……没任何东西在这地方有任何的形态。那些我在巴黎或伦敦时看来似乎很明显的运动，到了萨格勒布这地方，就变得让人完完全全看不明白了。[1]

由此，韦斯特迷失在了这座城市中：

---

[1]　丽贝卡·韦斯特，《黑羊与灰鹰》，104页。

萨格勒布是否是一个没有实在性的城市，一如飘落的雪花般没有根底，从黑暗的虚空中坠落，跌入街灯的光影之中。[1]

今天我所感受到的萨格勒布，其轮廓之暧昧，与七十多年前韦斯特所感受到的居然是差不多的，可是"二战"都过去那么久了。坦白说，我最想问菲卡的问题，和犹太人想问作家斯拉文卡的问题非常相似：克罗地亚为自己的历史感到内疚吗？你们为什么不道歉？

在我迟疑着吐露了这个听上去咄咄逼人的问题后，菲卡要了杯李子白兰地，喝一大口定定神，然后说："我来告诉你为什么克罗地亚人不需要为乌斯塔沙的行为道歉。你首先必须了解，我们克罗地亚人也是乌斯塔沙的受害者。"二战"期间，德国入侵南斯拉夫，长驱直入萨格勒布。纳粹看出了当时克罗地亚的心思——想要急切摆脱塞族人说了算的南斯拉夫王国。于是他们就利用了克罗地亚，他们蛊惑我们：'嘿，你们想独立吗？你们想离开亚历山大国王吗？来吧，我们让你们独立。'于是，安特·帕韦利奇这样的疯子才能得势，才有了所谓'克罗地亚独立国'。克罗地亚人都很清楚，这不是我们想独立的本意，我们是傀儡。"

---

1 丽贝卡·韦斯特，《黑羊与灰鹰》，105页。

这里需要一点背景知识。1929年，亚历山大国王宣布取消宪法和议会，原来的"塞尔维亚人—克罗地亚人—斯洛文尼亚人王国"被命名为"南斯拉夫王国"，从此开启了一个以塞族人利益为中心的独裁主义王国的灾难性时代。克罗地亚人发现，萨格勒布的钱正在源源不断涌向贝尔格莱德，"中央"正在"偷"克罗地亚的钱。

"克罗地亚人是如此绝望，如此急切渴望从南斯拉夫那个是非之地抽身。这时纳粹德国来了：'来来来，我给你们独立的身份，给你们崭新的名字。'孤注一掷的克罗地亚人相信了魔鬼。后来我们知道，自己上当了，可一切已经无法挽回。但是，就因为这样，全世界就要称克罗地亚是法西斯国家？拜托！乌斯塔沙从来没有领导过克罗地亚，他们只是一群暴徒，他们不是克罗地亚人民，我们为什么要为了这些人而道歉？"菲卡非常激动。

"我再告诉你一个例子，足以说明克罗地亚人是怎么对待纳粹的。'克罗地亚独立国'成立后，有一次乌斯塔沙要求萨格勒布所有18岁以上的年轻人到体育场集合。年轻人去了，在现场，乌斯塔沙头子在广播里喊：'所有的犹太人，出列！'大家面面相觑，不一会儿，你猜发生了什么？年轻人们手牵手，集体出列！法西斯头子慌了神，他们总不能把所有的年轻人都杀了吧？最后大家平安无事地解散了。这就是萨格勒布对待乌斯塔沙政权的态度。"

"所以你觉得，克罗地亚人和纳粹势不两立，对吗？

那么你又怎么看待杀了那么多犹太人和塞族人的乌斯塔沙集中营？把守的大部分都是克族士兵。"我不依不饶。

"没有错，克罗地亚的确有狂热的民族主义疯子，他们之中真的有人杀了自己的塞族邻居，我感到抱歉。也确实有集中营的存在，但那不是克罗地亚人要建的，一切全是法西斯的授意，完全是纳粹的产物。你不能因为纳粹的邪恶，而把同样也是受害方的克罗地亚归为'纳粹国家'……不能让受害者也下跪。"菲卡犹豫着说出最后一句，好像也不是那么确信。

但她的回答依然不能让我满意。"当政府在淡化甚至美化乌斯塔沙的历史时，大家是沉默的，你又怎么说呢？"

菲卡陷入了沉思，良久，传来她低沉的声音："我只能说，这一切都是德国人的错，都是纳粹的错。"

"我们的悲剧，就是女人没有选对丈夫的悲剧"

看来，克罗地亚人对于接受自己的过去，可能有心理障碍。根据官方的阐述，对于克罗地亚来说，乌斯塔沙的"独立"性质比它的法西斯性质更重要，好像我们真的可以把这二者分开来评估似的。公共知识分子、政治家叶礼庭曾在20世纪90年代初深入巴尔干地区，当他亲历了那场汹涌失控的巴尔干狂热民族战争后（1991年克罗地亚战争），他无奈地承认：

要让克罗地亚民族主义者否认一个曾是法西斯的民族国家是不可能的。相反，克罗地亚人集体逃避这个问题，要么将乌斯塔沙的暴行视为塞尔维亚的宣传，要么玩弄统计手法减少在这里死去的人的数量，将暴行淡化成一般罪行。[1]

直接说菲卡可能也是一个克罗地亚民族主义者，这是不恰当的，她痛恨暴力，反对任何侮辱和歧视。作为一个克罗地亚人，她在私底下和许多来自贝尔格莱德的塞尔维亚人长期保持着深厚的友谊，她喜欢萨拉热窝的穆斯林女人，也喜欢马其顿的农民。在她的身上，我看见一种巴尔干世界主义的雏形。遗憾的是，在感知历史的时候，她变得麻木而固执，把一切罪责都推到外来者身上。

南斯拉夫分崩离析时，德国第一个跑出来承认克罗地亚独立。克罗地亚人和德国人又成了好朋友，新的政府对战争期间犯下的罪行并不忏悔，相反，席卷欧洲的狂热民族主义恶浪，在图季曼过后的克罗地亚势头不减。在萨格勒布，你会频繁听到人们抱怨政客的愚蠢，抱怨电视媒体不负责任，抱怨政府煽动民众，可是你很少听到有亲历者会说，是的，我们也有罪，我们的恐惧让我们顺从。

1　叶礼庭，《血缘与归属》，42页。

"我们必定是欧洲唯一积极复兴法西斯的合作者的国家。"南斯拉夫副总统、东欧第一个共产党的异议者米洛万·吉拉斯（Milovan Đilas）曾这样对叶礼庭说过。他是"二战"后南斯拉夫的重要缔造者，也因为指责铁托独裁而被下狱九年。他指的是克罗地亚的乌斯塔沙，但也包括塞尔维亚同样性质的切特尼克。吉拉斯曾经为之奋斗的所有理想，都不复存在。

在克罗地亚东部城市武科瓦尔（Vukovar），90年代巴尔干战争的大屠杀之地，叶礼庭站在一片废墟上，发现民族主义成了自我免责的道德言辞：一切都由对方负责。"民族主义战争中的每一个人都说着命运、被迫放弃道德的词语。"当我试图用迂回的提问让菲卡讲述克罗地亚在暴行中的责任时，她把一切罪责推给了德国人。当我试图把问题从"二战"时乌斯塔沙的罪行延伸至1991年的巴尔干战争时，她更是表现出了激烈的抗拒。

我同意叶礼庭的判断：关于过去的谎言最终摧毁了南斯拉夫。这个谎言就是："第二次世界大战是铁托领导的游击队反抗德国占领的民族起义。事实上，它是南斯拉夫人之间的内战。战后的南斯拉夫从来没有足够的时间治愈战争的创伤。"[1]而在这个南部斯拉夫人的政治共同体里，关于克罗地亚的部分，罗伯特·卡普兰的判断更

1　叶礼庭，《血缘与归属》，43页。

直接："南斯拉夫的战争，推迟了对于克罗地亚在大屠杀中的历史的自我审视。"

谈及1991年至1995年那场惨烈而混乱的战争，克罗地亚人和塞尔维亚人对其性质的看法截然相反。塞尔维亚人认为那是内战，是内部的克罗地亚因为想脱离南斯拉夫联邦而发生的战争。克罗地亚人认为那根本不是什么内战，而是一场十足的侵略战争。菲卡说："没有一颗炸弹在塞尔维亚本土爆炸，只有以塞族为主体的南斯拉夫军队把炸弹投向了邻国克罗地亚，所以这是一场争夺领土的战争。克罗地亚想要摆脱南斯拉夫的控制，南斯拉夫说，不，你不可以。这就像是一场离婚事故——一个美丽的女人嫁给了一个强有力的男人，有一天女人说，我要和你离婚。男人说，不，你不可以。要么你属于我，要么你就死。"

在这样的故事版本里，克罗地亚是无辜的小姑娘。从历史上看，她不断向控制她的"主人"寻求庇护。匈牙利人是主子A，奥地利人是主子B，德国纳粹是主子C，她有一点小聪明，时而联合A去反抗B，时而跟着B去反抗A，结果被联起手的A和B压在五指山下，直到壮大的C成了新主人，她又迫不及待去找C的帮助，最后发现又被骗了。对此，菲卡尤为气愤："克罗地亚太小了，每一次我们都被严重地愚弄。我们的悲剧，就是女人没有选对丈夫的悲剧。"

那个光明之子，他不属于人间

一个似乎永远选不对丈夫的女人，生命中也有过高光时刻，当她爱上一个叫"南斯拉夫"的男人时，她曾两度委身于他。她应该有过骄傲，这是她自己的选择。她不能因为结局的黯然神伤，就否认从前真挚的信念和爱恋的过往。所谓"南斯拉夫"，其实是发端于克罗地亚的梦想。

无论是对菲卡，对赛德，还是对我某天偶遇的"城市一日游"向导亚历山大，我总是频繁提及对马蹄形"绿色溪流"中央那座斯特罗斯梅尔大主教雕塑的喜爱。我滑稽地重复着对雕塑的赞美，像真的熟悉克罗地亚的历史那样，背书似的述说着自己对那个雕塑人物的理解。

这三个克罗地亚人，分别出生在20世纪60年代、70年代和80年代，他们具有迥异的教育背景和人生经历，但对于我表现出喜爱斯特罗斯梅尔大主教的感情，他们都露出过欣慰的笑容。在萨格勒布，在这个各种历史版本里互相冲突的人物的雕塑林立街头的首都，只有斯特罗斯梅尔的雕塑是人见人爱的景观。大主教斯特罗斯梅尔，可能是那个时代里为数不多的真正爱着克罗地亚的人，也被克罗地亚无所保留地深爱。

这又是梅什特罗维奇的作品。这位克罗地亚的天才雕塑家，几乎把克罗地亚所有历史名人都拉入了永恒的序列。在艺术宫不远处，一片茂密的月桂树丛簇拥着这位大主教，他坐在高处，身体微微向一侧倾斜，一手支撑膝盖，另一手摆持陀螺，正欲旋转，宽大的法衣罩住了整个身躯。他身形颀长，梅什特罗维奇赋予他一种光泽圆融的俊美气质。在塑造大主教时，深受米开朗琪罗影响的雕塑家借用塑造摩西的手法，在大主教浓密的头发之间放置了许多小角，这是带来光明天启的某种象征，仿佛斯特罗斯梅尔不属于人间。

伟大的克罗地亚爱国者约瑟普·尤拉伊·斯特罗斯梅尔，萨格勒布大学的建立者，慈善家，语言学家，园艺学家，花了五十六年的时间为克罗地亚的解放而奔走。他一生热爱美酒和良驹，事实上，他本人就像一匹上好的骏马，在暴虐冷酷的政治暗夜中奔跑，黑暗的寒气从来无法侵蚀他，因为他就是韦斯特所说的"光明之子"。

作为一名克罗地亚天主教徒，他毫无偏见地认为，塞尔维亚东正教也同样是合法与平等的，他指责奥匈帝国在波斯尼亚的暴政将导致帝国的坍塌，他坚持克罗地亚人有使用斯拉夫语而不是拉丁语来祷告的权利，他坚持和排犹主义战斗，更坚定地和种族主义战斗，因此，奥匈帝国憎恶他，梵蒂冈痛恨他，他们侮辱他，放逐他，但他依靠着生命内核里不灭的光明火种，高高兴兴地活到了90岁。

消化不了他们，就让他们共存

一种南斯拉夫的梦想，在斯特罗斯梅尔的内心发芽。奥地利人和匈牙利人总在强调，他和他是多么不同，所以他们必须分开。塞尔维亚人和克罗地亚人是多么不同，必须让他们对立，让他们不能团结，让他们仇恨彼此。斯特罗斯梅尔却认为，必须让塞、克这两个民族联合起来，只有"南斯拉夫主义"才能驱散笼罩在巴尔干的乌云。

然而，斯特罗斯梅尔的理念依然带着理想主义的先天不足。他的"南斯拉夫主义"，本质上可以追溯到19世纪30年代主张恢复克罗地亚语言的"伊利里亚运动"[1]。1866年，他和另一个天主教神父拉弛基（Rački）在萨格勒布创立南斯拉夫科学和艺术学会，希望通过共同的学术成就和语言上的统一来追求南部斯拉夫人的文化融合。他寻求的是某种奥匈帝国框架内的南斯拉夫独立体，而非完全独立的克罗地亚。他想和塞尔维亚兄弟之间签订某种类似奥匈帝国的二元协议，他希望某种松散的、柔

---

1 拿破仑一世时期，法国征服达尔马提亚，他们从罗马帝国当年在此设立伊利里亚省的做法中得到灵感，于1809年至1813年间在此复兴"伊利里亚"术语，希望把克罗地亚人和斯洛文尼亚人的领地塑造成一个单一的行政和文化单位。在19世纪30年代，这一主张在萨格勒布重新出现，成为一种脱离现实政治的克罗地亚的文化战略，旨在动员创造单一书面语"伊利里亚语"，相信一个单一国家最终能够建立于单一书面语言之上。

软的团结，不要谁统治谁，谁优于谁。

　　民族主义观念旋风强劲的19世纪后半期，并没有给包容和温柔留下多少空间。不出意料，斯特罗斯梅尔大主教和他的"南斯拉夫主义"不敌克罗地亚民族主义者、激进的反塞人士安特·斯塔尔切维奇（Ante Starčević）的设想。这是个性格复杂的怪人。他建立了权利党（Hrvatska Stranka Prava，简称HSP）来对抗维也纳，主张一个独立的克罗地亚。他忠贞而博学，却仇视塞尔维亚到了不可思议的地步，他第一次把反塞尔维亚人的印记放在克罗地亚的民族主张上，他激动地创造了贬义的术语"斯拉夫塞尔维亚人"（Slavoserb），这个术语被日后的乌斯塔沙复活，并在1991年克罗地亚战争中再次使用，用来指称一个劣等民族，"一个奴隶群体，最令人讨厌的畜牲"[1]。从此，塞尔维亚人是劣等民族的危险思想，被灾难性地注入了克罗地亚政治血液之中。

　　斯塔尔切维奇的母亲是塞尔维亚人，他的反塞情绪令人费解，历史学家花了很大力气来揣摩他的动机，却从无定论。这位把拿破仑三世当成英雄的政治家，性格里互相排斥的浪漫因子究竟是怎样运转的，可能文学家会有更好的解释？

　　差点忘了说，终生为南部斯拉夫人的自由而反抗奥匈

1　（美）约翰·R.兰普，《南斯拉夫史》，刘大平译，东方出版中心，2016年3月，73页。

帝国暴政的斯特罗斯梅尔，是一个有奥地利血统的人。

今天，萨格勒布的"绿色溪流"中，斯塔尔切维奇广场和斯特罗斯梅尔广场，相隔只有百米距离，而在两个广场延伸线的交汇点，站着斯捷潘·拉迪奇的大肚子塑像。那是另一个支持南斯拉夫梦想的克罗地亚领袖，只不过他支持的是联邦制，对于当时倾向独裁的第一南斯拉夫政府来说，这是不可容忍的。他废话连篇，认为克罗地亚的未来属于农民，经常发表互相矛盾的演讲。他先天就有强烈的情绪感染力，克罗地亚农民真诚地拥戴他。1928年，他被塞尔维亚民族主义者暗杀。从此，第一南斯拉夫开始了漫长的苦难轮回。

为了消化街头寓意深沉的塑像群，我已经花了太多时间。当我把这些微妙的疲惫感觉告诉赛德和菲卡时，他们都劝我要悠着点。"萨格勒布有一个消化不良的胃，但是容量很大。"菲卡说。"当我们谈论巴尔干的真相时，永远是一团糟的局面，永远没有非黑即白的判断，所有的情绪都被搅在一起。"赛德说。

我想他们都是对的。这些克罗地亚历史名人，如果放在同一历史维度里，可能会大打出手，如今却相安无事地分散在萨格勒布的街头。也许克罗地亚消化不了他们，但可以让他们共存。

短暂放晴的午后，斯特罗斯梅尔塑像前的水泥地上，积水倒映出云朵的形状。有一对父子正在玩街头足球。父亲扬起脚，足球被高高地踢向五六岁的孩子。小男孩没有接住，球滚入了塑像旁湿漉漉的丁香花丛。男孩发出快乐的尖叫，跌跌撞撞跑入花丛捡球。再跑出来时，他把足球当作了篮球——胖乎乎的小手用力把球向上一抛，足球奔着大主教斯特罗斯梅尔的怀抱去了。

住在科索沃的克罗地亚人

"你无法想象我有多么想念故乡科索沃，虽然还是个婴儿时我就离开了那里，而且（南斯拉夫）解体后再也没去过。"夜已深，我和菲卡还待在酒吧。在酒精作用下，她却变得抑郁，脸上的皱纹挤成一团，像是一只疲惫的母猫。

那一夜，我和菲卡有一场漫长的谈话。她把自己的人生像剥洋葱一样层层展开，在受伤感和戒备心包裹的"克罗地亚人"身份的自我强化背后，我隐约触摸到了其他东西，一些我会更亲近的东西。

在酒吧犹如战区的电子乐声中，我们用尽全力，互相吼叫，用十分朋克的方式交流对这块土地的感知。我们的谈话数次被菲卡频繁的手机来电打扰。她接了很多电话，她似乎有许多来自不同国家的朋友，她分别用克罗地亚语、意大利语、德语、英语和斯洛文尼亚语接电话。

我对她拥有如此出色的多国语言交流能力感到吃惊，在电子乐切换的安静间隙，她突然压低声音，口气变得神秘："你肯定不知道我还会说一种'混合语'！在我故乡的小村庄，那里的人混合了塞尔维亚语、土耳其语、马其顿方言的克罗地亚语，这些语言元素融合混搭，变成了一种世界上独一无二的语言，人们一开口，就像喜鹊在唱歌。"

菲卡出生在科索沃利普连（Lipljan）下辖的一个村镇亚涅沃（Janjevo），当地人就用"Janjevci"来指代这个小小的族群。据史书记载，Janjevci族群是来自达尔马提亚南岸的古老的拉古萨共和国[1]（杜布罗夫尼克）的迁徙商人。14世纪初，中世纪塞尔维亚王国在属地科索沃发现了金矿和银矿，欣喜若狂，却茫然无措。

塞尔维亚一直是一个农民的国家，忠诚的子民除了打仗和种地，对其他营生都非常陌生，不知道怎么处理这笔巨大的财富。有智者想出一个办法：向当时独立而又精明的拉古萨共和国发出邀请，派遣优秀的商人和工匠去科索沃定居，帮助他们打造金币和银币，以此作为商业流通的货币——中世纪，当巴尔干诸国都还是农民的国度时，他们就都知道，拉古萨人是"现代世界的人"，富有商业头脑和手艺精神。

菲卡的祖辈，从拉古萨被派到了科索沃定居，他们

1　拉古萨共和国（1358—1808），以拉古萨（Ragusa）为中心所存在的国家。在15至16世纪时受奥斯曼帝国的保护，国力达到高峰，是当时亚得里亚海唯一能与威尼斯匹敌的城邦。1808年，因拿破仑的入侵而灭亡。拉古萨是拉丁语名字，它对应的克罗地亚语名字是杜布罗夫尼克。

向来清楚自己是克族人，他们建造了自己的天主教堂，不用西里尔字母，而是用拉丁文来书写，他们拒绝被科索沃的塞尔维亚族和后来大量涌入的阿尔巴尼亚穆斯林同化。当奥匈帝国代替奥斯曼帝国统治这块土地时，亚涅沃的小学会收到奥匈帝国文化教育部派发的识字课本和历史读物，亚涅沃和克罗地亚本土一直保持着紧密的联系。这个社群有八千多人，数字长期稳定。菲卡的父母是青梅竹马，生活在同一条街道上。在菲卡11个月大的时候，全家从科索沃重返克罗地亚，定居在克罗地亚的内陆城市利卡（Lika）。

如今，菲卡父亲的家族依然住在科索沃。南斯拉夫解体前，菲卡每隔两年就回一次亚涅沃，去姑姑家过暑假。1991年战争爆发后，她再也没回过家。"我想回去，可是回去又能看见什么？被遗弃的房屋，空空荡荡的废弃农田，被炸得焦黑的教堂，一个不到二百五十人的村落……我已经什么都没有了。"

一场不可持续的梦想实验

20世纪70年代，菲卡还是个梳着一头金色小辫的斯拉夫小姑娘，她记得姑姑家的花园连着一大片绿地小土丘，钩花的帕格（Pag）刺绣桌布铺在户外超大的木桌上，食物似乎从来都不会匮乏。桌子上摆着自家酿的草药白兰地，圆形的粗制面包，冷羊肉，羊奶酪，柠檬汁，还有一个永远冒着香气的咖啡壶。表哥坐在桌子上弹冬不拉琴，家人在草地上跳科罗舞。"那就是我们克罗地亚人梦想的一切，友好的大自然，永不匮乏的美酒和美食，音乐和舞蹈，团聚和笑声，这也是我的巴尔干同胞们心底里的梦。"菲卡说。

我努力把菲卡从遥远的回忆拉回现实。我想问她，那么你是否怀念逝去的社会主义南斯拉夫呢？它真的那么糟糕吗？它难道不是你们的又一个梦想吗？我知道，对于那个消失的乌托邦，这里的人民有太多说不清的情感。那个乌托邦后来被证明是一场不可持续的梦想实验，是一个注定要分崩离析的无界之国，但它确实真实存在了四十五年。

"二战"后最初十年，对于南斯拉夫人来说，是充满恐惧的十年。铁托必须要为布莱堡屠杀（1945年乌斯塔沙部队的三万投降士兵被南斯拉夫游击队歼灭）和制造格利奥托克岛监狱[1]负责，要为判决了那么多政治犯、为他践踏人权的行为负责。铁托政府在意识形态上控制得很厉害，审查制度严格，但他真的让人民过上了一种从未有过的富足舒适的生活（虽然这是靠向西方借钱、给国家留下巨额外债来实现的）。

1　格利奥托克岛（Goliotok），又名裸岛，这座位于亚得里亚海上的小岛是一座监狱，1948年铁托与斯大林关系破裂后，一万五千名和共产党与工人党情报局有关联的人被送到岛上服刑。

在社会主义南斯拉夫的四十五年里，巴尔干的文化生活可以说是繁荣的，工业化、城市化和市民阶级的形成速度惊人，和苏联决裂后，铁托带领南斯拉夫摸索出一条独立自主的社会主义道路。工人自我管理，靠拢西方，发展文化和旅游产业。在冷战舞台上，铁托依靠精明的外交手腕，在西方强国和苏联集团之间成功地保持平衡，让南斯拉夫人民过上了一种和捷克斯洛伐克、匈牙利等国的东欧人民截然不同的生活。

我曾问过经历了社会主义南斯拉夫的斯洛文尼亚、克罗地亚、波斯尼亚和塞尔维亚的朋友，他们如何定义那四十五年？由于个体经历的差异，我不会得到一致的答案，可有一点总是相似的：当他们谈起社会主义南斯拉夫，他们不会说，那是个自由的时代，但他们会说，那是个开放的时代。

"20世纪60年代至70年代是社会主义南斯拉夫的黄金时代，一切都在好转，南斯拉夫突然一夜之间变成了一个开放的国家，你可以在报纸上读到任何信息。在冷战的世界，南斯拉夫的护照可能是唯一从莫斯科到华盛顿都畅通无阻的护照。"菲卡进入了她的时光隧道，脸部肌肉放松了下来。

1968年，可口可乐进入南斯拉夫，这在东欧是超前的大事。贝尔格莱德、萨拉热窝和萨格勒布已经成为各自加盟共和国的现代文化中心，六个联邦之间紧密合作，在电影产业刮起了南斯拉夫"黑浪潮"这样的文化旋风。

而铁托，作为一个热爱美酒美食和旅游的领袖，和西方国家打得火热，电视上经常出现铁托和诸多西方名流（比如丘吉尔）共进晚餐的新闻。

南斯拉夫解体后，巴尔干出现了众多关于铁托的书，其中最流行的一本，叫作《铁托的食谱》，书中饶有趣味地记录了铁托和国际名流的"饭桌故事"，他的贵宾包括英国女王、肯尼迪家族成员，索菲亚·罗兰和伊丽莎白·泰勒等好莱坞女明星，甚至还有伊拉克前总统萨达姆·侯赛因。

但是这位热爱世俗生活的强人，依然为巴尔干各个民族间的对立感到头疼，他压制一切争端，试图让政府上层各民族代表大体均衡。作为一个共产主义者，他认为民族争端偏离了南斯拉夫的共同利益，他无法接受。

当我问菲卡，如何看待铁托的民族平衡政策时，她表现出了令人讶异的理解力："我会说，铁托是一个充满智慧的独裁者，他的政府想让南斯拉夫以一种相对轻松的方式发展，他不想激化我们这些纠缠不清的民族之间的仇恨。铁托一定知道，社会发展就像物理反应，当对某一物体施加过多压力时，它早晚会爆炸，所以他说，不，不要压力。"

1980年5月，铁托逝世，留下一个动荡的南斯拉夫，后来发生的一切，表明了南斯拉夫对这位能力超凡的领袖是多么依赖，而这种依赖又是多么致命。没有铁托的南斯拉夫，变成一个巨大的政治真空地带，共产党人开始分裂，狂热的民族主义政客乘虚而入，在那一刻，南斯拉夫的理想已然坍塌。

每个人都是混血儿

无论是菲卡还是赛德，以及我在巴尔干遇见的其他人，当我问"怀念南斯拉夫时，你们在怀念什么"这个问题时，他们还会给出另外一个相似的答案：他们在怀念某部分的自己。

赛德告诉我，巴尔干有一种"社会主义乡愁"，"大部分是老人，可能是退休工人、老兵、农民、老游击队员，一切从旧日美好时光中获益但无法适应新变化的人。这是人的天性，忆旧是因为'旧才是美'，那个时候他们更年轻，生命中有更多美好的事情发生"。

叶礼庭在《血缘与归属》一书中说："许多人痛心地哀悼南斯拉夫的消逝，恰恰是因为这个国家曾经给予他们空间，令他们可以以非民族主义的方式界定自己。"这个说法菲卡非常认同，她说："在社会主义南斯拉夫时期，如果别人问我的身份，我会说，首先，我是一个来自亚涅沃的克族人，其次，我是一个克罗地亚人，然后，我是南斯拉夫人，最后，也是最重要的，我是一个普通人，人类的一分子。我没有单一的身份。如果我怀念南斯拉夫，是因为那时候我首先是个人。在南斯拉夫，个人身份大于民族身份。"

这真是一个漂亮的答案。巴尔干人可能都有过关于身份困惑的认知危机。在斯拉文卡·德拉库里奇的文章《被民族性征服》（Overcome by Nationhood）中，她悲哀地陈述自己在1991年克罗地亚战争后个体身份被剥夺的痛苦。从前，南斯拉夫人以教育、职业、性别、个性、家庭角色来界定自我，南斯拉夫消失后，"我"只能作为一个克罗地亚人而存在。狂热的民族主义取消了个人。

在另一篇文章《来自三个边界的人民》（People from the Three Borders）中，斯拉文卡描绘了一幅全新的图景。伊斯特拉半岛，这个位于克罗地亚最西、斯洛文尼亚最南、意大利最东北的部分，正处在这三个国家的边界上，曾经它也处于奥匈帝国和后来的南斯拉夫的边界上。这个半岛20世纪90年代生活着三十万"边界之民"，1991年克罗地亚宣布独立时，三十万人发现自己被迫要做一道选择题：证明他们的国籍归属，正如那些在动荡时期生活在任何国家的边界线上的人被迫要做的那样。

伊斯特拉半岛有超过十种斯拉夫方言和四种意大利语方言，人们可以在这些语言之间轻松转换，他们用一种更深刻的方式进入彼此的生活，不会因为对方和自己不同而给对方找麻烦，相反，他们热爱这种差异。

1990年底，克罗地亚开始对是否要建立一个独立的国家进行公投，有20%的人声称自己是伊斯特拉人，而非克罗地亚人。可是，伊斯特拉人在政治上是一个不存在的范畴，于是这20%的人只能被归于"其他"之下。

西方媒体感到困惑。对于那些记者来说，一个人同时是克罗地亚人、意大利人和斯洛文尼亚人，这是不可能的。在这些人的理解里，国籍代表身份，属于政治范畴，是一道单选题。然而，伊斯特拉的村民有他们自己的身份定义，国籍只是其中一方面，国籍和身份并不必然重合。按照斯拉文卡的阐述，伊斯特拉人，和狭隘的国籍概念相反，是身份的某种扩展概念，住在边界上的人比任何人都理解，每个人都是混血儿。

斯拉文卡提出一种文学上的"伊斯特拉主义"，一种对"身份"更为宽广深邃的理解，也是对于长期居住于边界之地的人类经验的反映。伊斯特拉模式表明，容忍是可能的，也是有效的。伊斯特拉主义，让狂热的种族主义消弭于无形。生活在边界上的人，用自己的生命经验证明，个体身份大于国籍。

我想，适用于边界领地的伊斯特拉主义，也可以扩展到一个混合领地的范围，比如萨拉热窝。狂热的民族主义令巴尔干的人民陷入了"纯粹"种族身份的幻觉，但是，萨拉热窝和伊斯特拉的例子都证明：这种幻觉是多么可笑，而单一身份既是不可能的，也是乏味的。

"美国梦"和"巴黎梦"

遗憾的是，克罗地亚的现状，并不是朝着"伊斯特拉主义"发展的。站在萨格勒布街头，我意识到，克罗地亚也许有另外一种"理想"，这种理想也可能是如今东南欧诸国共同期盼的，只是克罗地亚是那个愿望更强烈的人：他孤注一掷地想攥住一根叫作"欧洲"的救命稻草。

离开萨格勒布前，我又沿着"绿色溪流"的"马蹄"边缘绕了个大圈，"马蹄"成为我记住这座城市的最佳形态。最后，我找了国家大剧院门口的一个露天咖啡馆歇脚。这个露天咖啡馆叫"海明威吧"。萨格勒布咖啡馆星罗棋布，和巴黎、维也纳比起来，这里的人民花在咖啡馆的时间要多得多。失业率高居不下的克罗地亚（以及塞尔维亚和波黑），人们有大把花不掉的光阴，他们可以每天都在街角咖啡馆，花一个下午，用一杯浓缩咖啡的时间抱怨生活。

"海明威吧"和其他街头咖啡馆相比，没什么特别的，唯一一吸引我的只是它的名字。海明威，那个用猎枪打爆自己脑袋的作家，在巴黎写下《流动的盛宴》的美国人，名字用于萨格勒布的某家咖啡馆，以此表达店主一种奇怪的西方憧憬。

点完咖啡，我问店主，是不是因为喜欢海明威，才给咖啡馆起这个名字？店主漫不经心地擦拭着已经锃亮的杯子，用含糊不清的英语说："我没看过海明威的书……但我知道他是美国作家，在巴黎很出名……我喜欢巴黎，也想去美国，'海明威吧'，就是我的'美国梦'和'巴黎梦'的统一。"

"海明威吧"是某种对"现代西方"想象的产物——

柔和的提拉米苏色墙面，黑白分明的窗棱线条，过度的整洁有序，体现一种理性的界限感，完全没有巴尔干传统乡村式咖啡馆凌乱昏暗却放松的氛围。坐在这里，还是有一种在"公共场所"的紧绷感，我知道如果去萨拉热窝或者斯科普里的街角咖啡馆，情况可能会不同。更"东方"的巴尔干咖啡馆，本来就是农民的聚会点，他们趿拉着露脚趾的软皮鞋，松松垮垮地跑到咖啡馆里，旁若无人地高谈阔论，就像在家里。

在萨格勒布，你可以过一种和在巴黎或维也纳相似的西欧人的生活，你可以像一个维也纳人一样吃喝、打盹、打扮和娱乐，那些叫作"伊莎贝拉""海明威""香榭丽舍""巴黎玫瑰"的酒吧、餐馆和甜品店，会给你一种身在"西方"的错觉。给萨格勒布街头商店取个欧化的名字，是克罗地亚人或者更大范围的东欧人满足"欧洲"归属渴望的最短路径。

我这么描述，可能会有许多萨格勒布年轻人跳出来反对我："维也纳有什么不好？巴黎有什么不好？"我记得几天前那位城市一日游向导、年轻的萨格勒布人亚历山大，曾在带我去上城区的罗特尔许查克塔（Lotrščak Tower）观摩加农炮开炮仪式后，沉溺在某种自言自语的低喃中："上帝保佑土耳其人没有来，上帝保佑萨格勒布从没有离开过欧洲……"

罗特尔许查克塔，建于13世纪中叶，是用来保护萨格勒布南城门的防御工事。15世纪中叶，土耳其人对这座城市垂涎三尺，蠢蠢欲动。某天正午，萨格勒布突然用加农炮攻击驻扎在萨瓦河边的土耳其人，炮弹落下时正好击中一只公鸡，把它炸成了碎片。土耳其人认为这是某种不祥的预兆，他们灰心丧气，决定不再攻打这座城市了。为了纪念这个戏剧性事件，此后的一百多年里，每天正午十二点，塔上的加农炮都要象征性地开炮。

当然，这可能只是一种萨格勒布的记忆神话，因为另一种更真实也更无趣的说法是，开炮是为了让教堂里的人校对时钟。萨格勒布人显然更乐意接受前一种说法，因为这坚定了他们的某种命运感——克罗地亚命中注定不属于土耳其式的东方，和东边的波斯尼亚、塞尔维亚的斯拉夫人不同，冥冥之中，上帝判决他们归属维也纳式的西方。

归宿也许比来源更重要

在巴尔干，最重要的核心问题一直是塞尔维亚—克罗地亚的关系，这是一切矛盾的根源，悲剧的火芯，火药桶的引线。我在塞尔维亚的朋友谈起克罗地亚人，会在瞬间变成一只受伤的小狗，有人愤怒咆哮，有人捶胸痛哭："克罗地亚人……他们总觉得比我们高贵，比我们优越，总觉得自己属于欧洲，而我们活该被放逐给土耳其人！其实他们和我们是一样的，我们是斯拉夫兄弟，我们都属于巴尔干……"

然而，是不是斯拉夫人，是否说共同的语言，有共同的族群记忆，是不是属于巴尔干，克罗地亚人觉得这并不是什么重要的事。克罗地亚人属于信奉天主教的西方世界，塞尔维亚归属于信奉东正教的拜占庭传统，对于克罗地亚人来说，这才是更重要的边界。

千年来，克罗地亚如同一位头戴桶盔的骑士，骁勇善战，捍卫有限的自由。然而，因为性格里缺乏某种关键的一致性，他们无法像塞尔维亚兄弟那样，拥有建立独立王国的气质，他们自己不是王。那种气质是致命的，是韦斯特用"黑羊"的形象来浓缩的气质——它溶入塞尔维亚人的血液里，是一种以死求生的自我催眠，一种热爱军旅生活、天生与灾难为伍的自我献祭精神。

被古典文学家伊迪丝·汉密尔顿（Edith Hamilton）称为"第一个把握住生活中令人迷惑的'世界内心深处的矛盾'"的古希腊悲剧作家埃斯库罗斯，作品中弥漫着神秘主义的启示：世界有一种力量，把人类和苦难紧紧捆绑，苦难的神秘之处是——生活的意义正在于生活充满了艰难险阻，面对灾难，人不应该有任何退却和被动接受，而应该以伟大的精神和伟大的方式来承受。

在这个意义上，塞尔维亚人是埃斯库罗斯的信徒。从尼曼雅王朝开始，苦难和荣耀就伴随他们，直到拥有科索沃的悲情神话，塞尔维亚人的生活被永远定格在中世纪拜占庭风格的壁画上，那些瘦削而颇具威胁性的男人，那些眼神平静而绝望的女人，他们共同组成了凝固的塞尔维亚民族群像。从此，悲剧感代代相传，塞尔维亚人也许从未从中世纪走出来。

克罗地亚没有这样的悲剧感，他们被维也纳的理性文明的光辉感染，想进入现代世界。悲剧让世界疯狂无序，但世界需要富足、宁静、发展，需要平庸。平庸是安全、和平、驯服，世界不需要悲剧。某种戏剧意义上的"世界内心深处的矛盾"，在塞尔维亚和克罗地亚这两个"亲密敌人"身上，显现了它最本质的影响。叶礼庭曾试图用弗洛伊德的"最小差异的自恋"理论来解释塞—克民族敌对的心理动机，然而，在度过数个萨格勒布的日夜后，我越来越怀疑这个说法——某些场景里，环境影响可能更致命，作为巴尔干问题核心的塞—克矛盾证明：我们的归宿，也许比我们的来源更重要。

韦斯特以一个女性的直觉，判断塞—克矛盾"简单得让人流泪"，它不过源于一个国家内部（南斯拉夫）包含了两种斯拉夫人：一种斯拉夫人继承了拜占庭传统，随后的科索沃战败和五百年奴役，让悲情的血液世世代代流淌；另一种斯拉夫人则被融进西方的资本主义体系，精神被罗马天主教控制，审美被文艺复兴冲击。他们只是感到不安，"这两群人的差异就像豹子和猞猁"，于是，塞尔维亚人总有一种遗世独立的气质，而克罗地亚人，他们一定要找归属，欧洲就是他们的归宿。

归属感，如果那不是一个骗局

"欧洲"真的是克罗地亚人的归宿吗？我曾问出生于1983年的亚历山大，如何看待萨格勒布满城的奥匈帝国痕迹，亚历山大说："奥地利人给我们留下了一笔很好的遗产。先进的铁路和公路，唯美的建筑，良好的公共设施，还有一流的大学……我们应该感谢奥匈帝国。"

克罗地亚独立时，亚历山大8岁，对社会主义南斯拉夫的记忆微弱得不值一提。他是"后冷战"时代的孩子，对待历史，只能有一种从书本上认知，而非亲身经历的脱节的理解方式，他生活在一种摆脱了苦涩政治空气的虚假甜蜜中，十分庆幸从他这一代人开始，克罗地亚人可以自由地呼吸西方的空气。他代替他的先辈，轻松地原谅了奥地利人和匈牙利人对克罗地亚犯下的罪行。年轻人认为，活在当下才是最重要的。而我们无法指责他们。

几天前，我把亚历山大的看法转述给菲卡，这个女人愤怒得像一头母狮，她用拳头频繁地敲打着桌子的边角："这些克罗地亚年轻人！你在逗我吗？一笔很好的遗产？拜托！奥匈帝国为什么修建这些公共设施？是他们需要！他们需要发展萨格勒布的经济和贸易，用来供养维也纳的奢华。而且，是谁在修建？是克罗地亚人！不是维也纳派来的人！我们的女人给维也纳宫廷的公主和夫人缝制华丽的刺绣衣裙，我们的男人给维也纳当贩夫走卒。看看他们给我们带来什么？贫穷，被剥夺的自治，奴役，被当成军事边界线的棋子，被派到战争前线，变成炮灰。"

菲卡长久活在历史中，暧昧的历史撕裂着她。她只是千万个单纯地热爱自己祖国的人中的一员。她见不得自己的国家被奴役，被误解，被伤害，被欺骗，所以她既不能容忍关于乌斯塔沙的"谎言"，也不能容忍奥匈帝国的残忍，与现实更为相关的是，她还不能容忍"欧洲"的"骗局"。

2013年7月1日，布鲁塞尔欧盟总部大楼外，悬挂了一幅巨型的欢迎标语，上面用四种语言写道：欢迎克罗地亚！海报上克罗地亚的红白方格盾牌国旗，象征性地融入了欧盟的蓝天金星旗的一角。

经过十二年的努力，克罗地亚加入欧盟大家庭，成为第28个成员国。加入欧盟的前夜，萨格勒布的耶拉契奇广场人山人海，政府机构、商业场所都挂上了蓝天金星旗。人们在广场举行露天音乐会，化装游行，燃放烟花，提前庆祝即将到来的时刻——克罗地亚从"官方意义上"正式属于欧洲的时刻。与此同时，反对加入欧盟的克罗地亚民众也在广场上举行了游行示威。

根据民调显示，克罗地亚有40%的人反对加入欧盟。这令人玩味：克罗地亚的梦想不是已经成真了吗？他们在反对什么？无论从政治还是经济上，加入欧盟都是克罗地亚的"胜利"——它是第一个加入欧盟的西巴尔干国家，对致力于全面欧洲化的其他西巴尔干国家来说，是一个楷模。经济上，克罗地亚每贡献1欧元，欧盟将带来3欧元的回报，这将大大改善疲软的克罗地亚经济状况。

菲卡也是这40%中的一员，她说欧盟只是西方给克罗地亚的"又一个崭新的骗局"。我勉强能理解她的意思：克罗地亚加入欧盟时，正逢欧洲面临严峻的经济危机，欧盟内部需求对克罗地亚的经济拉动作用实在有限，无法从根本上改善克罗地亚失业率和债务高居不下的严酷现实。政治上，欧盟内部更是困难重重，移民、难民、恐怖主义、福利危机无不深刻困扰着这个脆弱的联盟。它如何"拯救"处于"欧洲边界线"上的克罗地亚？

"这不是'怎么拯救'，而是'会不会拯救'"，菲卡纠正过我。在"克罗地亚和欧洲的关系"这个问题上，她是一个顽固的悲观主义者。"欧盟内部成员国差异很大，太平盛世的时候，你好我好大家好，困难时期就心生嫌隙，甚至分裂。而且我告诉你，对于欧盟来说，克罗地亚不过是个可怜兮兮的穷鬼。'欧洲'是那么傲慢，它把守着所谓'文明的大门'，挑选那些达标的'幸运儿'入场，它才不想真的去强调什么'归属感'。归属感这玩意儿，完全是我们东欧人的发明。"

被别人嫌弃的滋味

斯拉文卡曾在随笔集《欧洲咖啡馆》中指出，"欧洲"

对于经历过冷战的东欧来说，是一种遥远而美好的想象："是一种昂贵、优良的东西：精美的衣服和食物，优雅的人民，一场关于色彩、多样性、美丽、富足的盛宴，是应许之地。"而何谓"欧洲"？是"东欧"发明了"欧洲"的概念，"是我们这些生活在其边缘的人民的创造物。因为只有你身处边缘，才需要幻想出一个'欧洲'，把你从复杂、恐惧和危险的境地中拯救出来。因为我们这些巴尔干的人民，最大的恐惧就是彼此分离"。

但是我们已经见识了欧洲的无能。发生在波斯尼亚的悲剧，长达四年的萨拉热窝围困，已经让巴尔干被迫承认了欧洲的软弱。波斯尼亚人花了很多年才意识到，所谓欧洲，只是一堆不同利益的国家集合体而已。

叶礼庭和罗伯特·卡普兰这两个来自北美的地缘政治专家，都希望欧洲在巴尔干问题上体现责任——可是，如果没有美国的最终出面，波斯尼亚战争的悲剧很可能延续。面对这样的尴尬，斯拉文卡尖锐地提出批评："如果和平应该降临到巴尔干，那么首先就应该由欧洲来赋予这样的和平，而不是美国。因为欧洲更了解巴尔干。"

理想主义者叶礼庭认为，在后帝国时代的西方，欧洲的内疚感在影响着他们对巴尔干问题的判断："我们是如此关注于避免充当帝国警察的角色，在20世纪80年代末的繁荣中我们是如此自私，听任每一个当地的后共产主义煽动家利用自决和民族权利的言辞实现自己的目的。"[1]

然而，睿智的历史学家托尼·朱特（Tony Judt）对于"欧洲责任"的认知更准确，也因而显得无情：

如果我们将欧盟视作一个包罗万象的解决方案，像高呼咒语一样高呼"欧洲"二字，在顽固的"民族主义"异教徒面前挥舞写着"欧洲"二字的旗帜，有一天我们会发现这样做不但不能解决欧洲的问题，"欧洲"这个神话反而会阻碍我们认清这些问题。我们会发现它变成了用来掩饰不同地方难题的一种政治正确的说法，好像只要提及统一的欧洲的承诺，便可以不用去解决目前的问题与危机……"欧洲"更多是地理上的概念，无法提供解决方案。[2]

今天，克罗地亚人菲卡对欧洲全无信任感，她和克罗地亚年轻一代的代沟恐怕会越来越深，这也是历史留给当下的断层遗产造成的悲剧。"看着吧，年轻人慢慢会明白，欧盟又把我们骗了。"菲卡的语气像个占卜的女巫。

1　叶礼庭，《血缘与归属》，67页。

2　（美）托尼·朱特，《事实改变之后》，陶小路译，三辉图书·中信出版社，2018年1月，49页。

我突然醒悟，今天的克罗地亚和欧盟的关系，与从前克罗地亚和南斯拉夫的关系，具有某种相似性。在南斯拉夫王国（第一南斯拉夫）时代，萨格勒布发现自己的钱被贝尔格莱德截流了，这些钱本该用来修建马其顿的学校，却被塞尔维亚的官员用于修建私人住房。关于事情的真相，在《黑羊与灰鹰》中，来自南斯拉夫政府的塞族官员康斯坦丁和克罗地亚知识分子瓦勒塔，有过一番令人窒息的唇枪舌剑，结局绝对是一个死结。

在社会主义南斯拉夫（第二南斯拉夫，1945年至1992年）时代，贝尔格莱德的集权情况越来越严重，它把斯洛文尼亚和克罗地亚这些比较富裕的国家的钱拿去分给科索沃省以及波黑的贫穷地带，这一现象在克罗地亚尤为突出，萨格勒布抱怨自己的钱居然都用于给一穷二白的波黑和马其顿付账了。这一抱怨最终升级成1971年的"克罗地亚之春"运动，铁托对克罗地亚的分离势头予以了强力镇压，这一切都为后来的战争和分裂埋下了伏笔。

赛德曾对我说，需要理性看待这种"经济失衡"："从经济学上考虑，发达国家总是需要向贫穷地区出口物品，再用低廉价格从穷国进口物品。一旦这个体系平衡被打破，就会变成残疾。南斯拉夫解体时，斯洛文尼亚和克罗地亚在经济上变成了'残疾'，因为我们失去了巨大的市场——塞尔维亚、马其顿和波黑。但我们的货品又没有足够精良到可以出口西欧，而斯洛文尼亚和克罗地亚本国的市场又极其有限。在这种情况下，许多生产出口商品的工厂都倒闭了，大量的人失去了工作。"

事情朝着讽刺的方向发展。赛德说过："克罗地亚一直把自己当作南斯拉夫大家庭中更现代更文明的成员，为自己的钱总用来接济穷亲戚而跳脚。他们难道没有发现，这和欧盟的情况是那么类似——欧盟的西欧成员国不是总在抱怨自己的钱都拿给东欧用了吗？"加入欧盟之后，克罗地亚人发现自己的"家庭地位"发生了180度转变，他们也尝到了被嫌弃的滋味。

这是克罗地亚人又一个心结吗？那么它该怎样解决？我从隆隆的酒吧里走出来时，午夜的耶拉契奇广场，被夜雨浸湿的石板路如同湖面，云朵在天上静止了，落下点点银丝，暗蓝色的夜幕空寂高远。我和菲卡在酒吧门口拥抱告别，她温暖的嘴唇贴上我的额头。恍惚间，她变成了她的斯拉夫祖母，站在自家菜地门口，亲吻即将远行的孩子。

巧克力，体育世界主义，以及祈祷

2016年12月，克罗地亚女总统科琳达前往杜布罗夫尼克访问，正值杜布罗夫尼克抵抗纪念日——1991年12月6日，以塞族为主体的南斯拉夫人民军炮轰这座城市，十九名居民死亡。在看望当地孩子时，女总统把巧克力当作礼物送给他们。看似正常的亲民礼仪，却引发轩然大波。一个家长在社交媒体上宣称，总统给的巧克力是塞尔维亚生产的，这是无法原谅的错误。总统进行了郑重的道歉："我个人极度支持'让我们买克罗地亚产品'的运动，（发生这种事）让我（对这家克罗地亚食品公司）非常失望……克罗地亚总统必须推广克罗地亚产品，这种事（发错巧克力）不会再发生。"

塞尔维亚对克罗地亚总统的反应感到震惊，许多塞族商人非常困惑，他们自己经常会赠送克罗地亚的商品给朋友。塞尔维亚贸易与旅游部部长利亚伊奇说："克罗地亚总统的声明是非民主的，非欧洲的。"他质问对方："如果一块塞尔维亚生产的巧克力在克罗地亚不受欢迎，如果单单一块巧克力就可以引发种族不宽容的怒火，那么塞—克两个民族之间的关系正常化究竟怎样才能开始？"

2019年1月，塞尔维亚"国民商标"、网球巨星"小德"（德约科维奇）在接受媒体采访时，赞美了在2018年俄罗斯世界杯大放异彩的克罗地亚足球巨星卢卡·莫德里奇（Luka Modrić）："我要给卢卡最高的评价。我尊重每一个人，尤其是那些像他一样为克罗地亚足球做出巨大牺牲的人。"此前，莫德里奇率先在媒体上表达了自己对小德的欣赏。

"我知道政治局势是什么，我知道战争创伤对许多人来说依然是新的，我只想为所有人祈祷，战争没有给任何人带来好处……我们是运动员，在竞技中互相尊重，我们认为体育精神高于一切。对于受到战争直接伤害的人，我想他们无法忘记伤心的事，但生活一定要继续。克罗地亚是我们的第一邻居——而且，克罗地亚、塞尔维亚、波斯尼亚和马其顿，我认为它们都是我的国家。"小德对媒体说，他希望成为一个为塞—克修复友谊而呐喊的人。政治越做越糟糕的事，一种体育的世界主义理想重新来过。

我又想起告别前，菲卡带着醉意反复述说的回忆："20世纪70年代的科索沃，土耳其人打扮的斯拉夫农民去天主教堂参加弥撒。想象一下，星期天，科索沃宁静的乡村，牛羊都在田里，阳光温暖，野花芬芳，身穿斯拉夫式亚麻布衣、佩戴穆斯林头巾的女人，和头戴毡帽、身穿羊皮小坎肩的男人一起，涌向当地的小教堂，低头祈祷。我愿意付出任何代价，再一次置身于那个画面中——这是真正的自由。"

凌晨两点，萨格勒布细雨骤停，云团慢慢洇开，月亮露出皎洁的边缘，在耶拉契奇总督的雕像上洒了一层糖霜似的光辉，总督刚毅的侧脸被柔化成甜蜜的线条。也许我们都在等待那个画面。

萨格勒布大教堂是克罗地亚最高的建筑物——两个108米高的尖顶,无论走到萨格勒布的哪里,都像在绕着这两个尖顶走路。经历过1880年的大地震后,教堂再未恢复雄丽样貌,当地人告诉我,尖塔似乎永远都在维修,从没有人见过两个尖塔同时完整的模样。

萨格勒布著名女记者玛丽亚·尤里奇·扎戈尔卡的立身塑像。她站在"血街"上,盘髻,长裙及地,裙摆如花瓣绽放。但她是一个刚强激烈的女人,敢于和父权制公开叫板,是东南欧第一位女记者。

萨格勒布的耶拉契奇总督广场，各种新古典主义和巴洛克建筑拥挤地挨在一起，风格失去协调，但也居然共存了那么久，就像克罗地亚自我分裂的性格。

"生命之井"，欧洲伟大的雕塑艺术家、克罗地亚人伊万·梅什特罗维奇的杰作。它是"长"在地上的青铜雕塑，诉说着斯拉夫人内心关于生命的秘密——生命无所谓起点，更没有终点。

历史的回声

时间：2019年5月15日—2019年7月14日

不知怎的，克罗地亚内陆让我觉得胸闷，不过这是一个性格分裂的国家，内陆的深沉和沿海的慵懒同时构成了它的气质，如果你受不了这一个，还可以有另一个选择。

这个章节写的是达尔马提亚，亚得里亚海东部沿海地区，行政上归属克罗地亚，但事实情况是直到1918年第一南斯拉夫王国成立，达尔马提亚才和内陆的克罗地亚兄弟团聚。

在一年中气候最宜人的两个月，我把自己泡在这里杀时间，无所事事地来回穿梭在达尔马提亚海岸线上的城镇：扎达尔（Zadar），希贝尼克（Šibenik），斯普利特，特罗吉尔（Trogir），索林（Solin），杜布罗夫尼克，察夫塔特（Cavtat）……每天都像在巡回参观天然的历史博物馆，脑袋是要随时爆炸的状态，和想象中的海边闲适生活相去甚远。

这里是英国史学家弗里曼（Charles P. Freeman）所说的"一块带着意大利镶边的斯拉夫土地"，意大利文化对达尔马提亚的影响，和对内陆南斯拉夫人的影响不分伯仲，甚至更胜一筹。所以我说头疼——地中海周边的历史总是剪不断理还乱，要读多少历史书才能愉快地行走啊？

据我所知，从最早的定居者伊利里亚人被罗马帝国征服后，达尔马提亚就深陷在"罗马"的旋涡中了。这个"罗马"是个被限制的象征，不仅意味着达尔马提亚和罗马帝国（及其继承者拜占庭）的强力纽带，也意味着从1420年延续至今的意大利的影响。在不甚清晰的历史长河中，达尔马提亚为失控的世界提供了秩序拯救者，为黑暗的中世纪提供了罕见的自由城邦精神，另有一点也许不太引人注目，但对我尤其重要——这里是海边的南斯拉夫。

如果一个人想要好好瞧瞧很久以前的"南斯拉夫"长什么样，可又不愿碰触最让人心碎的部分，那么我会建议他去亚得里亚海东岸走一走，那里有个达尔马提亚。当"南斯拉夫主义"的理念经历了现实的摧折和人心的怀疑后，任何对它的讨论都变得过时，而其本来面貌也遁入历史深处。在此情形下，我对达尔马提亚的想念，也似乎带上一种对另类乌托邦图景的不真切的向往——达尔马提亚，这个沿着亚得里亚海长长的海岸线从黑山一直延伸到斯洛文尼亚的地方，从前是南斯拉夫的一个独特的存在，散发着地中海式的一切好的和坏的气味：混杂，懒散，活力，明亮，贫瘠，丰沛。

考虑很久后我决定采用归纳法，只保留达尔马提亚最重要的两个地方：斯普利特和杜布罗夫尼克。就让其他一切散发古希腊、古罗马、古斯拉夫气息的小城镇的精魂，融进这两座历史名城的画面中吧。

这个章节有点特殊，好像全部都在写遥远的历史。摧毁南斯拉夫的苦涩空气，到了达尔马提亚，也被温柔的海风吹散了。这里是更遥远的过去，自由的平民和优雅的贵族，在忧患中面不改色。这里是南斯拉夫理想的雏形地——混合不是一种错误，而是一种礼物。

斯普利特：失落之城

寻找一位古罗马皇帝

夕阳消失在海平面，火车抵达斯普利特。蓝紫色的夜幕低垂，黄昏后现身的长庚星闪着白钻似的光芒，"JADROLINIJA"轮船公司巨大的白色游轮稳稳地停泊在马路对面的港湾，偶尔能听见几声汽笛的低鸣。大小不一的快艇凌乱地散在游轮周边，似乎可以随时出发。古朴的古铜色达尔马提亚渔船轻轻晃动，渔网散漫地挂在桅杆上，收了遮阳篷的甲板裸露在月光下，船上空无一人。

我深吸了一口夜晚的空气，棕榈树叶和鸢尾花的混合香味渐次弥漫。穿过算不上宽阔的马路，我盘腿坐在了岸边，夜空下，闪着波纹的亚得里亚海扑面而来。我把头扭向右边，远远看见戴克里先大帝的宫殿在等待我。我为这位罗马皇帝而来，全然忘记了身后一片模糊的萨格勒布。

暮春初夏，海边晚风拂面，毫无海腥味的黏腻感。周身毛孔渐渐张开，经历了几乎晃碎骨架的五个小时超慢火车的劳顿，我迅速得到复原，神清气爽地走向斯普利特老城。海岸沿线的灯光全都已经点亮，远处环抱半岛西部的马里扬山不过是一团低矮的暗影。

被称作"Riva"的海滨大道宽阔平坦，大理石地面犹如象牙棋盘。几乎所有的餐馆和咖啡馆都在步行道上搭出了露天座位区，它们面朝大海。人们喜欢坐在户外，店家播放着震耳欲聋的欧美流行音乐，音浪伴随缤纷的霓虹光束，传递出现代社会假日海滨特有的动感，有一种类似沙滩派对和海滩酒吧的纨绔气质。

这完全不是我来斯普利特的理由，我只是来寻找一位古罗马皇帝的幽灵。他死去千年，棺木不知所终，他是达尔马提亚贡献给世界的拯救者。一位失败的拯救者，因理想而失败，因失败而不朽。

海边生活的智慧

曾于"二战"时期访问南斯拉夫王国的爱尔兰学者

休伯特·巴特勒，在关于巴尔干的时政随笔集《巴尔干随笔》里，谈到他心爱的达尔马提亚时，一改严肃板正的口吻，化身为一个眉飞色舞讲述旅行经历的冒险家。他建议所有热爱大海的游客，赶在这块亚得里亚海东部的蓝宝石还没有成为法国南部"蔚蓝海岸"的胜地之前，赶紧来达尔马提亚，赶紧来斯普利特。

许多人质疑他的建议，去过的人回来说，那是一片赤裸荒凉的山陵，亚得里亚海的弃儿。他们没说错，光秃的喀斯特地貌[1]，让达尔马提亚一贫如洗，除了石头还是石头，让人觉得好像置身世界尽头。但这不是全部的真相，达尔马提亚也曾绿树成荫，它的不幸是因为人类又蠢又坏。

据史学考证，亚得里亚海东岸最早的定居者是史前说古印欧语的民族——伊利里亚，他们以部落联盟形式散居。公元前33年左右，伊利里亚被罗马征服，罗马帝国遂把此地叫作伊利里亚行省。然而，要厘清古伊利里亚人的历史很困难，它的定居边界也一直有争议。我们只知道，这个省在公元535年被查士丁尼征服，直到1102年名义上都归拜占庭统治。在此期间，斯拉夫人陆续抵达巴尔干半岛，并大批前往达尔马提亚。此后，崛起的

1　喀斯特地貌，指具有溶蚀力的水对可溶性岩石（大多为石灰岩）进行溶蚀作用等所形成的地表和地下形态的总称，又称岩溶地貌。喀斯特（Karst）一词源自前南斯拉夫西北部伊斯特拉半岛碳酸盐岩高原的名称，意为岩石裸露的地方。

中世纪克罗地亚王国和威尼斯共和国频繁插手达尔马提亚的事务，这条海岸线就逐渐成为拉丁（意大利）人和斯拉夫人的混居地带。

然而，自匈牙利国王科洛曼（Coloman）于1102年被立为"克罗地亚和达尔马提亚国王"后，达尔马提亚的中世纪史，主要就是匈牙利和威尼斯争夺亚得里亚海统领权的历史。匈牙利和威尼斯是天生的对手，1115年至1420年间两边发生了21次战争。[1]最终，威尼斯于1420年获得了达尔马提亚的所有城市。[2]

从1420年至18世纪，达尔马提亚的历史，是威尼斯的统治史和对奥斯曼土耳其的反抗史。近四百年来，因土耳其入侵而逃往沿海地区的巴尔干内陆的斯拉夫人，和在威尼斯统领下在此生活的拉丁人，可以说在根本上形塑了达尔马提亚文明的性格——拉丁文化和斯拉夫文化相结合，既优雅又充满激情。据巴尔干问题专家塞顿-沃森爵士的描述，这一时期达尔马提亚地区的情势是"错综复杂的战争，入侵的土耳其人和城市居民的冲突，一对一的挑战和决斗，双方男女间的谈情说爱，以及两大敌对宗教的信徒之间的任侠尚义，粗而有礼"。

可是在物质建设上，管理者威尼斯又自私又狡诈。

1　路易·沃伊诺维奇伯爵，《达尔马提亚和南斯拉夫运动》（*Dalmatia and the Yugoslav Movement*），伦敦，1920年，64—85页。

2　奥米什和杜布罗夫尼克（拉古萨）除外。

他们把达尔马提亚当成原料地，无节制地砍伐森林，将木材运回去建造宫殿和舰船；他们砍掉橄榄树和桑树，毁掉了本地的榨油业和丝织业。大规模的乱砍滥伐让重新种植变得十分困难。1797年威尼斯统治结束时，达尔马提亚被盘剥成了一个瘦骨嶙峋的采石场，连雨水都不能愈合它，只能滚滚地卷走仅剩的泥土，让贫瘠变得更贫瘠。

南斯拉夫王国建立后，达尔马提亚居民的雄心再次苏醒，他们扮演了西西弗的角色——一次次把被冲走的泥土捡回来，放到梯田里，然后眼睁睁看着泥土再度被冲走。达尔马提亚人是一群乐观得不可思议的农民，和他们在克罗地亚内陆的兄弟性格大相径庭。在喀斯特地貌上重现原始森林，就是这些南斯拉夫人的野心。巴特勒1937年夏天来这里时，他描述了一幅令人印象深刻的画面："我总是看见放暑假的孩子们在村庄附近的丘陵上奔忙，辛勤地灌溉着云杉的小幼苗。"[1]

看似连绵的岩石带，并不意味着全然无望的贫瘠。这些乱石小岗像一条灰色的蛇，从北部的阜姆（Fiume）[2]一路蜿蜒到南部的科托尔海湾，形成一道天然的分界线——把达尔马提亚和内陆的南斯拉夫隔离，使它面

1　Hubert Butler, *Balkan Essays*, Ireland: The Irish Pages Press, 2016, P72.

2　克罗地亚第三大城市和主要海港城市里耶卡（Rijeka）的意大利语名称。

向海洋，而非陆地。于是，达尔马提亚海岸线上那些城镇——扎达尔、希贝尼克、特罗吉尔、斯普利特、杜布罗夫尼克，得以摆脱忧郁症的困扰，习得一种机敏的生存技巧，它们是如此健康，很少会感染政治剥削和奴役的毒液。依傍着独特的地理位置，灰色的细蛇变成了一条珍珠连缀的项链。

这些城镇不仅毫无扭曲地保留了古希腊和古罗马的文化气息，而且在巴尔干半岛近代动荡个没完的历史进程中，掌握了一种出色的平衡术——面对四周虎视眈眈的强悍邻居（威尼斯人、高卢人、西班牙人、塞尔维亚人、土耳其人），他们来回周旋，维护着事实意义上的自治。在1806年拿破仑打败奥地利、接管达尔马提亚并派法国的马尔蒙元帅（Auguste de Marmont）来治理这片土地之前，这块狭长的海岸版图一直都有自己长达千年的贵族议会自治传统。

没有错，1420年以后，占领海岸线的是威尼斯共和国，几乎所有教区的统治者都是威尼斯人，但其实这些外来者一直都是无足轻重的人。真正的统治者，从来都是那些半拉丁半斯拉夫血统的当地贵族家庭。不过，达尔马提亚人是深谙人际关系奥秘的，为了糊弄殖民者，防止不该有的政治倾轧的出现，他们都觉得很有必要让"外来的老大"做"名誉领袖"——没有人会觊觎他的地位，也没有人会信任他，这个领袖会相安无事地更换，如同四季更替。作为交换，达尔马提亚人获得了一种不需要用书面文字保障的自治。这是海边生活的智慧，一种斯多葛学派精神的遗产——不正面反抗外来的统治者，让他们得到他们想要的尊敬，来换回我们的自由。

继续生活，就是延续历史

在这些海岸城镇中，位于达尔马提亚中部的斯普利特，却是一座失落之城。它曾有真正的帝王之气，但已近黄昏，只好遁入黑暗。等到再次现身，斯普利特已是平民之城。这是斯普利特的幸运，一个老皇帝的千年魂魄被碾碎，化为烟尘，播撒在城市的每一处砖块上，庇佑着这里的百姓。他们在那些废弃了的、被添砖加瓦的、被重建的宫殿高墙和地窖之间来回穿行，在老皇帝的安息之地放肆而坦然地种上大片香气袭人的鸢尾、蔷薇和金合欢。在花丛中和石墙里，他们生儿育女，捕鱼纺织，把洗干净的婴儿尿布晾在石屋窗台的细绳上。白色的布片下方，是遗存的古罗马拱门石柱，或者某块基督教圣人的半身浮雕石板。斯普利特的平常心让人惊叹。

千年以来，斯普利特就是古罗马皇帝戴克里先的宫殿。他是一位不在罗马的罗马皇帝，罗马史上第一位主动隐退的皇帝，一个爱种卷心菜的农民。后世关于其容貌的石像，把这个曾经位于世界权力巅峰的男人雕刻得一脸苦相，他法令纹深重，脸上透露出心力交瘁。

晚上八点，我走到戴克里先宫殿的石墙脚下，站在一排打烊商店前的空地上，棕榈树发出哗啦哗啦的响声，好像在下大雨。和房东说好了晚上七点到她家，可是我已经迟了一个小时。打开手机地图定位，从海滨大道到位于斯普利特新城的住家需要步行三十分钟，按照三维地图显示，前方并无坦途，我将拖着箱子，面对无数石阶，在酷似那不勒斯小城的石子街道艰难地上坡下坡。倦意再度袭来，我可能还要再迟到一会儿。

只要伸出手，就能抚摸这座千年宫殿。意大利建筑思想大师阿尔多·罗西（Aldo Rossi）在《城市建筑学》（*The Architechture of the City*）中曾赞美斯普利特是一座"触觉之城"，"似乎所到之处都在双手就能够建造的尺度之内，一切均被触摸"。这种建立在感官之上的城市印象，在这个夜晚，十分有信服力。

月亮升到高空，广场宛如净湖。广场内侧，19世纪的威尼斯建筑群的半面身躯沐浴在月光下，另一半被自身线条投射的阴影笼罩在暗夜里。看不清建筑的细节，只有白得耀眼的轮廓，隐约所见的斑驳。在这些被用作纪念品商店、烘焙面包坊和平价餐厅的高大石屋之间，一面单薄而破损的石墙突兀地矗立着，有20米之高，墙体上空出许多类似窗户的洞口，窗洞下不规则地保留着几个拱形柱廊，这是宫墙仅剩的全部——它就是一堵孤零零的墙，后面没有房子，上面没有屋顶。

斯普利特的老百姓在宫墙内外屡次加建，把皇家的住所改造成密密匝匝的民居，但他们从来不曾毁坏这座宫殿，没有为建造自己的家园而从宫殿中抽取过一砖一瓦。他们只是做加法，用千年的时间，把一座寒冷孤独的帝王宫殿改造成烟火气息浓重的民宅天井，有点像我童年住过的那种南方弄堂——房子是江南某显赫遗老的府邸，可府邸的乌木雕花门廊下，却放着晾晒的咸鱼。

阿尔多·罗西所说的"触觉之城"，我认为并不只是触摸，而是更丰满的感官体验。我当然可以抚摸到那些宫殿主体的断壁残垣，抠一抠粗大的米色毛石，用手指划过光洁的大理石柱廊，可是绝不止于此。斯普利特人对古建筑并无供奉之心，不曾划定界线，不曾把罗马皇帝的宫殿当作"历史文化遗产"，隔绝于真实生活。他们也许真的理解"文化遗产"就是"民产"的含义——继续生活，就是延续历史。

世界祈求救赎，就有了救赎

扎实地生活，就是"触摸"历史的方法，这是斯普利特人的生活经验，他们"触摸"到了老皇帝的良苦用心。斯普利特人拒绝崇高，把自己变得像地鼠一样，从早到晚穿梭于地宫和高墙之间狭窄的街巷，艰难度日。乍听上去，这很是诡异——众所周知，戴克里先宫殿的往昔雄伟壮丽，而戴克里先则是罗马帝国历史上第一个佩戴皇冠的帝王。他从波斯宫廷的恢宏气派中得到灵感，大张旗鼓地强调宫廷礼仪。他抛弃了罗马以往"民主共和"的特征，拒绝扮演不拘形式和市民交谈的统治者，他让君权变得前所未有的神圣。

这位皇帝穿上华丽的金线长袍圣衣，连鞋面也要镶嵌上硕大的宝石。他炫耀宫廷，强化君王的不可侵犯性，不让百姓轻易看见皇帝的样貌。即使某个人有殊荣觐见皇帝，也必须在其面前三跪九叩，仿照东方帝国的规矩口呼主上。平易近人的君王再也不见，开国皇帝奥古斯都谢绝皇冠的传统已经死亡，再也没有哪个皇帝会和士兵一起开怀大笑，会耐心倾听百姓疾苦。戴克里先把自己从凡人变成了神主，他怎么会是一个普通百姓能够"触摸"到的帝王？

我怀着温柔又酸楚的心情，想念戴克里先。他有一颗黑暗的心，这颗心包藏的并非邪恶，却盛满了苦涩的虚空。这个被丽贝卡·韦斯特在《黑羊与灰鹰》中深情地呼唤为"世界秩序的拯救者"的男人，被多灾多难却一直为世界展现坚韧美德的达尔马提亚海岸所养育，达尔马提亚慷慨地把他贡献给混乱的世界——罗马帝国的黄金时代已经远去，频繁的内战把帝国内部拆得七零八落，给人民的生活投下浓重的暗影。世界祈求救赎，于是就有了救赎。

戴克里先称帝后的统治，比前朝任何帝王都显得更为尊贵，但他是一个来自荒蛮之地的奴隶的后代。他出身贫贱，父母都是罗马元老院议员的奴隶，他的名字则源于他母亲的出生地——达尔马提亚的一个小镇杜克利亚（拉丁语：Dioclea）。他的父母被主人释放，得到自由，回家种田读书。他们生了一个胸有鸿鹄之志的儿子。这位下层劳动人民的儿子参了军，崛起于行伍之中，一路飞黄腾达，当过总督，做过执政官，指挥过宫廷卫队，最终靠着智谋，抓住机遇，暗杀欠缺德行的先代君主，踩着敌人的尸体登顶。

不能谴责他是狼子野心的弑君篡臣。公元3世纪的罗马帝国，已经在自相残杀中变成了地狱，帝国最需要的就是秩序。奈何此时统领帝国的卡鲁斯（Carus）家族并不争气，哥哥努梅里安（Numerian）只能做太平皇帝，无法在混乱时刻临危受命，弟弟私德有亏，残酷无知。所有的人都表示，宁愿接受奴隶出身的戴克里先当皇帝，也不希望卡鲁斯家族的统治继续下去。性格审慎的戴克里先，只是顺应了历史的走向。

人心是一张布满破洞的网

打仗是一回事，夺权是一回事，但治国是完全不同的另外一回事。骨子里的农民本性，使戴克里先成为一个务实主义者，不会耽于帝国永祚的幻想。从北部的不列颠森林到南部的埃及沙漠，从西部的直布罗陀海峡到东部的波斯边境，他深知罗马帝国疆域过于辽阔，在动乱的时代里，即使他穷尽百分之二百的生命能量，也不可能应对所有的危机。他先推举勇猛野蛮的同僚马克西米安（Maximian）为共治皇帝，共称"奥古斯都"，从此帝国一分为二。接着他继续分割皇权，任命两位执政官为"恺撒"，并和马克西米安分别收养两位恺撒为养子。于是，戴克里先建立了当时能够有效治理辽阔帝国的"四帝共治"制度。

戴克里先在位二十一年，稳健的新体制的药水被缓缓注入帝国僵硬的身体。他用高效的军事化体系取代冗杂的官僚体制，把帝国分为12个教区，每个教区的统领直接对皇帝负责。更为便捷的税收征收让金钱源源不断流入国库，国家预算充足，戍边战士武器装备精良，上帝把荣耀归还了罗马。

可是他太累了，他的改革被后世谴责为一种幼稚的理想主义。扩大的政府机构加重了税赋，人民的生计更为艰难；机构的日益泛滥则似乎在重蹈前朝的覆辙，为解决日益增大的政府开支和连年征战导致的通货膨胀，他被迫一次次增发货币，导致更恶劣的经济境况；最被人诟病的则是成也萧何败也萧何的"四帝共治"，帝国被分为东西两半，马克西米安被赐予讲拉丁语的西半部，戴克里先则统领希腊文明更深厚的东半部。联系两部分的纽带，被人心的私欲所毁，今日东欧和西欧的命运从那时起就已经注定。

戴克里先肯定不知道，自己的举动会给后世带来这么多裂痕 —— 罗马教廷和拜占庭的斗争将把西方世界拖入没有尽头的暗夜。这样的暗夜甚至带来了人性的机能失调，人将失去平衡，沦为自我分裂的奴隶。理性还是直觉，秩序还是神秘，以宗教为名，人被迫做出选择。无论选择哪一方，都意味着与另一方的对立。

老皇帝一定早早看出了不祥的征兆，早到他还处于无往不利的顺境中时，就预知了帝国的命运。用繁缛典仪来炫耀宫廷、一手创立专制君主政体，这些饱受后人非议的做法，并不是源于个人自负的心理，这位本性质朴的智者太明白权力顶峰的位置有多么危机四伏。他需要神化的君权，用来打破帝国叛乱和内战的怪圈。他认为，赤裸裸的皇权威仪，在脆弱的帝国里，比开国的奥古斯都在"第一公民"的民主名义下进行实际的专制统治要更有效。他需要让猛兽驯服，让乌鸦停止聒噪，让水牛重新犁地，让万物再度生长。

从前在皇家军队的经历让他明白，人心是一张布满破洞的网，太多倾轧和阴谋，猜忌和残忍，背叛和狡猾。他本就是底层出身，真的会不愿与百姓交谈吗？但他决心用三跪九叩的层层仪式，隔绝人民的声音，屏蔽流言蜚语对人心的腐蚀。我想，戴克里先明白，黑暗的心才是宇宙内部溃烂的真正毒素。他又何尝不知道自己的养子、恺撒伽列里乌斯（Galerius）忘恩负义的品性，何尝不明白同僚马克西米安被迫共同退位的不情不愿，何尝不知道其余三位共治者面和心不和的嫌隙？他太清楚帝国终将四分五裂，一定会有一个人背负历史的责难。

人是一个谜

戴克里先病得很重，才过耳顺之年，身体已如风烛残年般孱弱，他终于决定不再受命运的摆布，要在光荣的禅退生活中安享余年。公元305年，戴克里先迈出了罗马历史上史无前例的一步，公开宣布退位。他在众人瞠目结舌的注视中，脱下紫袍，毫不犹豫地向家乡达尔马提亚前进，从此以平民身份度过生命最后的八年。

他选择了斯普利特，选择在罗马帝国的达尔马提亚行省首府萨罗纳（Salona）城郊的半岛上修建自己的宫殿。他花了十二年时间，按照军事要塞的标准，建造这座宏伟的退休居所。宫殿占地38000平方米，以一个传说中的堡垒为样本，动用两千名奴隶，从不远的布拉岛运来白石，不惜血本从意大利和希腊进口大理石，从埃及运来狮身人面像和24根罗马式的科林斯柱，整座王宫四面被厚达2米、长达200米的城墙环绕，原初意义上的"斯普利特"，就是一座被围于城墙中的城市。城墙中以两条交叉街道为界，有金银铜铁四座城门和街道相连，金门供皇帝出入，银门走大臣，铁门走商人和百姓，铜门是海门，是夹在码头杂货铺之间的一扇完全不起眼的小门，通往大海。

戴克里先一宣布退位，就立刻来到斯普利特的宫殿，从修建所耗时间上倒推，可见他早有退隐之心。我想，放下权杖的那一刻，他的内心是欢悦的，权力对于这位睿智的达尔马提亚人来说，并不值得眷恋。许多人曾担心戴克里先退位后无事可做，他们对这位退位的半神不知所措。有人劝他再度拯救世界秩序，因为他的继任者太苍白，无法承受世界的重担；有人指责他，怎可无视帝国的困难，弃万民于不顾；也有理解这位老人的人，劝他从此过一种拜神许愿的宗教生活。可是他们都忘了，戴克里先是个农民，他喜欢园艺和耕种。熟悉罗马历史的人，想必会知道那个著名的典故，当被迫同时退位的马克西米安请求他回归时，他说："只要看过我在菜园种的卷心菜，就没有人叫我重新掌权了。"

种植卷心菜，我想这只是戴克里先决心远离权力的一种幽默的象征方式罢了，他内心真正的独白应该是如历史学家爱德华·吉本所揣测的那样：

不知有多少次，四五个大臣为了本身的利益，情愿抛弃相互的心结，联合起来欺骗他们的君主。皇帝具有崇高的地位，却与臣民形成隔绝，无法了解事物的真相。他能看得到的东西有限，只能听他们歪曲事实的报告。结果他把最重要的职位交给罪孽深重和软弱无能的庸才，罢黜臣民中操守最佳、才能最好的部属。[1]

---

1 （英）爱德华·吉本，《罗马帝国衰亡史》（第一册），席代岳译，吉林出版集团，2011年5月，316页。

戴克里先早已知晓，人最大的难题，就是如何管理别人。因为人是一个谜，犹如孤岛，互不相通。当他洞悉了这一切后，只能走得远远的，祈求在斯普利特的宫殿里尽可能回归生命的原初。

在宫殿里，他投射了很少的欲望：一座被称作朱庇特神殿的八角形陵寝，虽然高大，却简陋得匪夷所思——这座穹顶建筑没有窗户和烟囱，完全靠着顶部采光，内部则是诡异的双层柱子，上面的柱子搭在下面的柱子上，非常不协调。陵寝对面是医神阿斯克勒庇俄斯（Asclepius）神庙，同样简陋。宫殿中庭的南侧是地宫，极其寒冷阴暗，此外，就是几个小花园和菜地。这就是皇帝需要的全部，宫殿其余部分是军营、仓库、作坊和零星的政府机构，不是给他用的。

戴克里先在这里会住得舒服吗？会找到他的安宁吗？这真令人怀疑。我沿着城墙残骸的外围，漫步到了南边的铜门。朝里张望，从下方袭来嗖嗖凉风，比夜更深。我失去了走进去的勇气，又回到开阔的空地上，眼前是一条通往宫殿西侧铁门的小路。马路两边，商店和民宅紧挨着彼此。这些建筑都受了伤，裸露着墙内参差的石砖，顶层的窗户大大敞开着，矩形的白色百叶木窗没有拴好，在晚风里来回摆动，大理石地面如象牙般光洁。几个还在游荡的男孩，聚在空地上，正在喝露天啤酒。

生比死更迫切

经过一千七百多年的流转，斯普利特溢出了戴克里先宫殿、街道、教堂、钟楼、集市、广场、商店、餐馆、民宅，房屋多达数百间，而宫殿的列柱廊、陵墓、神庙和地宫都完好无损地存在于其中。君王和平民互相成全，从前宫殿为难民遮风避雨，后来安居的人民用生活保存了宫殿的意志。历史上曾有一个不开眼的统治者想把居民都赶走，恢复宫殿昔日的壮丽，后来发现，如果居民都走了，戴克里先宫殿就真的会变成废墟。

戴克里先去了哪里？他是否如异教徒历史学家说的那样，在此安度了晚年？还是像基督教历史学家认为的那般，服毒自尽？我们连他确切死亡的年份都不清楚，只知道公元5世纪末，他的石棺在陵寝里失踪，不知去向。丽贝卡·韦斯特在《黑羊与灰鹰》中认为，石棺失踪事件一点也不复杂，很可能就是在陵寝日常打扫的某一天，被抬到了附近民居的院子里暂存，然后，所有的人都忘了这件事。就是这样简单，没有神话和阴谋，仅仅因为它只是一副年代久远的石棺，不论安放的是谁，都无法引起斯普利特居民的重视。他们当时正疲于抗击列强和海盗，忙着捕鱼和织布，没有闲工夫关注逝去已久的事物，因为生比死更迫切。

但我想，戴克里先一定是死于心碎。继任者伽列里乌斯生性残暴，他无视更柔弱也更仁慈的另一位共治者君士坦提乌斯（Constantius）的存在，专断地推举出两位更加无能而冷酷的恺撒，最终导致其雄心壮志全部付诸东流。戴克里先的女儿瓦莱里娅受到迫害，被流放至叙利亚沙漠。戴克里先向这些因他创造的"四帝共治"体制而有幸称帝的人乞求，让心爱的女儿回来，却遭到拒绝。同时，他不断地收到别有用心的信件，要求他去拜访最新的恺撒李锡尼（Licinius）和君士坦丁（Constantinus I Magnus）——他必定感到恐慌和屈辱。据爱德华·吉本记载，从留存的信件中可知，"戴克里先情愿自杀，也不想再受他们的迫害"[1]。

他就这样死去，不知为何死去，不知如何死去，更不知死后所归。在他死后，妻子和女儿在没有任何罪名的情况下，被李锡尼杀害。一场幻梦，从无数成功的节点，却走向失败的零。戴克里先的幽灵走入贯通黑暗的街衢，身后的宫殿一同消失，只剩废墟。

过气的工人阶级卫星城

今天的斯普利特，如同一位被贬为平民的帝王。我想感受一下它的平民气质，无奈夜色已深，我意识到要赶快找到房东的家。已经迟到两个小时了，房东太太帕拉梅卡

---

1 爱德华·吉本，《罗马帝国衰亡史》（第一册），316页。

给我发了信息，说自己正站在阳台上张望我的身影。

帕拉梅卡给我留言，住处在新城的"中国墙"（China Wall），但我不太明白这个描述。现今的城市延伸至周围山陵和海岸的部分，其实都是新建的，原来的斯普利特，只在戴克里先宫殿的那四扇大门之内。我穿过迷宫般的旧城，走过那些威尼斯风情的石砖小屋，忽然来了一个突兀的急转弯，水泥地替换了石子路，粗石民居变成了工人住宅，攀墙的绿藤和蔷薇替换为街心花园的齐整花圃。但我还挺习惯这种改变的，可能因为找到了熟悉的感觉？即使斯普利特是个海岸城市，它毕竟也是经历过社会主义南斯拉夫时代的。

水泥路面很糟糕，三步两步一个坑，汽车稍微开快些，就会灰尘飞扬。这里集中了斯普利特的大部分人口，就像一个过气的工人阶级卫星城，居民楼排列成矩形的积木方阵，前后放置修剪统一的花坛。在我记忆中，上世纪90年代中国城市里的工人新村就长这样。

如果细心寻找，还是可以发现达尔马提亚的气质。路灯昏暗，路上稀稀拉拉走着三两个人。我依次路过一个掩藏在树荫后的露天迷你足球场，一个四周围着排水沟渠的老年手球活动中心，一个门口只亮一盏小灯的啤酒吧，还有一个小卖铺，几排酿酒用的木桶，码了三层，南瓜和红辣椒摊在小院地上，散发着灯笼色泽的红光，分不清到底是货物，还是店主心血来潮，把自家后院种的植物拿出来晒晒月亮。老板娘坐在小院的木桌边抽烟，对着头顶葡萄叶结成的天然凉亭盖发愣，也不太关心顾客要买什么。

"除了看电视，我们也没事可干"

我走到了"中国墙"才恍然大悟，这不就是筒子楼嘛！原来这也是铁托时代的"野蛮主义"建筑风格在斯普利特的遗留。"中国墙"像个子太高却身子单薄的巨人，知道自己的存在僵硬得不合时宜，可又不能自我泯灭，只好尴尬地站着。

我去到八楼，房东夫妇在等我。我还没来得及道歉，手里就被塞了一杯红得发黑的葡萄酒，果味浓烈，杯底覆着厚厚的残渣。达尔马提亚人喜欢自己在家酿造这种红酒，至今依然保持着传统。房东夫妇都很胖，太太像鲁本斯（Peter Paul Rubens）的油画中发福了的维纳斯，走路时丰腴的身体皱起褶子，丈夫则活脱脱是从哥伦比亚大画家博特罗（Fernando Botero）作品中出来的胖子，胖鼓鼓的身体被紧绷的花衬衫包裹，眼神警觉又有些伤感，非常像博特罗最著名的马戏系列画中那个手执长鞭却无法制服猛狮的驯兽员，一脸羞赧，忧愁地看着我，眼神像是在说：看啊，这身肥肉让我一事无成。

帕拉梅卡和她的丈夫马里奥，世代都生活在斯普利特。丈夫曾是个黝黑的健壮汉子，太太曾是个笑起来酒窝很深的纺织女工，墙上挂着他们年轻时的照片。"克罗地亚独立后，好日子就结束了，"帕拉梅卡已经准备好说话了。我原想跑到自己的房间去淋浴休息，但他们好像有很多话迫不及待要倾诉，甚至从厨房拿出了灌满家酿葡萄酒的玻璃瓶和一碟热腾腾的果酱馅饼，哪怕这时已经晚上十点了，"过来和我们一起吃点！反正除了看电视，我们也没事可干。"

藏在"中国墙"里的屋子，我很难想象其中一间的墙上会挂满名画的临摹作品。卡拉瓦乔，梵高，马蒂斯，塞尚，我认出其中几幅临摹画的对象，还有我新近从画册上熟悉的克罗地亚名画家弗拉霍·布科瓦茨（Vlaho Bukovac）的肖像画。有一些临摹作品还没有完成，或者画完了还没加框，被主人随意地竖在沙发一角。

帕拉梅卡和马里奥用画画来杀时间。1995年后，两人都失去了正经工作，马里奥从前是家族屠宰场一个红光满面的屠夫，自家宰杀的牛羊猪肉经常脱销。帕拉梅卡心灵手巧，是纺织厂车间成批制造达尔马提亚刺绣品的工人中的一员。这些刺绣品被运送到俄罗斯和东欧各国，供不应求。"20世纪80年代初的斯普利特，日子像要飞起来，根本忙不过来。"马里奥大嘴塞满果酱馅饼，咕哝着挤出一句话。

1981年，斯普利特是达尔马提亚地区的经济中心，人均GDP是整个南斯拉夫平均值的137%，从克罗地亚内陆涌来的大量贫困移民在这里找到了理想的海边生活。南斯拉夫政府对斯普利特进行了大规模工业化，而造船业是重头戏。在冷战时代，南斯拉夫和斯普利特的船坞一起闻名于世。斯普利特是南斯拉夫最大的客运港口和军用港口，南斯拉夫海军和亚得里亚海岸军区司令部坐落于此，同时，食品、纺织和化工等产业欣欣向荣，旅游业和商业热闹非凡，斯普利特人不用为生计发愁。

1991年至1995年的克罗地亚战争，并没有太伤及斯普利特，克罗地亚国民卫队与南斯拉夫人民军在此对峙了一个多月，因为某些小事有零星交火，但不曾爆发大规模冲突。因为拒绝攻击平民，南斯拉夫海军中大批水兵离开了军舰，这些水兵大多数是克罗地亚族。1992年1月，南斯拉夫人民军从斯普利特撤出了所有的装备与军舰。1995年后，经济衰退随之而来。

当市场经济和私有制改革真的来到达尔马提亚时，斯普利特人发现，原来自己比想象中适应力要差多了。"政府要求我们买下本来已经属于我们的房子——这些房子属于我们的父母，由他们亲手建造，南斯拉夫政府承诺这是我们的生活保障。多么荒谬！我们要重新买下属于自己的财产！更糟糕的是，我们还被看不见的'市场'强迫买下所在工厂的股份，但是工厂没过多久就倒闭了，我们破产了，因为我们的工厂不能适应资本主义那个见了鬼的体系。"帕拉梅卡对着一个看不见的敌人咆哮。

"虽然铁托和斯大林交恶，但1970年以后，俄国依然是南斯拉夫最大的出口国之一，俄罗斯是一头巨兽，它只要张开大口，就能吞掉我们所有的商品。你要知道，斯普利特的商品是一流的，可是我们不像法国人那样会装点门面，西欧市场不欢迎我们的产品，"帕拉梅卡打开了抱怨的话匣子，"苏联解体后，俄国的市场一夜之间对所有人都开放了，俄国人开始从中国、印度和其他东南亚国家进口商品，克罗地亚商品没人要了，西欧又不要我们，所以我就失业了。而我的丈夫，"帕拉梅卡略带怜悯地看一眼马里奥，"他的家族在斯普利特经营着最好的屠宰场！当西欧先进的肉制品加工厂进来以后，他就丢了饭碗。你瞧瞧！现在他只能在家看电视。"

他们带来了硬通货

斯普利特如今是一座以旅游业闻名的城市。帕拉梅卡和马里奥有一搭没一搭地卖点旅游纪念品，但也是意兴阑珊——他们从来没走出那个三十多年前人声鼎沸的斯普利特。"这里还有人偷偷喊德国人'施瓦布'（Švabe），意思是'德国猪'。"帕拉梅卡低语。施瓦布，是巴尔干地区对日耳曼人的辱骂性蔑称，在以反法西斯战争为主题的南斯拉夫电影中，铁托的游击队英雄们就是这么叫德国人的。

20世纪70年代，达尔马提亚开始出现西方游客，主要是德国人。他们带来了硬通货。达尔马提亚人一边为他们服务，收着他们的马克，一边在心里骂他们。80年代，南斯拉夫开发了全欧洲最便宜的"一揽子度假计划"，此后，来达尔马提亚度假的德国人从富商和官员变成了普通工人。"那时候，斯普利特人在阴凉地儿一边喝着咖啡，一边诅咒德国游客，"帕拉梅卡的眼里闪过一丝快意，"价值百万的德国马克来自旅游业，但我们可不会感恩戴德。在社会主义时代，我们对德国人心里普遍都有敌意。"

克罗地亚作家斯拉文卡·德拉库里奇曾反思过1945年后出生的那代克罗地亚人对德国的复杂情感："我这一代人眼睛朝着西方看，只关心事业和金钱，不关心任何意识形态。对我们来说，德国代表了欧洲、世界、金钱、消费社会、自由、旅行、娱乐——一切我们所够不到的东西。虽然德国在战争中是失败方，可是他们比我们这些战胜国拥有更多的东西，而这让我疑惑不解。"[1]

如果德拉库里奇所言非虚，那么我怀疑帕拉梅卡对德国人的"敌意"可能包含更复杂的东西。20世纪70年代，近两百万南斯拉夫人以"客籍工人"的身份去德国工作，他们开卡车、搬砖、修路、端盘子，晚上住进类似地下室的逼仄小屋，从德国寄回大量马克，让南斯拉夫的家人倍感骄傲。也正是有了这些钱，达尔马提亚海岸线上才能建起那么多度假村。但这些南斯拉夫人在德

1　详见斯拉文卡·德拉库里奇的东欧文化随笔著作《欧洲咖啡馆》中的My Frustration With Germany一章。

国的生活环境是怎样的，当局选择了视而不见。

男人造船，女人保家

新世纪的斯普利特，以及整个达尔马提亚海岸，早就不只是德国游客的天下了，来自世界各国的旅人占据了海滨大道。"这么和你说吧，经济大衰退后，我认为拯救我们的不是德国人，不是西欧人，而是老皇帝戴克里先。如果没有他的宫殿，哪里跑来这么多游客呢？戴克里先是伊利里亚人，达尔马提亚的原住民，是斯普利特的守护神。"帕拉梅卡再三提醒我，要去老皇帝的宫殿"瞻仰瞻仰"。

可是去哪里找戴克里先的踪影？他甚至早就不在宫殿里了。第二天依旧是风和日丽的好天气，我睡到了日上三竿。等我赶到海滨大道时，已是正午。我没有奔到戴克里先宫殿去，而是径直走向了海边。五月末，朗朗白日的，斯普利特的海水已经非常温暖。我坐上白石堤坝，面向大理石般蓝白相间的海面，感官突然之间全部敞开了。

亚得里亚海抵达斯普利特的方式，是正面强攻。这里没有沙滩，大海与海岸之间，只隔着一道堤坝，两边几乎等高齐平。稍稍一个浪头打来，亚得里亚海就成了侵略者，冲进近在咫尺的宫殿。这种错觉挺好笑的，其实不会有比斯普利特的海面更平静的海面了。

许多渔船已经出海，许多游船还泊在港湾。远处，尖尖的桅杆摇摇摆摆，我看见一艘纯白小型渔船朝岸边驶来，滑过一道弯曲的泡泡浪花。快要靠岸时，船身忽然静止。足够近的距离，让我得以看清驾船的是个长发女人，穿孔雀绿花纹吊带衫，麦芽糖般的皮肤闪闪发光。她身后的甲板上，猛地冒出一个上身赤裸的年轻男人，黝黑精瘦的身体像条光滑的泥鳅。他摘掉墨镜，跳入海中，并迅速从海面探出，爬上了船，手里攥着一根连接渔网的粗绳。他们可能在捕鱼。天光从无云的天空投射到海面，毫无遮挡。男人单脚支撑甲板，弯腰，起身，双手重复回收渔绳的动作。金色海面上，他被湿漉漉的金光环绕，半身肌肉线条若隐若现，仿佛希腊神祇般俊美耀眼。

达尔马提亚男人的阳刚气质，健康却不危险。可能因为这里的男人和内陆山地的斯拉夫兄弟的生活习惯不同，他们受到更多日照滋养，热爱出海。捕鱼业曾是达尔马提亚最重要的经济来源，从前，几乎每个斯普利特家庭里都可以找到长线钓具以及捕捞墨鱼和鱿鱼的小型渔网。但是斯普利特男人不是"专业"的渔民，他们同时也是农民、栽培葡萄的葡萄酒酿造者和橄榄种植者。达尔马提亚被外来统治者盘剥得一贫如洗，威尼斯人在五百年里除了巧取豪夺，什么建设性贡献都没有，斯普利特人必须献上自己劳作的全部，再想办法挤出点油水来养活自己。

捕鱼是男人的活动，同时他们还要造船。女人要么待在家里，要么去市场上卖点农作物和刺绣品补贴生活。斯普利特有句老话，男人造船，女人保家。对于斯普利特男人来说，渔船是肉体的延伸。只有在渔船上时，他们才能达到自我的和谐。

捕鱼作业通常在夜里出动。斯普利特男人讲究合作精神，不喜欢个人英雄主义。当漆黑的夜幕降临，三两个渔夫跳上各自的渔船，驶向大海。其中一艘渔船的船头架子被绑上燃烧的松木火把，据说松木的香气和光焰能把鱼群吸引过来。就在此时，另一艘船上的渔夫开始撒网。在夜晚的月光下，他们能捕获大量的沙丁鱼。

对历史遗忘秉性的一种拒绝

我沿着海滨大道漫步，穿过曲折的拱廊，进入一个不规则的小广场。这是由三角形和四边形进行空间连接的广场，连接之处矗立着一座有飞檐的八角形高塔。这座叫作"威尼斯人塔"的建筑修建于1453年 —— 奥斯曼攻陷拜占庭帝国的那一年，土耳其人势不可挡，战战兢兢的占领者威尼斯人，在戴克里先宫殿城墙之外，命令斯拉夫人建造一座城堡。如今的八角形塔是城堡的遗存，塔身由粗粝白石垒砌，这片庞然遗迹和两边灰墙红瓦绿窗框的民居相拼接，居然十分和谐。

我想，它们之所以不显突兀，大概是因为广场上生活的气息浓重。广场当然有官方的叫法，可百姓都喊它水果广场——这里本就是周边村庄的农妇卖水果的地方。历经社会主义南斯拉夫时代，它又变成了人民广场。咖啡座在高塔脚下懒洋洋铺开，坐在那儿你会看见新奇的混搭街景——带阳台的巴洛克宫殿，亚得里亚海岸最古老的哥特式钟楼，克罗地亚心理学之父马尔科·马鲁利奇（Marko Marulić）奇特的站姿塑像，以及连绵不绝的转角商铺，玻璃柜里摆着奶酪、腌菜、达尔马提亚刺绣品和印花棉布。游人如织，阳光嵌入白石建筑伤痕累累的棱角，滑进石块的缝隙。

戴克里先死后，宫殿无人居住，沦为废宫。公元476年，西罗马帝国灭亡，斯普利特成为拜占庭帝国的领地。7世纪时，蛮族部落阿瓦尔人火烧附近的西罗马废都萨罗纳，罗马居民逃到了戴克里先宫殿，发现这里防御设施良好坚固，就拖家带口搬了进去，成为第一代原住民，斯普利特也代替萨罗纳，变为达尔马提亚的首府。老宫殿借了人气，从历史暗影中再度焕发活力。百姓借了皇室的神佑，保留了生命的火种，运用蚂蚁搬家的智慧，占满宫殿的每一块空地，筑墙成屋，因地制宜，把生活的强力意志扩张到了宫墙之外——水果广场即是溢出宫殿的第一个建筑区域。

广场和戴克里先宫殿的心脏地带由一扇门连接——西门，也叫作铁门、自由之门。它完全不起眼，不过就是连接道路两旁建筑的一道拱廊罢了。中世纪时，蒙受冤屈的罪犯若想伸张正义，遭受战乱的百姓若想寻求避难，都会来到这扇铁门前，等待法庭裁决他们的命运。

西门和东门之间，是一条笔直小道，宽距不超两米，是南城和北城的分割线。狭长小道虽线条笔直，置身其间却如坠迷宫，两侧房屋姿态严峻，似有威仪。每隔几米就露出马脚——深巷和台阶变成它的缺口，它们纵横交错，不知通向何处，因为尽头总是房门紧闭，房屋之间由令人目眩的空中拱窗连接，绿油油的杂草和粉红的野花肆意生长。这些空中奇迹饱受千年雨水风沙的洗礼，是守护老皇帝藏身之处的最后一道民间防线。它们的存在，是对历史遗忘秉性的一种拒绝。

现代古罗马士兵的小腿

我终于能够仔细注视老皇帝生命最后时刻停留的宏伟之所，但我无法掩饰自己的失望，这种失望也差点击垮了我。我的眼前矗立着宫殿中庭，一个由白色石灰岩构建的迷你的古罗马广场，三面环以科林斯柱廊，千年以来笔直如斯，东侧柱廊悬空高耸，后面是圣杜金大教堂和它57米高的钟楼，西侧的花岗岩列柱支撑着实心墙壁和墙壁上凸出的阳台，墙体中间劈开一处穿堂走廊，通往洗礼堂。

大教堂和洗礼堂，都已是基督教的建筑，但这不是戴克里先的本意。历史定义他是一个异教徒，怀疑他信仰的是颇有神秘色彩和恐怖气息的东方宗教密特拉教[1]。他被认为组织了最后也是最可怕的对基督徒的迫害运动，人们揣测这位军人出身的皇帝憎恶基督教的原因在于他觉得那是一种过于女性化、十分涣散的信仰。

然而，正如戴克里先消失的棺木带来的神秘气息，关于他的历史向来充满疑点——戴克里先的爱妻和女儿都是基督徒，我们并未见到任何历史记载说老皇帝对此有什么意见。反倒是他的养子伽列里乌斯生性残暴，临死前才终止对基督徒的迫害。我们只可以确信，老皇帝死后不久，基督教就成了罗马帝国的国教。

圣杜金大教堂，如今供奉的是天主教的圣母，但考古学家更愿意称其为朱庇特神庙，它其实是戴克里先的陵寝。这座八角形的圆形建筑外观上酷似罗马的万神殿，内部却极为狭窄，24根科林斯柱上下两排堆叠，柱顶和柱子的衔接方式非常诡异，矮胖的柱子让整个陵寝显得局促，全无皇家气派。这座用来敬拜众神之王朱庇特的陵寝对面，站立着医神阿斯克勒庇俄斯方形神殿——戴克里先把朱庇特和阿斯克勒庇俄斯视作自己的保护神，但两位神明既没有保护他免于权力消失后悲惨的命运，也没有给他带去健康。

---

1 密特拉教，古代的一个秘密宗教，主要崇拜密特拉神，密特拉神象征太阳，被敬拜为太阳神。此教是史前文明社会时的波斯宗教，只接受男性入教，在公元前1世纪传入罗马帝国，在罗马士兵中十分流行。

眼前的宫殿内院熙熙攘攘，列柱回廊的石阶上，摆了玫瑰红的小坐垫和雕花的咖啡盘，游人在此歇脚闲谈，两个罗马士兵打扮的男人，站在广场中央，面对要求合影的游客，摆出机械的笑容 —— "穿越"到古罗马当然不是免费的。我被正午的太阳照得神思恍惚，盯着那两个现代的罗马士兵在盔甲披风之下裸露的小腿发呆。那是现代人运动不足的小腿，金色的汗毛细弱地附在苍白的小腿三头肌上 —— 那并不是古罗马士兵的小腿。

让我消化消化那份失重感 —— 宫殿已经随着戴克里先的失踪而一起消失。眼下所见，只是在废墟之上兴建起来的文明，一个多神教湮寂后只有单一神明的世界。如今，朱庇特神庙变成了天主教堂，并且装上了反映基督28个生活场景的木制大门，整座大教堂被之后历代的信徒填充成一个装满圣物的金碧辉煌的仓库。施洗者约翰取代了阿斯克勒庇俄斯的荣耀，医神的殿堂变成基督徒的洗礼堂，曾经作为高大门廊支撑物的大理石圆柱只留下了一根，入口处那座黑色花岗岩材质的趴伏的斯芬克斯巨兽，3世纪被罗马人不远千里从埃及运送至此，然后轻易地就被基督徒毁掉了脸部。他们认为这是异教的神像，必须抹去容貌。

他想修复世界，他失败了

宫殿被扭曲本意，改作他用，我想戴克里先不会觉得惊奇吧。他清楚即将到来的世界会是什么模样，他已尽了最大努力，在积贫积弱的旧罗马帝国的基础上修复这个世界，他失败了。擅长开疆拓土的民族，并不等于天然也擅长治理土地。戴克里先接管的罗马帝国，黄金时代已经远去，辽阔疆域上强大的武力镇守也无法让中央兼顾边塞的安宁，入侵的蛮族逐渐从一块块分散的皮肤癣发展成皮肤癌。更致命的是，帝国内部混乱的经济问题早已是随时会爆炸的血栓。

戴克里先一定非常疲惫。在这片宫殿之中，他在南面修建了一座地宫。一个活在人间的帝王，选择以地下为居所，在无尽幽暗阴森的大石块柱廊和拱顶中，平复那种心力交瘁带来的倦怠感。此刻，我从广场正面宫殿大门中央下方的台阶走下去，进入地宫。现在这里是当地人售卖旅游纪念品的集散地，帕拉梅卡和马里奥也在这里占有一块小小的柜台。地宫再无可能复原当年的寝宫模样，拱顶上悬挂着众多小巧的照明灯，幽绿色的灯光齐刷刷从四面八方聚拢，偶尔有一束绿光打在某个正努力兜售廉价手链的店主脸上，显得又恐怖又滑稽。我有点恍惚，朦胧中听见地宫的壁龛传来低沉的回声。戴克里先大帝在这里吗？

我再度踏上台阶，从不起眼的南门走出地宫，画面陡然开阔，光线明亮耀眼，蔚蓝不惊的大海就在眼前，海鸥在低空滑翔。我站立的位置，千年以前，也是戴克里先站立之处。根据后人的说法：

从皇宫的位置向四周远望，美丽的景色不下于土地和气候的优越条件。西边是亚得里亚海林木繁茂的海岸，海中散布着无数的小岛，像是水波渺茫的大湖。北面有一个海湾，可以通向萨罗纳古城，望过去是一片田畴延伸到远方，与亚得里亚海向南和向东广阔的海域，形成非常鲜明的对照。北方是一列不规则的山脉，但是离这里有适当的路程，山丘上到处可见村落、树林和葡萄园。[1]

　　戴克里先是一个眼光独到的人，当他佝偻着多病的身体，走到贯通地宫和亚得里亚海的南门门口，面对碧海青天，他的脸上一定会浮起神秘莫测的微笑。

　　有野史记载，是基督徒把戴克里先的石棺扔进了大海。

幸运的大脚趾

　　今天的斯普利特，大部分游客都是跑来参观戴克里先宫殿遗址的。但讽刺的是，看上去几乎没什么游客会流连于千年以前老皇帝的寝宫和陵墓之间 —— 他们大多鱼贯而入，蜂拥而出，走过场一般从正门涌向地宫，再

1　爱德华·吉本，《罗马帝国衰亡史》（第一册），317页。

绕出来，跑到空地上去拍照。他们似乎有更感兴趣的事
要做。

　　这也是在整个行程中我觉得最好笑的部分，整件事
就是一件类似于祈福的迷信行为：摸一摸皇家宫殿内院
矗立的一座青铜人物塑像的大脚趾，因为传说这会带来
好运。于是我看到这样一幅奇特的景象：乱哄哄的男男
女女，呼朋引伴，在空地上排长队，轮候自己的幸运时
刻。他们陆续走到塑像面前，露出如愿以偿的笑容，如
同等待救济热粥的难民。

　　这么说有些刻薄，考虑到此塑像对全体南部斯拉夫
人有非凡的意义 —— 这座身形足有6米之高的塑像，雕
刻的是中世纪克罗地亚地区一个名叫格雷戈里的大主教。
这位主教敢于反抗罗马教皇权威，为斯拉夫人赢得了在
礼拜仪式上使用斯拉夫语的权利。须知当时的达尔马提
亚地区，拉丁语是唯一的弥撒语言。正是格雷戈里主教，
在这种拉丁文化主导的环境中，为海岸线上的斯拉夫人
争取了文化尊严。

　　今天的大主教犹如一个通天守护神，耸立在宫殿金
门（正门）正前方，他左手执《圣经》，右手高扬，竖
起食指，脸部表情激昂，神采奕奕。他正在讲道，全身
已然黯淡，唯有左大脚趾闪闪发亮 —— 当然是游客的功
劳。这座塑像让韦斯特女士感觉怪异："没有谁见过比这
更不虔敬、更不合时宜的东西了。它打乱了这宫殿建筑

的比例，让人觉得宫殿建筑矮小而凌乱。"[1]

我却觉得，这是达尔马提亚海岸线上最可爱的地方。格雷戈里主教塑像的存在，可算得上是一种象征。在罗马帝国气质的庞然建筑面前，安放一座达尔马提亚本土气质的塑像，类似的让步，鼓励了一种在沿海斯拉夫人和拉丁人之间具有容忍度的文化关系。而这种具有包容和融合意味的文化多元主义，也正是"南斯拉夫主义"在达尔马提亚海岸结出的果实。

18世纪临近尾声时，达尔马提亚谱写了一段短暂的"法兰西插曲"。1797年至1814年，所向披靡的拿破仑在灭了威尼斯、击败奥地利后，接手了这块地方。他将包括卡林西亚、卡尔尼奥拉（今斯洛文尼亚的一部分）、伊斯特里亚、克罗地亚一部分、达尔马提亚和杜布罗夫尼克在内的一大片领土合并成一个行政单位，称为"伊利里亚行省"，并入法兰西帝国。

法国的占领昙花一现，但对达尔马提亚来说是一段光明的历史。在深爱斯拉夫人的马尔蒙元帅的治理下，达尔马提亚摆脱了威尼斯时期的贫瘠，物质状况大大改善，正教居民地位提高，农业复苏，商业复兴，土匪绝迹，道路重开。不仅如此，法国占领期给达尔马提亚乃至全体南部斯拉夫人都留下一种强力记忆：在未来，将

1　丽贝卡·韦斯特，《黑羊与灰鹰》，149页。

有这样一种实验——斯洛文尼亚、克罗地亚、达尔马提亚、塞尔维亚可以联合在一个"伊利里亚"共同体里，这也是最初的"南斯拉夫"理想的雏形。

要命的是，"法兰西插曲"实在太短暂，拿破仑的败北换来了奥地利人1815年至1914年的百年占领。奥地利人和从前的威尼斯人没什么不同，他们继续漠视达尔马提亚人的民族情感。不幸的是他们赶上了民族主义意识高涨的世纪，"伊利里亚"的印象依旧在海岸回响。然而新出现的二元君主制的奥匈帝国无情地粉碎了达尔马提亚的希望，让他们和内陆斯拉夫人联合的努力化为泡影。直到1918年南部斯拉夫人的国家建立时，达尔马提亚和内地的亲人克罗地亚的联合才真正实现。

海边的南斯拉夫

巴特勒先生认为，一个人要想弄懂最初意义的"南斯拉夫理想"，斯普利特是最适合的地方，它以自己的传统为傲，又不会在现代性面前退缩。而最能阐述什么是"海边的南斯拉夫"的人，非达尔马提亚人伊万·梅什特罗维奇莫属。

他就是格雷戈里主教塑像的作者，克罗地亚20世纪最伟大的雕塑艺术家。很少会有哪个艺术家对他的国家有这么大的影响力。在"二战"之前的三十多年里，他的名字响彻达尔马提亚，以致整个南斯拉夫（1918年至

1941年）。梅什特罗维奇和他的追随者相信，全体人类都是同一个精神家园的成员。

1867年奥匈帝国创制后，奥地利辖下的达尔马提亚，以及匈牙利势力范围内的克罗地亚内陆，同时受到统治当局的民族压迫，这一情况变本加厉激发了两个地区斯拉夫人的联合意识。被誉为"南斯拉夫主义之父"的克罗地亚天主教主教约瑟普·斯特罗斯梅尔，与他的亲密朋友、牧师拉弛基一道，寻求所有南部斯拉夫人的统一。他们的理念更多是一种文化复兴上的努力，即想要通过教育、语言和文字上的统一来消除南部斯拉夫人（尤其是克罗地亚人和塞尔维亚人）的分歧。

至90岁高龄谢世，斯特罗斯梅尔主教也没看到理想实现。而另一个克罗地亚人梅什特罗维奇接过了他的火把，在文化领域点燃了南斯拉夫的理念之火。他是农民之子，1883年出生在达尔马提亚的斯普利特附近的乡村，当时那里是欧洲最贫瘠的地方。梅什特罗维奇童年时代喜欢玩泥巴，最终成了巴尔干半岛最响当当的雕刻艺术家。

20世纪初，塞尔维亚以向死而生的勇气赢得两次巴尔干战争的胜利，这不仅震撼和激励了克罗地亚内陆和达尔马提亚的斯拉夫兄弟，而且使得南斯拉夫文化复兴事业有了更大的可能。斯拉夫文化学者安德鲁·巴鲁赫·瓦赫特尔（Andrew Baruch Wachtel）写道：

南斯拉夫化的尝试——把塞尔维亚文化传统（民间史诗）和欧化形态结合起来——这方面克罗地亚艺术家贡献最大……在"一战"之前和期间，伊万·梅什特罗维奇是世界上最著名的艺术家之一，也是崭新的南斯拉夫文化形态的领军人物。当时，雕塑是新南斯拉夫综合体（the new Yugoslav synthesis）的完美选项之一……它在达尔马提亚的诸多城镇中发展迅速。当他选择史诗中的人物来雕刻时，梅什特罗维奇自动获得了一种将文化传统"强力焊接"的技能。[1]

因此，在20世纪早期，即便是最激进的南斯拉夫主义者，也承认南部斯拉夫人在政治上的融合只有借助部分"欧洲力量"的支持才能实现，而雕塑艺术的成功十分关键。

在"二战"时墨索里尼的法西斯军队占领达尔马提亚之前，亚得里亚海东海岸的居民依然生活在一种"混合的和谐"之中。达尔马提亚的斯拉夫人，不需要受到背叛自己种族的良心拷问，也可以自然地承认古伊利里亚、古罗马、威尼斯、奥斯曼、奥地利等诸种多元文化对沿海文化的积极影响。诚然，威尼斯的影响在此盘踞最久，沿海城镇的旧城墙和石门上，圣马可雄狮高高踞

1　Andrew Baruch Wachtel, *Making a Nation, Breaking a Nation: Literature and Cultural Politics in Yugoslavia*, Stanford University Press, 1998, P54.

于众人头顶，但不能就此说，意大利文化垄断了达尔马提亚。

巴特勒教授充满深情地写道：

南斯拉夫因为拥有梅什特罗维奇的伟大的欧洲雕塑，依然是个幸运儿。盘踞在杜布罗夫尼克中世纪旧城城门上的塞尔维亚彼得国王的精美雕像，察夫塔特的拉契奇陵墓建筑，斯普利特的格雷戈里大主教巨型雕塑……这些梅什特罗维奇的作品，是南斯拉夫对意大利式吹嘘的最好回应。[1]

20世纪30年代晚期，"二战"爆发，纳粹的铁蹄伴随着南斯拉夫王国内部已然千疮百孔的民族矛盾，加速了这个仓促成立的共同体的毁灭。此前，发生了对克罗地亚声望最高的农民党领袖斯捷潘·拉迪奇的暗杀、对南斯拉夫国王亚历山大的刺杀，诸多暗流涌动的黑色血液，完全腐蚀了南斯拉夫主义文化理想本就虚弱的肌体。

塞尔维亚和克罗地亚的民族矛盾，再一次成为南斯拉夫问题中的问题，而梅什特罗维奇则成了一个尴尬人：这位用雕塑表达一种英雄主义气质的多元文化图景

1　Hubert Butler, *Balkan Essays*, P404.

的艺术家，非但没有成为塞尔维亚和克罗地亚两种文化之间的桥梁，反而落得一个对于两边来说都是异类的下场——克罗地亚人说他亲塞，塞尔维亚人却嫌他过于"欧化"。

斯普利特海湾的最北面，坐落着梅什特罗维奇的故居。想要抵达那里，你必须步行长长的距离——走完成片被棕榈树环绕的海岸线，到达海港最北，接着走上一条布满冬青树的石子路，直到爬上小丘。梅什特罗维奇的故居俯瞰着海洋。房子门口，伫立着用8根爱奥尼亚风格石柱装饰的门廊。与其说这是乡村别墅，不如说是他用来存放雕塑作品的仓库。房间里摆放着若干没能展出的作品：一匹正在撕扯胸膛的罗马狼，一个正被村妇抬走的受伤战士……他们正是南斯拉夫的残骸。

海边的南斯拉夫，可能只剩下斯普利特海港北面这栋梅什特罗维奇的旧居了。它孤零零地听着亚得里亚海的低吟，寂寥地回忆着过去。那时候，达尔马提亚有一位被沿海地带多元文化养育的艺术之子，用泥巴和石块，朦胧地创造着他心中的英雄。

杜布罗夫尼克：自由胜过黄金

亚得里亚海的宁静支点

初夏的傍晚，我到达杜布罗夫尼克。走下大巴，我在露天长途汽车站的角落找了一张铁椅坐下，等着房东来接我。"六点，六点我会准时出现在你面前。"房东发来信息。我回复："亲爱的鲍里斯先生，我可以一边休息一边等你，请慢慢来。"房东又发来一条信息："不，说六点就六点。守信用是我们杜布罗夫尼克人的美德。"

我看着手机，轻笑了一下，开始悠闲地张望四周。汽车站正对着一座绿得发黑的小山丘，虬曲的树木从山底直铺到山顶，山腰的每一个褶皱都被填上一座看似玩具屋的彩色小房子。落日正要从山头下去，阳光试图把整个山丘都给罩上金边，没有成功，只留下衰弱的金色链条，断断续续地覆盖在几棵粗壮的山毛榉上。

杜布罗夫尼克，克罗地亚南部城市，亚得里亚海的夜明珠，其内在质地和其他达尔马提亚海岸线上的城市一样贫瘠，光秃的石灰岩地貌剥夺了巴尔干半岛大部分地区变得丰沃的可能。曾经，山上还绵延着大片大片的海岸松，后来，入侵者威尼斯人扒光了山脉的绿衣——既然这些松木不能用于威尼斯的造船业，那么它们也没有存在的必要了。直到第一南斯拉夫建立，达尔马提亚的居民才在政府的带领下重新植被造林，希望有一天重现郁郁葱葱的画面。这种努力持续了一个世纪，直至今日，杜布罗夫尼克再度成为大海的明珠。

房东鲍里斯先生六点准时出现。和我握手时，他微微扬起下巴，显得很骄傲——看看，这就是我们杜布罗夫尼克人的信誉。我顺势赞美了他。确实，守信用是杜布罗夫尼克人的品质。这品质背后又包含更多层次的品性，比如注重秩序、优雅、理性、懂得平衡。事实上，也正是这些品质拯救了这座城市，帮它挺过历史的陷阱和天灾的无常，助它成为遗世独立的自由城邦。

我住在新城，它位于杜布罗夫尼克中部滨海的缓坡上，距离老城有两公里路程。空气中荡漾着沁人心脾的芬芳，那是松树、刺槐、橙花和金雀花混合的香气。寓所位于一座有些年头的青灰色公寓大楼的三楼，一楼是一家内置小花园的家庭餐馆。公寓大楼临街而立，面对开阔的海湾，许多白色的小船停泊在那里。

这里是亚得里亚海的宁静支点，海水洗尽铅华，褪去璀璨蓝调，只剩泛白的清波，轻柔地撞击堤岸。不远处，依稀可见一艘巨大的白色游轮，带有"JADROLINIJA"轮船公司的标志。游轮从达尔马提亚海岸北部的扎达尔港口驶来，在此停留，等待新的客人填满它空虚的胃口，再次出发。黄昏夜色渐浓，夜幕下星星点点的暖黄光束从船身两侧溢出，巨轮犹如点了灯的蜂窝。更远处，坡上成排的红色房屋起伏错落，凝望着粼粼的海面。行人三两结伴而行，沿着海湾漫步，偶尔停下来，观赏沿岸盛放的三角梅，神态优雅自得。

最缺乏斯拉夫气质的城市

杜布罗夫尼克是一座不慌不忙的城镇。虽然近些年它是炙手可热的海岸旅游胜地，在这里却感受不到海滨度假城市的骚动气息。鲍里斯告诉我，杜布罗夫尼克总能给人带去一种气定神闲的幻觉。是的，幻觉，当然是幻觉，如果我们了解一点这个迷人城市经历的苦难，很容易就能判断出，这种安宁的幻觉，完全是这里世代居民苦心经营的结果。在诸多南部斯拉夫人的城镇中，杜布罗夫尼克可能是最缺乏斯拉夫气质的城市了。

斯拉夫气质，犹如东正教气质——一种对外在生活秩序不屑，却无比注重心灵秩序和顿悟的内省式气质。就像那些留着大胡子、外表邋遢但有一双圣火燃烧般眼睛的东正教神父的气质，沉迷思考和争辩，沉迷狂喜的领悟，忽视世俗生活井然有序的规则。在真正的斯拉夫人看来，无序才是生活的真相，给生活建立秩序是毫无意义的——所有这些气质，杜布罗夫尼克都与之背道而驰，因为它是一座有头有尾、把生活秩序放在首位的城市。

在我去过的海滨城镇中，没有哪一座像杜布罗夫尼克这样注重秩序和宁静，它没有一点懒散，展现美也是有节制的，节制中透露出某种不可动摇的意志。第二天早晨，晴光潋滟，我步行前往老城，一路的风光让人沉醉。我时而上坡，时而下坡，走在临海的山谷中，隔着乌亮的铁丝安全网，远眺脚下的亚得里亚海和海边悬崖。温柔的和风从海面吹来，海水碧蓝，熠熠发光，悬崖下的海面倒映着盖满青苔的峭壁和风中摇曳的松林。野花开满悬崖缝隙，成片摆动，金雀花和迷迭香编织的花毯把粗笨的巨石打扮得温和而体面。在杜布罗夫尼克，斯拉夫农民摇身一变，成了商人和外交官。

我漫步在通往老城的山道上，无花果树和松树的绿荫在两边投下对称的阴影，私家宅邸门口和小院里，玫瑰丛和芦荟丛被打理得落落大方。每走几步，就会看见一棵海桐树，繁盛苍翠的枝叶中镶嵌黄白相间的花朵。

叶与花交相辉映的盛景惊心动魄，一树的白玉，芯子缀着琥珀，枝叶沉甸甸的，变形成了一颗心。

从自由世界飞来的玫瑰彩虹

我的前方就是杜布罗夫尼克老城，红瓦屋顶的房屋相拥而眠，一圈坚固的灰白色古城墙包围着它们。城墙三面环海，老城像一个张开的贝壳。矗立于城墙三角边缘的堡垒，在一千多年里守护着城市免于奥斯曼土耳其帝国的威胁。有一部分城墙依傍在塞德山的脚下，而塞德山是城市的制高点，据说英国诗人拜伦曾经站在山顶俯瞰城市。"亚得里亚海的明珠"，他对它不吝赞美。

那城墙可能是世界上至今保存得最好的城墙，城墙里的生活历经数个世纪的摧残，还是得以幸存，实在是幸运至极。杜布罗夫尼克的故事开始于7世纪，最初的定居者来自临近的海岸城邦 —— 古希腊城市埃皮达鲁斯（Epidaurus，今天的察夫塔特）和古罗马城市萨罗纳（今天的索林），这两个城市先后被蛮族所毁，居民逃亡到附近的一座岩石小岛（拉古萨），一条狭窄水道把它和大陆分隔开来，同时岛上出现了另外一个定居点，被称为杜布罗夫尼克，意思是"森林茂密的地方"。12世纪，那条水道被填平，两个定居点合二为一。

这个难民的定居点无时无刻不生活在焦虑之中 —— 海上是虎视眈眈的威尼斯共和国，内陆是穷兵黩武的奥斯曼帝国和狡诈凶残的匈牙利王国，他们做梦都想吞下这个地中海和巴尔干半岛之间的枢纽。面对入侵的威胁，杜布罗夫尼克刚柔并济，一边修建城墙，把怪石嶙峋的岛屿打造成一座坚不可摧的堡垒，一边施展惊人的外交天赋和商业技能，与当时所有的邻国都保持了良好的关系。

这几乎是一个奇迹，考虑它当时的处境，在这么一个宽度不足半英里的小岛上，却诞生过一个名副其实的独立王国。没错，1205年它曾落于威尼斯人之手，但与其说是被入侵，不如说是被保护，它就像一个还不到弱冠之年的少年君主，需要时间来长大，这个羸弱慧黠的少年懂得借势。在一百多年时间里，杜布罗夫尼克闷声不响地发展海上贸易，建立自己的船队，利用得天独厚的地理位置优势，发挥商业、金融和航海的天才——进入君士坦丁堡的商队都要取道于此，而当时世界上几乎所有已开发的港口都有它的船只，它在南欧所有重要港口都有自己的仓库和工厂，还在巴尔干内陆国家投资煤矿和石矿生意……只懂享乐却不谙经营之道的威尼斯人稀里糊涂地充当了它的保护人，直到少年长大成人——1358年杜布罗夫尼克摆脱了威尼斯的控制。

一个富可敌国的共和国得以诞生。在几乎所有沿海城邦都被不同的帝国势力占领的达尔马提亚海岸，杜布罗夫尼克不依附任何人，不对抗任何人，这个独立王国被叫作拉古萨共和国。接下去的四百五十年里，共和国开始和世界做生意，用上缴贡品的方式向奥斯曼帝国买自由，用外交斡旋和重金收买的方式从威尼斯人和匈牙利人手里争取到最大限度的自治。当欧洲还沉沦在与侵略、封建剥削、蒙昧做斗争的中世纪漫漫长夜里，拉古萨共和国在驶向现代世界的航程中早已遥遥领先——1417年禁止了奴隶贸易，1432年建立了儿童福利医院，1435年开放了第一批公立学校。此外，他们从8英里外引来水源，尝试将供水接通到千家万户。他们对每一个逃到此地申请避难的人都平等对待，从不因为背后的政治角力而放弃公平原则。

共和国的天空之上，高悬着一道从自由世界飞来的玫瑰彩虹。在古城西南角，是气势恢宏的三角形状的罗维里耶纳克要塞（Fort Lovrijenac），它是共和国生命意志的象征，守卫城邦免于海上和陆地的侵扰。在它的入口上方印刻着一句铭文："自由胜过黄金"（NON BENE PRO TOTO LIBERTAS VENDITUR AURO）——这是杜布罗夫尼克生存的火把。

在忧患中面不改色

自由的底色是自控，共和国深谙自由的本质。在几百年的城邦生活中，秩序是它最根本的准则。杜布罗夫尼克对秩序有近乎偏执的忠诚，却没有让生活变成一潭死水，这着实令人惊奇。在共和国，人们被限制在三个阶级里：贵族、平民、工匠，三个阶级彼此分隔，不得通婚或进行任何亲密的交往。所有的大权都掌握在贵族手中，平民只能担任某些不重要的公职，而工匠则在公共政治生活中没有任何发言权。这样严格的等级制度居然从未有过叛乱，尽管偶有阶级内部因嫌隙而引发分裂的事件，但这些小插曲不曾撼动过社会稳定。这种制度颇有古典贵族制度的味道，它的制定者兢兢业业地履行着职责，他们制定司法、外交和经济管理等共和国运转最主要的机制，公正无私地执行了数百年。

经济的普遍繁荣，抹平了三个阶级的差距，共和国的居民都是难民的后代，他们比谁都明白安居乐业有多么不容易。当你站在城墙上眺望大海，你就知道，这依靠秩序建立起来的平静有多么侥幸。共和国四周是亮着爪牙的帝国，用英国历史学家加德纳·威尔金森爵士（Sir Gardner Wilkinson）的话来说："威尼斯人的诡计和野心、斯拉夫公爵们不断变动又相互冲突的规划、匈牙利人不可靠的友谊、西班牙人的自私自利和土耳其人的任性傲慢，轮番困扰着它……拉古萨共和国的历史就是一个在持续的险境中为保护自己和维持独立而进行抗争的历程。"

秩序是杜布罗夫尼克生存的法宝，使它在忧患中面不改色。然而，这依然是一座悲剧性的城市，因为再出众的人类意志都无法与大自然抗衡——大火和地震最终让它走向衰落。在这之中，人类由于无耻的背叛行径和自毁倾向，只能对自己的命运徒留一声叹息。

此时我已经登上城墙，准备继续攀登最高点的闵阙塔堡垒（Minčeta Tower）。那是杜布罗夫尼克防御的象征，始终飘扬着克罗地亚国旗。山风猛烈，阳光耀眼，堡垒背后灰白惨淡的塞德山只有一望无际的贫瘠，杜布罗夫尼克无法从周边得到哪怕任何一丝馈赠，它唯有独自用力，自给自足。站在堡垒的平台上，我俯瞰整个老城：这是经历大地震、军队劫掠和战火摧残而被夷为平地后重新修复的杜布罗夫尼克。

虽然数次被毁，又数次重建，杜布罗夫尼克依旧保留了浓浓的中世纪风味，怪不得风靡全球的中世纪史诗奇幻题材美剧《权力的游戏》把这里作为取景地。无论站在哪一边的城墙上观望，它都呈现出一幅被高墙和塔楼环绕的景象，越过这些塔楼，是高低参差的钟楼，它们分散在城市主干道斯特拉顿大道的两侧。这条由石头铺砌的宽阔大道，可称得是光可鉴人，带轮的交通工具不得入内。长约292米的商业干道四周，坐落着迷人的房舍，大部分屋子的上层窗户紧闭，显得端庄而有神秘感，颇具皇家风范，下层窗户则用作各色商铺的橱窗，洋溢着明快的重商主义气息。

优雅是第二天性

英国女作家丽贝卡·韦斯特曾在"二战"前夕三次

踏上南斯拉夫的土地。她建议,初次到访杜布罗夫尼克的人,最好选择在黄昏时分游览老城。当穹顶的蓝色将要褪去之际,晚霞即将泼洒天空,走在跨过护城河通向内城的桥上,或站在城墙随便哪一角的堡垒上,你都将第一时间感受到这座城市流光溢彩的金色质地。韦斯特认为,杜布罗夫尼克是一座由商业、法律、外交斡旋和贵族制度混合浇灌而成的犹如微雕的精致城市。

我想,她这么说的意思,可能是指杜布罗夫尼克过于成熟 ——"一个凭着理性与勤劳而建立起来的城市,已将优雅发展为强有力的第二天性"[1]。作为南斯拉夫城市化程度最高的城镇,杜布罗夫尼克的公民天然地拒斥一切粗鲁的东西。当地至今流传着一个趣闻:在铁托时代,共产主义到了杜布罗夫尼克,也要经过一番打扮,非要以彬彬有礼的面貌才能示人。人们花了很长时间,也无法习惯把彼此称呼为"同志"。于是,他们想了一个折中的办法:互相称对方为"同志先生"和"同志女士"。

韦斯特并不十分喜欢杜布罗夫尼克:"我觉得这对斯拉夫人而言,是一种特有的实验,特有的性格,特有的成功。"[2]她抱怨这座城市缺乏虔诚的信仰 ——尽管它

1　丽贝卡·韦斯特,《黑羊与灰鹰》,237页。

2　丽贝卡·韦斯特,《黑羊与灰鹰》,235页。

拥有数量如此之多的教堂，然而，共和国"性格暧昧"，竭尽所能地拒绝东正教会的影响，并同时和土耳其穆斯林关系亲昵。由于如此模棱两可的举动，杜布罗夫尼克几个世纪里太平无事，既受惠于奥斯曼帝国的睁一只眼闭一只眼，又得到罗马天主教的保护。说这是一座精明的城市，也许更为准确。

杜布罗夫尼克必须如此，我想，否则它将如何生存下来呢？精明是商人的本性，虽然这种本性并不可爱。老城主大街两侧的建筑，那些完好保存的14世纪的药房、教堂、修道院、海关大楼、钟楼、喷泉和大公宫，它们整饬优美的外形背后，无一不是生活意志的痕迹。

如果你从老城西门进去，首先会瞧见那座15世纪那不勒斯建筑师奥诺弗里奥·卡瓦（Onofrio della Cava）所建的喷泉。这个庞然大物是老城的地标之一，以前有两层，缀有精美的雕刻，1667年大地震后，大喷泉只剩下16个面具雕刻的出水口。建筑师设计这个喷泉可不只是为了美观，它曾是老城供水系统的关键一环，从喷水嘴流出的清水环绕着喷泉奔流，人们在此盥洗完毕后才能进城——清水洗去厄运，保佑城邦福祉，这是几百年不变的习俗。

如今，不再喷水的喷泉成了历史文物，高出地面的两级台阶上，行人时常在此歇脚。在他们头顶上方，有只小狗一动不动蹲伏在喷泉的盖顶边缘，景象令人莞尔——共和国的设计师居然想到要让石匠雕刻一只砖石小狗来守护清泉。小狗的模样忠诚坚贞，惹人怜爱。

再往前走，主大街北边是一座带着尖顶塔楼的方济各会修道院，最初它是僧侣的药房，后来共和国出于人道主义和慈善事业的原因，把它扩建成公共机构。药房1317年开始经营，成为世界上最古老的药店之一。在这位于巴洛克教堂回廊内的小药店里，依然可以看见架子上摆放的蓝色瓶瓶罐罐，瓶口塞得紧紧的，牢牢守护着关于健康的秘密。据说药房按照古方配置的药剂现在还很受欢迎。当欧洲大陆饱受黑死病和瘟疫荼毒的时候，中世纪的杜布罗夫尼克，正在有条不紊地拓展医疗和慈善事业。

主大街东侧尽头的斯蓬扎宫（Sponza Palace）也是一栋有趣的建筑。这是一座16世纪的宫殿，原来是铸币和海关大楼。它的外观极具魅力，共有三层，一层有一圈6根圆柱支撑的双回廊，围着一个不大的庭院，完全是威尼斯的风格，而窗户则被设计成晚期哥特式的造型。斯蓬扎宫现在是国家档案馆，存放着1272年杜布罗夫尼克有关法律和奥斯曼帝国的大量文件，然而在历史上，它只是个社交场所。农民们聚在这里，为了商品的斤两和赋税，吵吵嚷嚷。周末早晨的斯蓬扎宫一楼庭院，如同早市一般人声鼎沸。它的二楼则是上流社会参加文学聚会的房间。这些贵族人物绝非高不可攀，虽然舒适的生活让他们高贵而温和，可在精神消遣方面，他们和普通百姓并无二致。

两座阳台的距离

在杜布罗夫尼克，文学是唯一可以接受的精神生活，而戏剧是文学中最被喜爱的艺术形式。在一个由贵族治理的城邦之内，秩序和规则之外，贵族和平民无一例外都喜爱那些深具浪漫因子和神话元素的戏剧作品，这表明共和国百姓在"人性"这一选项上也可以得高分。田园戏剧和喜剧是杜布罗夫尼克戏剧的主要形式，作家尼古拉·纳列什科维奇（Nikola Nalješković，1510—1587）开创了把市民的生活细节写进喜剧的先河，而文艺复兴作家马林·德尔日奇（Marin Držić，1508—1567）将其发扬光大。

德尔日奇是共和国孕育的自由之子，在他最著名的作品《顿铎·马罗耶》（*Dundo Maroje*）中，一桩年少轻狂的爱情往事以闹剧的方式终结，风流不羁的主人公最终从罗马回归杜布罗夫尼克，从激情回归了秩序。而随后的伊万·贡杜利奇（Ivan Gundulić，1589—1638），则把德尔日奇那种文艺复兴式的孩子气十足的浪漫反抗发展成了史诗。他本人英气逼人的塑像，矗立在老城的广场上，塑像下方的浮雕画是其最著名作品《奥斯曼》（*Osman*）中的战斗场面。贡杜利奇的塑像就是杜布罗夫尼克人间舞台的观众——广场是老城最重要的菜市场，附近的农民每天早晨都来摆摊。

杜布罗夫尼克的迷人，其实并不在华美建筑的细部。

诚然，小小的圣救世主教堂外墙上散发玫瑰红色泽的窗户会让驻足之人发出温柔的赞叹，斯蓬扎宫对面的圣布莱斯教堂犹如巨型气球般的巴洛克外观使人莞尔，而教堂门口竖立的奥兰多纪念柱，也因上面中世纪骑士奥兰多那副精雕细琢的英俊容颜而让人心生爱恋，但这座清新、优雅、迷人的城镇，它可爱的地方还是在别处。

你要有足够的好奇心，腿脚还得够利索，不然恐怕爬不了那些陡峭狭窄的巷道——在主大街之外，城墙之内，杜布罗夫尼克完全是被层层而上的密密匝匝的房屋填满的。在古旧华美的主街背后，民宅有自己的生活逻辑。这些结实光滑的石头房子驻留在台阶上，门口和阳台雕刻着繁复的花纹，家家户户在玫瑰花的芬芳里睡去和醒来。

哪里还能找到这样的家园？主人们似乎都不太需要隐私——隔着窄窄的小巷，晾衣绳从一边的阳台穿到另一边的窗户。两边的住户紧挨着彼此，甚至可以推杯换盏——我饶有兴味地看着一户人家的女主人站在阳台上，把咖啡飞快地递给对面阳台的女人，那动作如同在玩杂耍。

好人挣扎于乱世的悲剧

经过几个世纪的流转，杜布罗夫尼克培养出了一种宝贵的才能——平衡的能力。在大国之间权衡，在列强之间周转，在秩序和浪漫之间踩跷跷板。这种才能是让人心酸的，因为它实在是一座孤独的半岛，汹涌的亚得里亚海冲刷着单薄的岩石堡垒，前方没有防线，没有任何一座小岛可以为它抵挡来自海洋的风暴。

似乎无情的上帝也决心要毁灭人类的意志，火灾、地震和瘟疫频繁地降临这座城邦，共和国一次次重建，再一次次被摧毁。最致命的是1667年大地震，这场天灾几乎吞没了所有的公共建筑和民居，五千国民葬身废墟，此后平均每二十年地震就会卷土重来，共和国从此走向衰落。

从1667年至共和国消失，杜布罗夫尼克一直是个伤心人。这场悲剧的尾声发生在1808年。那年，拿破仑的大军进城，宣布共和国终结。悲剧的高潮部分在于，是杜布罗夫尼克人自愿为法国人的军队敞开城门的。这完全是一个"美德坏事"的故事——时值法俄大战正酣，双方的势力一直打到达尔马提亚海岸的黑山和杜布罗夫尼克，共和国本来想继续中立，狡猾的拿破仑慷慨承诺，只要让他的军队进城，法国就会保护杜布罗夫尼克免于欺侮。杜布罗夫尼克是一座商人的城邦，信誉，在他们看来是天然的美德，何况对方还是大英雄拿破仑。后来，大获全胜的拿破仑，立刻展现出犹大的品性——1808年，他颁布法令，拉古萨共和国终止存在。

杜布罗夫尼克的悲剧，是一个好人挣扎于乱世的悲剧。在一个混乱的世界里，它得以安身立命的那些品性，秩序、信誉、优雅、公正，统统不通。1991年，卷入南斯拉夫战争悲剧的杜布罗夫尼克老城，连续遭到约2000枚炮弹的攻击，城市断水断电，被围困八个月。南斯拉夫解体后，作为克罗地亚一部分的杜布罗夫尼克，艰难地从零开始。

人们都说，来杜布罗夫尼克的最佳时节是四月末到五月初。此时，城市笼罩在玫瑰和海桐的香气之中，如梦似幻。你登上高高的墙头堡垒，眺望那大海和天空交相辉映的边界，观看成群海鸥在悬崖边飞舞，雪白船帆在蓝色海面摇曳，只有杜布罗夫尼克能够优雅地享受这样的宁静和辽阔。六百多年前让共和国幸存的那些生活智慧，如今还稳稳地躺在这巨大的海湾之畔。

斯普利特的百姓对戴克里先宫殿并无"虔敬"之心，他们在宫墙内外屡次加建，把皇家住所改造成密密匝匝的民居。常有小片青青绿地出现在民居的后院，安静生长，无人惊扰。

达尔马提亚海岸名城扎达尔郊外颓唐的居民楼。"二战"时，法西斯把扎达尔老城的60%都炸飞了。现在重建后的扎达尔，固执地裸露着它的意大利本色——与世无争、松松垮垮。

古城索林遗址，位于斯普利特东北方山脚下。索林曾是伊利里亚部落的中心，6世纪时被并入拜占庭帝国，后来遭到斯拉夫人和阿瓦尔人入侵，居民纷纷逃亡斯普利特，索林从此衰落。今日索林周围遍布嘈杂公路和工业基地，那些神庙台阶、露天公共浴场和圆形剧场，全都被时间磨蚀。

斯普利特的戴克里先宫殿的广场上，矗立着戴克里先大帝的陵寝，虽然高大却简陋得匪夷所思。这座陵寝被称作朱庇特神殿，后被改造成圣杜金大教堂。

斯普利特的戴克里先宫殿金门对面广场上的格雷戈里大主教巨型青铜塑像。他左手执《圣经》，正在讲道，全身已然黯淡，唯有左大脚趾闪闪发亮。

戴克里先宫殿残留的"堡垒"。单薄而破损的石墙，突兀地矗立在海滨大道一侧，有 20 米之高，墙体上空出许多类似窗户的洞口，下面不规则地保留着几个拱形柱廊——这是宫墙仅剩的全部。

位于斯普利特新城区的"中国墙"，我在斯普利特的落脚处。这种住宅楼是铁托时代"野蛮主义"建筑风格的遗留，身形高大却单薄，气势慑人，内部极度朴实。

斯普利特的人类学博物馆里的一个房间，展示着 20 世纪初达尔马提亚海岸上的贵族生活。海边的卧房，原木的家具，洁白的窗帘和台布。达尔马提亚人非常节俭，即使是贵族住所，也会把威尼斯风格的艳丽调和成质朴刚健的色调。

达尔马提亚中部的赫瓦尔岛上的蕾丝针尖纺织工艺样本，从赫瓦尔岛上的本笃会修道院采集。这种工艺以剑麻为原材料进行针尖花边编织。克罗地亚的蕾丝技艺世代传承，达尔马提亚海岸上的女性对此尤为熟稔，这是她们表达宗教情感的重要方式。

等待的热情

时间：2018年9月30日—2018年11月20日；2019年7月15日—2019年8月14日

　　波黑是让我最心痛的地方。2018年的深秋，2019年的盛夏，我都待在这里，在这片群山朝着四面八方纵横捭阖的山谷中，像个当地人那样生活。我每天出门，回家，下山，上山，听潺潺的泉水流淌的清脆之音，听宣礼塔顶端的喇叭声准时响起，目送成群白鸽飞过天主教堂、东正教堂和犹太教堂的尖顶，眺望清晨和傍晚的远山淡影。

　　从地理位置上看，我位于巴尔干半岛的心脏地带：波黑，全称是波斯尼亚和黑塞哥维那，世人所知寥寥。就像克罗地亚是由达尔马提亚和内陆斯拉沃尼亚平原组成的一样，波黑也是由两个部分组成的。不同的是，迥异的地貌赋予克罗地亚以分裂的性格，而波黑，哪里都有巴尔干气质的一致性：顺从命运，永远在等待未来。

　　萨拉热窝，这个盆地城市在20世纪的历史上有两次机会被世界认识：一次是1914年6月28日，奥匈帝国王储弗朗茨·斐迪南（Franz Ferdinand）大公夫妇在拉丁桥被暗杀，引发第一次世界大战。一次是1992年至1995年的波黑内战，萨拉热窝被围困了1425个日夜。其余时间，这个拥有瀑布、果树、鲜花和绿荫的柔美贫瘠之地，被人们迅速遗忘。至于其他地方，亚伊采（Jajce），莫斯塔尔（Mostar），特拉夫尼克（Travnik），巴尼亚卢卡（Banja Luka），维舍格勒（Višegrad）……这些混合了土耳其语和南斯拉夫语的拗口地名，完全被历史消了音。

对我来说，萨拉热窝有特别的魅力。这里曾经是一个实践文化多元共存理念的实验地，是一个实验种族多样性、世界主义可行性的乌托邦。正因如此，萨拉热窝的失败，才让人尤其惋惜。在南斯拉夫即将崩溃之时，可能只有波黑是最慌张的家庭成员，无论是血缘，还是归属，他们都无法说清楚自己的身份。他们是民族主义者争取的对象，利用的对象，诱惑的对象，也是牺牲的对象。

我想，南斯拉夫理想的溃败，对于波黑是最致命的。从此以后，他们将再也不知道自己是谁。我带着这种自以为是的心痛感，在波黑的时候，整个人变得很温柔，特别愿意去理解别人。后来我察觉到，人总是要找到身份后才能找到幸福。如今，波黑虽然是欧洲最穷的国家之一，但是一种新新萨拉热窝世界主义也在生长。

离开波黑前的最后一天，我待在萨拉热窝的反战纪念博物馆里看纪录片，空荡荡的大厅里只有我一个观众。纪录片的内容是关于那场萨拉热窝围城战后的幸存者生活。一个长发凌乱、眼神晶亮的小女孩，对着镜头不断抛出飞吻。她的头发上插着一朵雏菊花。她是家族里唯一的幸存者，身旁男孩的目光紧紧锁住了这个姑娘。姑娘嘴里唱着："萨拉热窝，我的爱。波斯尼亚，你是我发间的花朵。"

萨拉热窝无消息

应许之地不存在

Lucky Strike，好彩牌凉烟，美国货，我在萨拉热窝街头的便利店买的，花了5.3波黑马克，约合人民币22元。包装盒上密密麻麻印着三行意思相同的话："吸烟有害健康。"三行字分别用的是波斯尼亚语、克罗地亚语和塞尔维亚语，前两行看上去完全一样，都是拉丁字母，第三行是斯拉夫语族的西里尔字母。

"这是萨拉热窝特色，"当地的大学生卢卡和我解释，"香烟盒是政治，广告是政治，一切都是政治，稍不留神就会惹上麻烦。"我懂他的意思，波黑混居着波什尼亚克族（波斯尼亚穆斯林）、克罗地亚族和塞尔维亚族，三族的政党在波黑轮流执政，享有政治意义上的平等，首都萨拉热窝小心翼翼地维护着这种平衡，这种平衡也体现在香烟盒上。

不过，这座被称作"欧洲的耶路撒冷"的巴尔干城市，还住着从西班牙逃来的赛法迪犹太人[1]，从中欧过来的吉卜赛人，以及一些种族身份难以定义的人。那么，它是谁的应许之地？

"不存在应许之地，"卢卡耸耸肩，抽走烟盒里最后一根美国烟，"萨拉热窝就像纽约，只不过，我们没有钱。"

我抓了抓头发。"也许我就是来萨拉热窝探听新消息的，想看看不同的宗教和民族如今能否在此和平共处，就像历史上那样，"我停顿了一下，"当然，我指的历史是内战之前。"

"你可能会失望吧，"卢卡笑得很淡，"我们从来不觉得混居有什么问题，当然，相安无事也可能只是表面现象，这个城市的伤口很多都是隐疾，不会被大声说出来。"

所以，萨拉热窝无消息？

1　塞法迪犹太人（Sephardim），多指生活在西班牙和北非的犹太人，说阿拉伯语，15世纪90年代开始的西班牙的驱逐犹太人运动中，很多塞法迪犹太人移民海外。

从前的火车消失了

从塞尔维亚首都贝尔格莱德到波黑首都萨拉热窝，坐飞机需要五十分钟，坐大巴需要八个小时，如果选择搭小汽车的方式，则需要六个小时。1991年南斯拉夫解体后，接踵而至的波黑内战切断了萨拉热窝到贝尔格莱德的铁路线，至今未修复，乘火车是不可能的。

我在贝尔格莱德的房东拉扎尔，是个64岁的马克思主义信仰者。强人铁托在世的时候，他经常坐火车往返于波黑和塞尔维亚。那时候的南斯拉夫铁路公司是跨境运营的，人们可以自由出入联邦内的各个部分。"现在这叫作出国，从前的火车消失了。"拉扎尔叹口气，说他1991年后再也没去过萨拉热窝。

临走前，拉扎尔塞给我两个洗干净的青苹果，让我路上解渴。"现在，萨拉热窝是一座又复杂又怪异的城市，你自己要注意安全。"他略带忧虑地抓了抓自己脑袋上的花白头发。以一个60多岁老人的标准来看，拉扎尔属于过度苍老的那种人，脸上的皱纹挤在一起，常年穿一件洗得发白的黑色连帽衫，佝偻着背走路。他和15岁的独生子斯特凡一起生活，除了少得可怜的养老金和房租，没有别的收入。

他的父亲曾经跟着铁托的游击队一起抵抗法西斯，家里的玻璃门壁橱里，摆着从前的游击战争勋章、前南的徽章、已经完全发黑的银色奖杯，以及印着红星图案的水杯。样式老旧的大块头电视机，每天循环播放着讲述游击队事迹和前南时期生活的喜剧片。家里没有宗教的痕迹，在70%以上人口信仰东正教的塞尔维亚，他们的屋子是一个特例，社会主义的味道顽固地留在这里。

他对我要独自前往萨拉热窝居住一个月的可行性表示怀疑，他希望我一直待在贝尔格莱德，和更多热情的塞族人交朋友，循环地倾听1389年塞族抵抗奥斯曼大军的科索沃战争"传奇"。我说我也渴望见识一下萨拉热窝的热情，毕竟，从历史源头来看，波斯尼亚穆斯林和塞族人都是斯拉夫人，应该具有某些共同的民族性格。老拉扎尔马上打断了我的想象："他们也许早就觉得，自己是斯拉夫人这个事情不重要。现在那里穆斯林更多，他们如今叫自己波什尼亚克人。"

"可是萨拉热窝不只住着穆斯林，大家都说，那是体现世界主义的地方，而且它有近一半的地方是塞族人的聚居地呢。"我反驳他。

拉扎尔不再争辩："等一下来接你的人，就是住在萨拉热窝的塞族人，你可以听听他的说法。"

一道莫名其妙的隐形障碍

司机叫索亚，很典型的南部斯拉夫人长相，微卷的黑头发，炽热而忧郁的大眼睛，长睫毛，肉下巴，高嗓门，挺胸叠肚，穿一件灰蓝色工装。等我坐上他那辆挂着BG[1]牌照的脏兮兮的雪佛兰轿车，索亚递上名片，我迟疑地接过来，上面写着——"斯洛博丹·索亚，Pontanima团体宣传大使"。我并不知道这个"Pontanima"的来历，也不明白为什么一个宣传大使同时是一个小型过境客运公司的司机，一时不知如何回应。

车在路上开了半个小时，僵局渐渐打破。原来，Pontanima是波黑一个存在了二十多年的音乐团体，类似于合唱团，在萨拉热窝很有影响力。它的字面意思是"精神桥梁"，二十多年里，这个团体致力于用音乐的魅力弥合波黑这个四种宗教共存之地的冲突，Pontanima合唱队的成员真诚地相信，在音乐中，各种宗教元素的交汇不是冲突点，恰恰相反，它是融合的起点。

距离波黑内战过去已经二十三年[2]，人们清醒了过来，开始认识到，在那场被种族民族主义煽动的三族残杀悲剧中，宗教信仰的分歧并不是点火线，相反地，是战争操纵了宗教信仰，并把宗教作为煽风点火的工具。索亚一边用赛道行驶的速度开着车，一边滔滔不绝地介绍他的团体："在我们这儿，宗教的多样性才是治愈、希望和庆祝的源泉，而音乐是最好的表现方式，这才是真正

1　贝尔格莱德（Beograd）的缩写。

2　此文完成时间为2018年。

的波斯尼亚。你不知道吧？我们已经在全国巡回演出了四百多次，还去了美国和中国，我们工作的意义无论怎么强调都不过分。"

塞族人大多健谈，眼前这位也不例外，他的话匣子一旦打开，就很难关上。我坐在副驾驶座，在环山公路上超速行驶产生的颠簸感让安全带时松时紧地勒着我的肩膀。我神情紧张地看着前方，心里默默祈祷，希望这位巴尔干大叔多看路，少说话。

我保持沉默，索亚好像并不在意，他稍微放慢了一点速度："别担心，我以圣徒萨瓦[1]的名义发誓，塞族人将是游客在巴尔干半岛最忠实的地图和导航。"

"既然您是宣传大使，为什么还要做司机的工作？"我终于问出憋了很久的话。

索亚的双手离开方向盘，在空中比画："姑娘，在巴尔干，如果你不是公务员或者医生，大概你总是需要同时干好几份工作才能养活自己。"气氛又有些尴尬，我原本就知道这里经济低迷，但没想到这样夸张。索亚告诉我，除了宣传大使和司机，他还做外贸运输，并给报纸写议论时政的文章。此外，他还是一个俄罗斯文化的疯狂爱好者，最大的乐趣是读陀思妥耶夫斯基。"每一个塞族人都爱着俄罗斯，每一个塞族人都想去莫斯科和圣彼

---

1 圣徒萨瓦，塞尔维亚东正教会的创始人，中世纪塞尔维亚的重要人物。

得堡看一看，这是毫无疑问的。"他的语气十分肯定。

"那么您去过吗？"我问。

"当然了！2008年我带法国女友去了一趟莫斯科。我在那儿真是乐不思蜀啊，我的女友像一只惊恐的小老鼠，每天要么抱怨伏特加喝不下去，要么说俄国人长相粗野。后来我们在莫斯科就地分手了。分手当天她马上搭晚上的航班飞回巴黎，和逃难似的，好多行李没带走。我呢，继续留在莫斯科，和新认识的俄国兄弟喝伏特加，味道好极了，和我们的李子白兰地一样好喝。"

后来我知道，事情并不是像索亚描述得那样美好。在如今的萨拉热窝，宗教重新成为一道莫名其妙的隐形障碍，它阻碍着年轻人的前途。比如我后来认识的萨拉热窝大学生卢卡，出于纯粹的好学心态，想在大学选修俄语，没有成功。周围的人，包括老师在内，都认为如果你要学俄语，就代表你要么是想靠拢东正教，要么是想追随红色社会主义思想，而这两者在现在的萨拉热窝都不受欢迎。

"我们如何能够像正常人那样生活？"

我们的车即将进入波黑和塞尔维亚的边境检查站，我有点紧张。中国护照在这两个国家都享有免签待遇，但我一直听闻边境上有波黑警察刁难塞族司机的事情。五百年前，奥斯曼土耳其在巴尔干掠夺和占领的时代，土耳其军队就是一部战争机器，征调大量的波斯尼亚农民作为步兵和轻骑兵，站在崎岖山峦的石堡要塞上，把守边界，严格控制信奉东正教的塞族人入境。七十五年前[1]，波斯尼亚穆斯林和塞族人原本说好了一起攻打纳粹，塞族的武装组织切特尼克却在靠近塞尔维亚边境的波黑境内血洗数个穆斯林村庄。二十四年前[2]，波黑内战眼看着要收尾，塞族极端民族主义分子却在两国边界处制造了惨无人道的"斯雷布雷尼察大屠杀"，七千多名波斯尼亚穆斯林男子被杀害。[3]

嫌隙一直都在，如同充当波黑和塞尔维亚边界线的那条碧绿幽深的德里纳河（Drina），水流已经不再湍急，却谁也跨不过去。

漫长难熬的二十分钟，停车检查，波黑边检警察狐疑地看着我，让我摘下墨镜，问我的职业，去波黑的目的，箱子里装的什么。放行后，我长舒一口气，索亚猛地一拍我肩膀："快看那条路！你要是早来四十年，什么关卡都没有。"我定了定神，前方是一个三岔路口，向右写着通往克罗地亚，向左写着通往波黑，毫无疑问，第

1　本文写作时间为2019年。

2　同上。

3　"斯雷布雷尼察大屠杀"的具体伤亡人数，史学界存有争议，此处参考通行说法，见托尼·朱特著《战后欧洲史·第四卷》、约翰·兰普著《南斯拉夫史》等相关论述。

三岔口是回塞尔维亚的路。

"解体前，这里是一大块农田，没有公路，倒是可以看见很多牛羊在吃草。有时候会看见戴头巾的漂亮姑娘，她们带着自制的李子果酱和刺绣品去邻近小镇赶集，有时候你还能看见很多小型卡车，上面装着刚砍完的木头。百姓自己盖房子，就用那些木材。上帝，那都是好木头，都是橡木啊。可是我们的人民都傻乎乎的，以低廉的价格卖给瑞士，让他们做成昂贵的原木制品。谁会分我们一杯羹？我们活该倒霉嘛，这就是资本主义的罪恶，嗨。"

这位老兄喜欢从每一个即兴话题延伸出一段评论，但我发现，无论我们聊什么，总有一条隐蔽的心理底线 —— 一种强烈的渴求归属的感觉，无论归属的是塞族，是泛斯拉夫主义，是巴尔干，还是一种微弱的对抗资本市场的抱团姿态。汽车开过那个三岔路口很久以后，沿途开始规律地出现象征塞尔维亚的红蓝白三色旗帜，只不过上面都缺少了"4C"双头鹰皇冠的元素。

我问索亚缘由，他说旗帜代表这些土地属于波黑境内的塞族共和国，这是波黑的塞族人对塞尔维亚本国忠心的标志。我隐隐嗅出一种民族主义情感的味道，不再言语。他很敏感，立刻解释："不要误会，也不要害怕。我们早就厌倦了战争和残杀，事情不是你想的那样。波黑是三族领导人轮换执政的，如今煽动民族主义的政客已经不受欢迎，我们不会受骗了。"

事实上，那天之前，刚刚结束了一场大选 —— 波黑国家议会、穆克联邦议会与塞族共和国议会的选举。然而，索亚认为，虽然国家主席团新当选的塞族共和国代表被认为是个有民族主义倾向的"强人"，但波黑的塞族人并不在乎他。"生活在波黑的塞族人，每天醒来要真正面对的难题是，当我们的领导人现在还在推搡着我们去打砸邻居、对抗兄弟时，我们如何能够像正常人一样地生活？"

听上去，似乎米洛舍维奇不会再有机会复活了。曾经，他可能是当代最出名的"大塞尔维亚主义"政客，更像是一个巴尔干男巫，在各种公开场合催眠："没有人能再次打败塞族人！"在1991年的克罗地亚战争和1992年的波黑内战中，他支持并帮助成立数个塞族民族主义武装组织。在克罗地亚与塞尔维亚一河之隔的城市武科瓦尔，塞族和克族屠杀邻居，血刃朋友；在波黑的萨拉热窝，塞族军队的坦克、火炮和狙击手把这座城市变成了人间地狱。

现在，一个个塞尔维亚人和波黑人都来告诉我，已经没有人再买米氏的账了。傍晚时分，我抵达萨拉热窝，索亚帮我把行李安顿好以后，紧紧地拥抱了我："姑娘，萨拉热窝是一座包容的城市，这里没有民族主义的土壤，你尽管放心游玩。如果你需要帮助，请给我打电话，你的住处在穆斯林聚集的老城区，可我住在萨拉热窝东部的塞族定居地，塞族人一般不太来老城区，这里穆斯林太多，啤酒也更贵。"

缆车重新开放了，狙击手消失了

　　萨拉热窝的深秋，夜色冷峭，空气清冽，繁星满天。我住在城市最东处的山丘上，坡很陡，接近60度。接下去一个月，我需要每天爬山回家，一路听潺潺山泉在脚下流淌的声音，走过希和奇哈捷桥［Šeher-Ćehajina ćuprija，米里雅茨河（Miljacka）最东边的桥］的石子路面，路过那个最能表现萨拉热窝人轴劲儿的餐馆"怨恨之家"（"House of Spite"，Inat Kuća），朝着南边的方向，攀登一座海拔200多米的山丘，在半山腰处左转，继续爬，直到顶点。

　　拐弯的地方，是搭乘城市观光缆车的入口，拾级而上五分钟，就可以到达检票处。这条缆车路线从城市南部的山丘中段，一直延伸到特雷贝维奇山（Trebević），那是1984年萨拉热窝冬季奥运会举办高山雪橇赛事的地点。不仅是游客，萨拉热窝的居民也时常带着一家老小来这里，坐缆车到山顶，俯瞰城市。山顶光秃秃的，现今只剩下一块很小的碎石空地可供游人休憩，空地一侧被不规则的石墙矮矮地环绕着，另一侧是东倒西歪的木栅栏。其实视野有限，朝前不能看到城市全景，朝后也不能清楚地俯视葱茏山谷。即便如此，观光缆车依然是萨拉热窝的地标性景观。

　　并非因为旅游的缘故，这个1959年投入使用的缆车景观设备，拥有一段令人心痛的历史。事实上，它在我

萨拉热窝无消息　　　　　　　　　　　　　　277

游览此地不久前，也就是2018年4月6日，刚刚重新开放。4月6日，是一个波黑人几乎无法承受的日期。二十六年前的这天，波黑独立，从南斯拉夫社会主义联邦共和国脱离，坚持继续留在南斯拉夫的波黑塞族人，在民族主义政客米洛舍维奇的支持下，动用坦克和火炮，包围了萨拉热窝这座城市，并炮制了人类现代战争史上围城战争的历时最长纪录——1425天。

1425个与魔鬼同行的日子里，特雷贝维奇山上驻扎着塞族军队的狙击手和迫击炮阵地，无数的地雷、无数的炮火扎进山的褶皱里。2018年初，雷区才全部被清理干净。重新开放的缆车以一位曾经的缆车公司警卫的名字命名——拉莫·比伯。这个名字有另一段伤心事。拉莫·比伯，死去的时候才42岁，有一个幸福的家庭。

他是萨拉热窝悲剧中第一个被谋杀的人。当扛着来复枪的军队闯进缆车大楼时，他不肯离开，依然守卫在入口处。士兵对着玻璃窗连续射击，拉莫只能跳窗——他顺着特雷贝维奇山的腹地森林方向往下滑，在第三个拐口停下了，背部、腹部和头部各中一枪。

今天，波黑内战纪念博物馆里，从拉莫·比伯身上找到的黑色铜扣皮夹子，安静地和其他死难者的遗物放在一起，旁边是一张发黄的一寸照片，上面有着浓密黑发的阔脸男子，长得真像南斯拉夫的国宝演员巴塔——保卫萨拉热窝的"瓦尔特"。拉莫·比伯，也是保卫萨拉热窝的人。

据说，缆车重新开放的那天，半山腰水泄不通，可能半个城市的萨拉热窝人都来了这里。为了坐一坐这个缆车，大家顾不上排队，乱作一团。萨拉热窝人并非不守秩序的公民——在内战期间，在整个城市，为了能取水，为了能分到一块面包，他们整日整夜排着长队，不言不语，井井有条，沉默地等待救援，沉默地成为山丘上的狙击手们的移动靶子。

但是缆车重新开放了，人们放肆地你推我挤，感受彼此紧贴的体温。他们现在非常安全。

流动的水，阿拉丁神灯

没有枪口瞄准的日子，萨拉热窝的慌乱渐渐沉淀，成了生活之水底部的杂质，一眼望去，只要不晃动，水质依然清澈。这瓶生活之水，来自萨拉热窝随处可见的山泉，或者城市的主要河流米里雅茨河。这座城市总是不缺水，群山环抱之中有数不尽的泉眼，许多游记里都描述过萨拉热窝山泉喷涌的景象，让人仿佛置身于天堂的后花园。城市旅游导览里写："在萨拉热窝，如果一个院子里没有流动的水，就如同无头之主。"百年以来，每家每户千方百计选择在活水边安家——起码要找一个离活水源近的地方，以便把活水引流到自家院子里，最最不济，也总要在院子里造一个人工小喷泉——这是一种和活水紧紧相连的对生活的希望和决心。

讽刺的是，在1992年至1995年波黑内战期间，整个城市的水源被塞族军方掐断，萨拉热窝真的成了无头之主。受到射击的威胁，人们不敢上街，但为了活下去，他们必须走到街上去取水。美国作家苏珊·桑塔格（Susan Sontag）在围城期间曾去往萨拉热窝，在等待外界救援的无望而无尽的时间里，她和剧场的演员们一遍遍排演戏剧《等待戈多》。此后，她写下《在萨拉热窝等待戈多》这篇回忆性的随笔。文中，桑塔格痛心于没有人来拯救百姓的苦难，为他们因战争而丧失了日常生活的尊严感到愤怒。她写道：

> 他们的失望、恐惧和对日常生活的愤慨使他们蒙羞——例如，每天都要花很多时间确保有水冲他们的厕所，否则他们的浴室就会变成粪池。他们冒着极大的生命危险在公共场所排队提来的水，大部分都用于冲厕所。他们的羞辱感也许比他们的恐惧更严重。[1]

萨拉热窝人民逐渐习惯了在那样的环境下生活。1425个被围困的日夜，每隔四五天，人们就会带上所有能装水的塑料瓶，下山，渡过米里雅茨河，爬坡来到萨拉热窝啤酒厂。那是城里少数可以取到干净饮用水的地方，

---

1 （美）苏珊·桑塔格，《重点所在》，陶洁、黄灿然译，上海译文出版社，2004年5月，362页。

水源来自大地深处。每天，队伍维持几百个人的规模，人们匀速向前移动，取水动作要尽可能麻利，不能喧哗，不能高声谈话，任何不寻常的骚动都可能引来山丘上的人的注意——他们很早就想炸毁这座红色砖瓦的酿酒厂。

今天，萨拉热窝的活水重新流回了千家万户。打开龙头，用杯子接上一杯水就可以直接喝。城市里遍布露天饮水处。这是一座被奥斯曼帝国侵占了四百多年的城市，信奉伊斯兰教的土耳其人要求最大限度地利用萨拉热窝丰富的水资源。水对于穆斯林有着极为圣洁的意义，奥斯曼的长官们在1461年把山泉水引入到城市用水系统，到了19世纪，萨拉热窝已经有156个公共饮水处。在老城区大大小小的清真寺，伊斯兰信徒们聚集在这些水槽边，喝水，清洁自己。

这些公共饮水处之中，最负盛名的是立在鸽子广场中央的塞比利喷泉，"塞比利"意思是"建在水流经过地方的建筑"。喷泉建于1753年，曾毁于大火，后重建，主体是八角造型，覆盖着华丽的圆形穹顶，泉水通过前后两个石头水槽流出。塞比利喷泉是标志性建筑，人们总是喜欢选择在其前面聚集，约会，聊天。这个像凉亭一样的建筑也因为太过显眼，在内战时期成了狙击手的重点目标，除了任何时代都在广场旁若无人散步的鸽子，没有人会傻到出现在那里。

我在老城区的东边兜兜转转，总绕不开这个喷泉，它的地理位置实在太美妙。特别是夜里，光洁的大理石水槽上方，暖黄灯光从木质雕花镂空扇面漏出来，八个角度的光晕反向烘托了中心的光点，无论站在它的哪个角度观看，都像在注视一个古老东方世界，它的木质阿拉丁神灯闪着熠熠的光。

这种光芒并不独属于伊斯兰世界，它更像是一种宗教本身带来的融合性、庇佑性，一种富有神启意义的朦胧光泽。"对于萨拉热窝老城来说，塞比利喷泉就像是某种定海神针，或者是指南针？如果你在生活里遇见了难题，如果你找不到人倾诉，如果你要约一个朋友，就会约在这里。就算没有约会，自己在喷泉下坐一坐也挺好，抬头就是青山和绿树。生活不会总是那么糟糕的。"说出这些感慨的是喷泉旁边一个小咖啡馆的白胡子老板，给我端来浓郁的波斯尼亚咖啡后，不知道是自言自语还是想对我倾诉，他说了上面那段话。老板54岁，萨拉热窝本地人，波黑内战时，他躲避兵役，拒绝杀人，即使要杀的是法西斯分子，他也不干。所以，他每天不得不像老鼠一样躲在地窖里。

萨拉热窝人最想不通的问题

日光午后，晴空万里的时刻，我站在喷泉正下方，望两面的山丘。极目远眺，一面的尽头是举办冬奥会的特雷贝维奇山，另一面的尽头是黄堡（The Yellow

　　　　　　　　　　　　　　　　　　等待的热情

Fortress），欣赏萨拉热窝日落的最佳地点。那是一个已经废弃的八边形石头城堡要塞，土耳其人把它建起来，奥地利人把它废掉，电影里的纳粹德国军官在那里俯瞰萨拉热窝山谷，发誓要夺下这座城市。最后，谁也没有拿下它，市民胜利了，他们带着野餐桌布，萨拉热窝黑啤，黑塞哥维那香烟，坐在黄堡的石面高台上，欢快地拍照，热烈地亲吻，对着山谷的方向大声呼喊，幻想自己是那位雄才大略的亚历山大大帝。

渴望伟大的幻想，只是在登高的瞬间变成一种类似俱怀逸兴的诗性。大部分时候，萨拉热窝人民想做英雄的渴望并不强烈，他们想过正常人的生活，只是历史不放过他们。整个20世纪，在这个山谷之地一共发生了三场著名的战争——"一战"、"二战"、波黑内战。"一战"时，它是导火索。"二战"时，它是纳粹的必争之地。波黑内战时，它是1425个被枪林弹雨围困的白天与黑夜。一个弹丸之地，居然需要承载那么多人类的残忍、眼泪、仇恨、诅咒与隔阂。

这种隔阂，以及由它带来的看似不可避免的冲突，早早就埋下了伏笔。公元293年，罗马帝国的戴克里先大帝实行"四帝共治"制度，赐予马克西米安管理帝国西半部，自己则统治东半部。在这种安排下，帝国仍为一体且不可分割，但它的东西两半日后将会走上不同的命运之路。[1]

戴克里先之后，公元395年，狄奥多西一世临终前，把罗马帝国的东西半部分别给两个儿子统治。他崩殂后，两个儿子各自在东西帝国登基，罗马帝国就此永久分裂。两个帝国的分界线，位于当年罗马诸行省中的伊利里亚行省，即今天的萨拉热窝附近。[2]

尽管当时这里还是一个无名的小村镇，但裂变的种子已经种下，分裂与融合就像是硬币的一体两面。此后数百年里，东方的奥斯曼帝国和西方的奥匈帝国在这里轮番登台，带来伊斯兰教和天主教的广泛流播，加上7世纪就来到此地的信奉东正教的斯拉夫人，16世纪逃难来此的犹太人，四种宗教做了邻居，没有明显的界线，人民用朴素的生活经验选择了和平共处。

政治野心家不断试图用血缘和归属的思想来蛊惑人民彼此对立，人民上过当，而且不断地上当，也不断地悔悟。对于一个萨拉热窝人来说，最想不通的问题是——我的父亲是穆斯林，我的母亲是天主教徒，我的

1　（美）拉尔斯·布朗沃思，《拜占庭帝国：拯救西方文明的东罗马千年史》，吴斯雅译，新思文化·中信出版社，2016年12月。

2　罗马帝国当年的诸多行省中，伊利里亚行省包括今天的克罗地亚（内陆）和波斯尼亚及黑塞哥维那，当时的波斯尼亚长期处于未开化的独立状态，即使后来处于土耳其总督的管辖之下，内部也根本无法划清基督教和伊斯兰教势力的界线。关于罗马帝国正式永久分裂为西部帝国和东部帝国的具体事件，参考：爱德华·吉本，《罗马帝国衰亡史》（第一册）。

朋友是东正教徒，我还有一个信奉犹太教的老邻居，为什么不可以？我是波斯尼亚人，爱上了一个塞族姑娘，想和她结婚，为什么不可以？我的哥们儿是克罗地亚族的后裔，所以他是穆斯林的敌人？为什么？

20世纪，在极端民族主义运动令人心悸的壮大中，血统、部落、宗教信仰、民族归属，成为鉴别一个多民族地区的个体身份的首要因素。萨拉热窝人民无辜地意识到，他们从此被强加了一项令人头疼的任务——识别你的邻居。可是，这里几乎每一个人身体里都混合着好几种民族的血液，超过60%的婚姻是不同宗教背景人士的通婚，怎么识别呢？当人们交不出答卷的时候，政客开始咆哮，好战分子投来枪弹和火炮，萨拉热窝堕入地狱。关于这一切的悲剧根源，也许苏珊·桑塔格说得对："恰恰是因为萨拉热窝代表着世俗的、反部落的理念，它才成为毁灭的目标。"

改变世界的子弹，反复更名的桥

沿着塞比利喷泉所在的老城区往西走，贴着米里雅茨河河岸，几分钟路程就可以到达拉丁桥——也许是整个20世纪最著名的一座桥。1914年6月28日，在这座桥的北侧，奥匈帝国王储弗朗茨·斐迪南大公夫妇被暗杀。刺客是波斯尼亚的塞尔维亚民族主义分子，才19岁的加夫里洛·普林齐普（Gavrilo Princip）。一个月后，奥匈帝国对塞尔维亚宣战，第一次世界大战爆发。

据说大公死前对妻子的最后一句话是："别死，为我们的孩子活下去。"被捕的普林齐普，在这场看似"由他引发"的"一战"结束之前，病死在波希米亚的监狱里，当时体重只有约80斤。这个监狱在"二战"时成了臭名昭著的纳粹集中营。普林齐普还是个孩子，但受审时苍白的脸上毫无悔意，他说："我们的影子会走过维也纳，游荡于法庭，吓坏那些老爷们。"（"Our shadows will walk through Vienna, wander the court, frighten the lords."）

那两颗改变世界的子弹，推倒了世界局势的多米诺骨牌。塞尔维亚付出了一百一十万同胞生命的代价——占全国总人口的五分之一。在南斯拉夫时期，普林齐普被当作民族英雄，拉丁桥被改名为"普林齐普桥"，当局还在普林齐普开枪时的站立处用水泥铸造了脚印纪念雕塑。南斯拉夫解体后，被"大塞尔维亚主义"吓怕了的波黑政府，摧毁了普林齐普在萨拉热窝的故居，宣布永不复建；脚印雕塑被居民永久清除了，"普林齐普桥"改名为"斐迪南桥"，桥边的"普林齐普博物馆"改成了"斐迪南大公和奥匈帝国纪念馆"。

历史不是静止的，在拉丁桥反复更名的故事里，显现出萨拉热窝人对历史事件的态度转变轨迹。如今，"斐迪南桥"又改回了"拉丁桥"，"斐迪南大公和奥匈帝国纪念馆"被改名为"1878年至1918年萨拉热窝博物馆"，普林齐普的遗体被迁回萨拉热窝的公墓。在他死去的那天，奥匈帝国的狱警因为担心有人来悼念他，把遗体偷偷埋在了一个不起眼的地方，却没有想到，还是有一个捷克士兵悄悄地把埋葬点画在了地图上，后人根据这个绘点，找到了他的遗体。

不干革命的时候，他是一个诗人

拉丁桥曾经是一座木质拱桥，因为受不了洪水的冲击，才在1798年重建时改为石拱桥结构。我在这座桥上，从南走到北，从北走到南，石子路面并不平整，我甚至脚底有些打滑，想必下雨的时候更难走。这座桥只能步行，不能通车。每天，导游带着不同批次的旅行团来到这里，讲解"一战"的历史故事，留出十五分钟时间，给游客自由拍照。

每天我都要从这座桥边路过。有一天下午，我在桥边看见旅游团拍照的如常画面，他们的导游远远靠在桥的另一端抽烟，向导小旗被揉成皱巴巴一团，夹在他的胳膊下。这个一脸络腮胡的导游，脸上尽是不耐烦而又必须拼命忍耐的表情，眼睛里灌满了忧伤。他盯着米里雅茨河浅浅的河滩愣神。我走过去和他搭讪，而他似乎只想独自享受一根香烟的时光。我猜他是本地人，他说没错，家就在郊区的格巴维察（Grbavica）。他汉语说得不错，在萨拉热窝大学中文系学习多年，但他不再继续和我说话了。

台湾游客大呼小叫拍完了照，准备去往下一个景点。他灭了烟头，拍拍自己的脸，努力做出振作的表情，准备离开。迟疑了一下，他还是来和我告别，似乎是为他的冷漠道歉："对不起，我不是个冷漠的人。我只是有点厌倦，厌倦了我的工作。你能想象吗？我的工作就是每天对世界各地的游客解说杀戮的历史，我的家乡萨拉热窝在20世纪的三场战争里死了多少人，为什么总是在死人。我恨这座拉丁桥，每天我都要告诉游客——在这座桥上，萨拉热窝引爆了世界大战的导火线。然后我要去郊区的希望隧道，把内战的死亡故事再说一遍。你要相信我，这不是一件容易的事，不是导游的解说那么简单，我的父母都没有在内战里活下来。"

他越说越难以控制自己，游客却在催促，表达着不满，一位阿姨尖着嗓子喊："都说巴尔干人懒，工作不卖力气，看来是有道理的。"导游和我都听见了，他痛苦地闭上眼睛："一百年了，我的家乡总和战争联系在一起，但这不是真的。萨拉热窝总让人联想到谋杀和死亡，但这也不是真的。然而，我不知道，别人应该如何来谈论一座被屠杀的城市？连我自己也不知道应该如何谈论它。"

低空飞来一群灰鸽子，有的停在桥栏杆上张望，有的在裸露的河床上散步。这条河设计得就像一个阶梯教室，从平缓的上一级河床涌来的水流发出哗哗响声，但吓不走鸽子，它们依然闲庭信步。后来有朋友告诉我，米里雅茨河其实是城市污水排放通道的汇合口，不是"一条美丽的河"。

米里雅茨河的水深从来没有没过膝盖。那一天，普林齐普开枪之前，他的同伴查布里诺维奇先行动了。早晨十点十分，他往大公夫妇车上扔炸弹，被大公伸出手臂挡飞。查布里诺维奇吞了氰化物药丸，跳进了米里雅茨河，站在河里狂笑，相信自己即将改变世界。毒药没起作用，他被群众从河里捞了上来，一顿痛打。

在电影《萨拉热窝谋杀事件》中，查布里诺维奇是个浪荡公子，他喜欢和漂亮姑娘调情，但从来没有忘记塞尔维亚民族独立的那份危险的事业。他长得英俊，和苍白忧郁的普林齐普完全不同。如果当年是他的炸弹杀死了大公夫妇，历史进程也不会有什么改变。但如果普林齐普没有开枪，他会不会有一天和心爱的姑娘表白？不干革命的时候，他可是一个诗人。

萨拉热窝的大提琴手

我相信那位导游的话，萨拉热窝并不总是和杀戮有关，这座城市应该有更复杂、更炽热，甚至更多玫瑰色的景象，人民对生命的感受力，不应该被死亡的印象一笔勾销。

只要你足够细心，总能发现诗意，尽管这样的诗意依然是苦涩的，它也许关乎尊严和美，却和快乐没有太多缘分。在南斯拉夫时代，贝尔格莱德是巴尔干的文化中心，萨拉热窝的文化生活没有受过重视。然而，前南刚刚解体，紧接着的波黑内战见证了一座城市在绝境面前迸发出的无药可救的浪漫天赋。1992年到1995年，市民每天要为活下去而战斗，还必须通过保持精神上的健康，维持一种依然在过正常生活的幻象。

在四年的围困中，大量的剧院演出、展览、音乐会在废墟上继续进行。没错，大多数知识分子、创作者、大学老师、芭蕾舞者、歌手都逃离了这个城市，但依然有才华横溢的演员和音乐家留了下来。战前，城市共有五家剧院，战时，其中的两家如常演出。艺术圈人士还联合市民一起成立了萨拉热窝战争剧院，用经典剧目的循环演出表达演员的反战意愿。来自世界各地的许多知识分子和文化学者在围困期间来到萨拉热窝，其中就有苏珊·桑塔格，她感受着令人绝望的城市里在毁灭边缘死死抓住艺术的人们的激情。她说："在萨拉热窝，就像在别的任何地方，懂得通过艺术来确认和改变对现实的看法，并因此感到更有力量和受到抚慰的，并不只是一小撮人。"[1]

1992年5月27日下午四点，几发炮弹打中一群在维斯·米斯其纳市场排队买面包的人，二十二人丧生。

---

1 苏珊·桑塔格，《重点所在》，359页。

为悼念死者，大提琴家韦德兰·斯梅洛维奇（Vedran Smajlović）在事件发生地点演奏了二十二天，曲目每天都不变——意大利作曲家托马索·乔瓦尼·阿尔比诺尼（Tomaso Giovanni Albinoni）的G小调慢板。加拿大作家斯蒂文·高勒威（Steven Galloway）以此为灵感，写下了令人心碎的小说《萨拉热窝的大提琴手》（*The Cellist of Sarajevo*）。小说当然是一种虚构，作家想象了一座废墟之城的生活，情感却无法虚构。

他会带着他的大提琴和凳子，走下狭窄的楼梯，来到空无一物的街头。当他坐在迫击炮砸出的弹坑里时，战争仍旧不断地在他身边持续。他将要演奏《阿尔比诺尼：慢板》，未来二十二天，他将天天这么做。这么做的每一天，都是为了一个死去的人。[1]

在真实发生的故事里，每天有更多的市民冒着死亡危险，在街头听大提琴家演奏，把献给他的花放在他的脚边。这些人并非不知道，哪怕只在空地上多停留一秒，他们都可能被狙击手的一颗子弹打死。在类似真空地带的绝境时刻，艺术拯救他们免于恐惧和麻木。

此刻，我站在萨拉热窝市政厅幽暗的地下一层展厅

---

1 （加拿大）斯蒂文·高勒威，《萨拉热窝的大提琴手》，林昱辰译，云南人民出版社，2009年11月，《大提琴手》篇目。

里，参观1914年至2014年这一百年里的萨拉热窝城市风貌展览。我必须承认，和那些充斥着军队阅兵、会议游行、血泊街头、满目废墟的惊悚的城市景观相比，我的目光紧紧追随的总是那几张照片：少女在演唱会上迷醉的表情——1994年，英国铁娘子乐队的主唱布鲁斯·狄金森（Bruce Dickinson）冲破重围，来到这里开演唱会；在炸成筛子的危楼前，几个人排队在临时搭建的花房前买花；首届萨拉热窝电影节的海报。

首届萨拉热窝电影节在内战时期仓促创立，人们十分不解，有人问："为什么要在战争时举办电影节？"主办方回答："为什么在电影节期间还要打仗？"

巴尔干的天才导演埃米尔·库斯图里卡（Emir Kusturica）出生在萨拉热窝，他觉得自己是理解同胞的，在短篇小说集《婚姻中的陌生人》里，主人公泽蔻活过了内战，站在温柔的萨瓦河边，他暗自慨叹：

幸好我活下来了，否则，我怎么可能再有机会欣赏如此美景。因为人并不是依靠残酷的真相和一成不变的规则活着，而是寄希望于他们坚信会到来的改变。[1]

但改变并不都是好事。战争毁坏了一切物质性的事

---

1 （塞尔维亚）埃米尔·库斯图里卡，《婚姻中的陌生人》，刘成富、苑桂冠译，浙江文艺出版社，2018年10月，33页。

物，也毁灭了肉眼不可见的事物 —— 它带来的是理性的失控，精神的粉碎，夺去了我们所爱之人的肉体，也夺走了他们的灵魂。战争让一个失去孩子的父亲孤单地坐在废墟上，问自己这一切何时才能结束？他心底悲伤的深渊何时才能消失？深渊会永远存在吗？任何经过炮火轰炸的燃烧之地，都不会是完全相同的废墟，就像经历过这些的人，再也不会是过去的那个人。

一场黑色的大雪，一个未成形的三角形

萨拉热窝市民心底有一块隐痛的创口，几乎是一个难以愈合的地方：那座被大火摧毁的国家图书馆。[1]现在它作为萨拉热窝市政厅依然存在，可是消失的再也不会回来。

从我居住的山丘小道一路笔直往下，正对着这座三角形的建筑。市政厅坐落在三个主要街道的交叉路口，是萨拉热窝现存为数不多的奥匈帝国时期的代表性建筑。内部装修是奥斯曼帝国和奥匈帝国风格的混合体，所以，它是波斯尼亚多元文化主义的纪念碑。建成以后，它曾是城市的法院和国会大厦，1948年后被用作波黑国家和大学图书馆。1992年8月25日夜晚，塞族军队用重型火炮

1　全称"波斯尼亚和黑塞哥维那国家和大学图书馆"，修建于1891年，是奥匈帝国统治时期萨拉热窝规模最大且最具代表性的建筑物，当时曾是市政厅。

和燃烧弹对着图书馆开火，建筑变成废墟，两百多万册图书和文件毁于一旦。

　　萨拉热窝市民把这场大火看作城市的劫数。参观讲解处的志愿者奥利弗告诉我，大火第二天，成批的百姓跑到图书馆门口，放声痛哭。"在波黑内战中，这是一次特殊意义的哀悼。市民们不是因为在战争中个人和家庭的悲剧哭泣，他们跪在地上哭，坐在地上哭，他们和消防员一起灭火，竭尽所能在废墟中寻找一本完整的书。他们是在为了萨拉热窝的文明劫难而哭泣。"奥利弗双手用力扶住洁白的楼梯栏杆，好像希望栏杆能支撑他身体的重量。他在克制自己的语调。

　　图书馆很久以来就是萨拉热窝的象征，就这样毁在山丘上那些人的手里。在纪录片《萨拉热窝的桥》中，一个波黑男孩在整理旧物时看见一本旧书，那是他的爸爸在图书馆大火里救下来的一本书，但他从来没有读过。语气疏离的旁白响起，男孩回忆和爸爸在一起的童年时光，那是个温暖的早秋周日，他和爸爸坐有轨电车去图书馆。当图书馆已经是一片火海，从四处赶来的人们忙着抢救图书。轰炸还在继续，狙击也没有停止，谁在救书，炮弹就炸谁。慌乱的人们把救下的书抱在怀里，拿回家藏起来。男孩不是个爱读书的孩子，他站在废墟里，找不到爸爸的踪影。他一动不动站着，看见很多人慢慢瘫了下去，伏在地上抽泣。消防员也在逐个倒下，从前誓死要保卫这座城市的军队，如今对着消防员发射炮火。

当然，没有几本书被抢救下来。之后的数天里，百万本书的灰烬，飘荡在城市的低空，像在下一场黑色的大雪。

在欧盟的援助下，这座建筑得以重建，2014年5月9日重新开放，如今用作市政厅和博物馆。我跟着奥利弗从地下一层转着圈走到二楼，听着他发音纯正的英语讲解，参观这座建筑内部被复原的样貌——它的地砖图案是犹太教的六芒星形大卫之盾，玻璃天花板是伊斯兰的大圆顶样式，巨型彩绘落地玻璃窗来自天主教的灵感，半圆顶的拱门则是拜占庭东正教的启示。没有任何一种宗教被特别突出地展示，而建筑的主体结构保持原样，三座大楼像三块拼图块一般，组成一个三角形，代表这座城市的塞族、克族和穆族三大主体民族的向心力。

即使兄弟曾经自相残杀，重建的人还是希望三块拼图能够黏合成一个完整的三角形。这个三角形一直是一种诱惑般的存在。在"一战"前风云激荡的20世纪初，一种"南斯拉夫主义"的巴尔干民族意识，不是在克罗地亚，不是在塞尔维亚，而是在波黑，得到了一种超乎想象的浪漫与恐怖交杂的惊人扩张。

如果我们记得，引爆第一次世界大战的萨拉热窝刺杀事件，凶手就是来自爱国和文学色彩兼备的"青年波斯尼亚"团体，那么我们也许就能够理解这种诱惑的力量。波黑没有单一民族，居住在这里的塞族人和克族人，对一种理想始终不曾死心——要争取波斯尼亚穆斯林，他们是一个最终能够成为民族伙伴的"未完成的三角形的一个角"[1]，而"青年波斯尼亚"团体中那些信仰南斯拉夫主义的年轻人，则是"在一个已建成的过去和一个不切实际的将来之间的徘徊者"[2]。一种"波斯尼亚的南斯拉夫主义"——《南斯拉夫史》的作者、巴尔干问题专家约翰·R.兰普认为这可能是巴尔干民族问题唯一可能的解决方案。遗憾的是，无论是第一南斯拉夫（1918—1941），还是第二南斯拉夫（1945—1991），都没有实现这个愿景。

夜幕降临时，市政厅显得格外端庄。橙黄色砖块的建筑被炫目的夜灯烘托照耀，巨大的身形显得笔挺熨帖，散发静谧的光环。它伫立在萨拉热窝城市的最东端，这个狭长谷地的起始处，一副凛然不可侵犯的样子。

来一场俄罗斯轮盘赌

战争的火光熄灭了二十多年，萨拉热窝并非悲情之地。如果它为你带去的是悲情印象，也是因为我的诉说过于局限。我急切地带着丽贝卡·韦斯特的《黑羊与灰鹰》，带着《南斯拉夫史》，带着南斯拉夫国宝作家伊沃·安德里奇的"波斯尼亚三部曲"来到这块土地，

1　约翰·R.兰普，《南斯拉夫史》，108页。

2　约翰·R.兰普，《南斯拉夫史》，108页。此处为斯雷奇科·扎亚（Srećko Džaja）的观点。

急切地寻找想象中的"后南斯拉夫时代"集体意识分崩离析后的茫然，新民族主义战争硝烟落尽后的心有余悸。我总把目光对准那些可能引发历史问题和民族宗教纷争的细节，事实上我碰了一鼻子灰 —— 大部分人不愿意谈论过去的伤痛。

虽然伤痛会永远存在，结了疤也不能假装没受过伤，但是萨拉热窝人对当下的热爱超出了我的想象，面对他们的笑脸时，我一度陷入失语中。

从来没有见过一个城市这么喜欢对人倾诉日常生活。大部分地方，人们忙着告诉你，他们住在一个历史悠久之地，多少名人和伟人出生在他们的美丽古老的城市。可是萨拉热窝有点不一样，它很少提自己的历史，它更在乎如何过好现在的每一天。

在一个阴天的上午，我徒步穿过内战时著名的"狙击手大街"，来到波黑历史博物馆门口。过马路时，我居然脚下发软。在这条从老城通往新城的主干道上，六条有轨电车车道和中间分隔岛街车轨道疏落摊开，一览无余。曾经，任何走在大街上的行人，都是山上狙击手的活靶子。目标是这样醒目，易于攻克。可这是市民无法避开的主路，于是，过马路变得像玩一盘俄罗斯轮盘赌。人们出门前亲吻家人，心里默念内容相同的祷告词，无论你的神是真主、耶稣还是耶和华，你只能祈祷，明天还能继续亲吻家人。

和死神来一场俄罗斯轮盘赌，再也没有比这更残忍的偶然。萨拉热窝市民在四年的围困里，必须习惯这种命运。当我在历史博物馆二楼徘徊于"在狙击手大街过马路"的影像展时，从照片上行人孤注一掷的表情里，一种瘆人的绝望复活了——仿佛死神就站在马路对面，笑着往左轮手枪里放子弹，你要是能穿过马路，"砰"的一声，空枪，他接着跑去下一个路口等你。

抱紧孩子过马路的母亲，手牵手低头狂奔的情侣，刚领完救济面粉的拄拐杖的老头，我无法想象这些人中的任何一个在马路中间倒下，但其实那四年里人们已经习惯看到街头有人被枪杀，来不及救助和痛哭，他们要更拼命地跑完自己剩下的路程。

今天，当然没有人再会用狂奔的方式过马路。惨白的水泥地上，弹坑随意地掩在丛生的杂草堆里。

五脏俱全的避难所

萨拉热窝的历史博物馆，是一座惨白的四方形建筑，外形像老旧科幻电影里的巨型宇宙飞船。真是破旧的博物馆，就这样惨淡地矗立在历史的死亡路口。它的地下一层是关于铁托元帅的收藏品馆，灰尘漫天，无人照管，甚至连门都不锁，就这样被抛弃了。馆里的工作人员说，没钱翻新，不过他们也无所谓。

博物馆的精华在二楼，有限的空间里展示了内战时凌乱的生活器具。围城期间日常生活的照片贴满四面墙壁，此外，还有一间民居建筑仿真屋，展厅中间摆放的是战争时市民生火做饭的炉子，还有香烟盒、玻璃酒瓶。远看过去，还以为是生活器物展。展厅显眼位置陈列的就是这个面积不过10平方米的仿真屋，是萨拉热窝市民在围困期间的生活写照。

这样的屋子经常出现在公寓的地下室，它必须是多功能的，同时是起居室、卫生间、厨房、卧室和仓库。人们很可能一个月都走不出来。眼前这个屋子里没有床的位置，打的是地铺，鲜艳的积木玩具堆在被子上，屋子中央的小木桌上摆着面包、波斯尼亚咖啡研磨器，墙角局促排列着炉子、冰箱和黑白电视机。冰箱上放着美国援助的物资奶粉。头顶悬着一根晾衣绳，大人小孩的睡衣背心挂成一排。脚下一块长方形的黑白条状地毯，虽然寒酸却很周全。这是一个五脏俱全的避难所，一家几口蜗居于此，对于谁来拯救他们基本不抱希望，但也要有尊严地过好每一天。孩子要有玩具，妻子要有镜子，丈夫要有烟盒，老人要有拐杖，全家要有电视机。

"每逢有人来这里参观，这个屋子就是大家停留时间最长的地方。"解说员的声音从我背后传来。

"为什么要选取一个市民的房间作为萨拉热窝围城战的展览物代表？"我问。

"每一个萨拉热窝人都要努力地活过昨天。如何表现得像个正常人，这就是萨拉热窝人要打的仗。"解说员的语气听上去颇为自豪。想象这样一个场景：

趁着还有电，他的妻子会唤醒孩子好好利用这段时间。他想象着炉子上烹煮着早餐，窝在电暖气旁看着电视的光景。孩子们笑着看卡通的样子一定很迷人。屋子里会充满光线，把盘踞角落的阴暗驱散一空。即使这一切不会持续太久，他们也一样会感到快乐。[1]

这是小说《萨拉热窝的大提琴手》里描写的一段家庭日常场景。情节是虚构的，但你和我都知道，这样的场景一定曾经发生过。

一束阳光透过展览室天窗疏疏落落地打进来，正照着仿真屋桌上的玻璃酒瓶，又反射到照片墙，光点最后汇聚在一个等待派发面包的男人脸上。排了那么久的队，现在轮到他了。

"东西文化交界线"的两端

我是一个来自东方的旅人，每天在萨拉热窝的城市街道穿行，但我相信，如果一个来自西方的游客与我共享类似的行走路线，那么他也将和我分享一种类似的恍惚体验。这种恍惚感是空间层面的，它看上去是如此漫不经心和理所当然——城市如同一个狭长的梭子，安

---

1 斯蒂文·高勒威，《萨拉热窝的大提琴手》，15页。

插在群山环抱的带状平原上，从东端延伸到西端，从奥斯曼帝国时代的土耳其街区巴什察尔希亚，人们可以轻松自如地散步到奥匈帝国时代的费尔哈迪亚（Ferhadija）大街，没有任何障碍，只在两条街道交接处的地面，有一条用白漆鲜明标记的"东西文化交界线"（Sarajevo Meeting of Cultures）。交界线中心有两个箭头，一端指着东方，一端朝向西方。不远处墙上挂着一面用玻璃框裱起来的说明图，八种语言表达相同的寓意：这个标记象征着萨拉热窝的和平、共存、包容。

从东方跨到西方，从西方回到东方，在萨拉热窝，只需要穿过这条宽度不过50厘米的交界线。从前，我们想象了无数种方式去打破东西方的壁垒——便捷的交通工具，畅通的互联网络，资本主义的全球市场，意识形态的理念渗透，文化风俗的交流传播，每一种尝试无不需要察言观色，讨价还价，你退我进，无不需要付出人力与物力的心血，乃至眼泪与生命的代价，无不需要漫长的磨合与妥协。而萨拉热窝，只用一道白漆画的线就做到了。每天，人们在这条线两边来来往往，稀松平常地完成从东方到西方的穿梭。

交界线的东边望向伊斯坦布尔，奥斯曼帝国风韵犹存，巴什察尔希亚街区人声鼎沸。在萨拉热窝的黄金时代，巴什察尔希亚曾经是整个巴尔干地区最大的贸易中心，遍布上万店铺，人们从威尼斯、杜布罗夫尼克慕名来到此地做生意。从奥匈帝国强占萨拉热窝的那一刻开始，这里走向衰败，地震和火灾销蚀了它的容颜，从外部进入的全球资本市场体系带来大量的舶来品，老城老街的手工艺受到巨大打击。"二战"后，它差一点被政府夷为平地。虽然这片街区是土耳其人留下的印迹，且这印迹不可避免地带上压迫和占领的象征，但是萨拉热窝市民舍不得这块土地，他们选择了重建。

过去四百多年里，人们在这里以物易物，赶集，买卖自家碾磨的咖啡粉，挑选伊斯兰风格的刺绣挂毯和洁白的几何钩花窗帘，去那条叮叮当当的铜匠街买下老手艺人打造的铜质咖啡壶、烛台、餐具、首饰盒。波黑女人一直喜欢佩戴铜质饰品，沉重乌亮的铜首饰，在耳垂，在手腕，在脖颈间，发出清脆的碰撞声。波斯尼亚穆斯林女人的头巾色泽鲜艳，佩戴时并不会带来压抑的感觉。这些穆斯林女性，和金发女郎一起在街上漫步，她们和她们是朋友。

上午可口可乐，下午土耳其甜点

巴什察尔希亚街区代表奥斯曼帝国统治时代的一种独特的宽容气氛。在萨拉热窝这个"欧洲的耶路撒冷"，在保证穆斯林尊贵地位的前提下，当时的奥斯曼帝国统治者显示出一种超乎寻常的治理智慧。基督徒和犹太教徒依然拥有自己的教区，虽然不允许建新的教堂，翻新和修葺旧教堂却可以进行，天主教、东正教、犹太教都拥有自己的律法，可以按照自己的方式来处理教区内的争端。波黑虽然被来自东方的穆斯林统治了四百多年，却依然不能被称作一个伊斯兰国家。

此刻，我坐在巴什察尔希亚广场上的一家小甜品店，一边吃着一种波黑甜点——覆盖了厚厚一层核桃仁和蜂蜜的奶油蛋糕，一边和店长有一搭没一搭地聊着天。"宗教不是一个问题，我不讨厌塞族人，但他们指责我们是土耳其人，不，我们不是，我们是波斯尼亚人，和塞族、克族是巴尔干的兄弟。"店长说着严肃的英语，还给我递来两块甜得让人牙齿根发酸的土耳其软糖。

这是在下午三点半，冬令时的巴尔干半岛，太阳走到西边。我坐在旧土耳其街区的甜品店里，吃土耳其式的波斯尼亚点心，而就在几个小时前，我还在西边的费尔哈迪亚大街上吃比萨，喝可口可乐。费尔哈迪亚大街一路向西，马路变得开阔笔直，土耳其式的低矮暗红木板房屋不见踪迹，取而代之的是厚重高大的西式建筑，它们是教堂、商店、银行、购物中心、航空公司和政府大楼。浓郁的西欧巴洛克风格的雕花刻满大楼的每一处棱角，天际线越来越高，费尔哈迪亚大街的心里徘徊着维也纳的影子，那是奥匈帝国统治时代留下的欧洲。

我吃比萨的餐馆在天主教的圣心大教堂（正式名称是"耶稣圣心座堂"）的右侧，教堂前的空地摆满了欧式咖啡馆小巧的露天座位。我喝着冰镇的玻璃瓶装可乐，眼睛盯着教堂门口那座白铜铸就的教皇若望·保禄二世的塑像，几个穿着牛仔裤和连帽衫的小伙子坐在塑像底座下抽烟。我记得，后来教堂顶端报时的钟响了，戴头巾的女孩和散着金色波浪长发的女孩，同时仰起头，望着一群白鸽扑棱棱滑过教堂顶端对称的古铜色十字架。

波斯尼亚炖锅

类似的共存画面，会多次出现在萨拉热窝的街道，它们不是这座城市需要"解决"的"问题"。站在黄堡上俯瞰这个盆地城市，它多样的风情裹挟着你的感官。你会觉得如同置身香风阵阵的祥和大殿，身体软绵绵的，仿佛自己变成了阿拉丁神灯里钻出来的一股风，穿过贝格清真寺尖耸的宣礼塔，在天主教圣心大教堂的双塔停留，又飘到东正教圣母诞生大教堂高大的穹顶上方。如果累了，你可以在老犹太教堂门口歇息，在那里，讲中世纪西班牙语的波斯尼亚犹太人正在窃窃私语。

诚然，如今萨拉热窝超过一半的人口都是穆斯林——他们原本是信奉东正教的斯拉夫人，奥斯曼统治时期，当局用税收、征兵、农耕等方面的利益半哄骗半逼迫地让这些人改宗伊斯兰教，并给予改宗的人以很高的社会地位，这才直接诞生了一个叫"波斯尼亚穆斯林"的崭新族群。但我绝不会称萨拉热窝是一座穆斯林的城市，它并不是"伊斯兰式"的，它就是"萨拉热窝式"的。

没错，"萨拉热窝式"本身就可以成为一个调和多元信仰和种族血缘的独立词条。这个词条可以完美地物化为一道当地的特色菜 —— 波斯尼亚炖锅，一道我颇为钟爱的杂烩美食。在萨拉热窝下雨的夜晚，群山深处飘来寒气逼人的大团水雾，萦绕在米里雅茨河边，这种时刻尤其需要暖胃的食物。我走进市政厅对面的波斯尼亚餐馆"怨恨之家"，迫切地想喝一口从波斯尼亚炖锅里舀上来的浓郁肉汤。

"波斯尼亚炖锅，你要记住它的名字。它不能叫塞尔维亚炖锅，也不能叫克罗地亚炖锅，因为那两个民族都是单一民族，而这个炖锅是各种食材的混合，只有混合的波斯尼亚才能代表它的意义。"服务生很周到地为我盛出一碗汤料，并且解释它的含义。

这其实就是一道普通的肉炖蔬菜，而且用的还是冷冻蔬菜。把切好的牛羊肉和胡萝卜、土豆、青椒等一起整齐地码放在陶罐里，用文火炖上三至五个小时，直到肉完全酥烂，入口即化。我更爱喝肉汤，汤里萃取了肉和蔬菜的精华，香气绵长。

后来我了解到，波斯尼亚炖锅的食材并不固定，无论是家庭自制还是饭馆烹饪，总是有些差异，比如把来自克罗地亚的胡萝卜换成塞尔维亚的豌豆，或者加上波斯尼亚的卷心菜和马其顿的黑胡椒。从烹饪上说，巴尔干各个民族都为这道菜提供了灵感。不过，只有波斯尼亚炖锅这个名字，才能包容所有的食材。打开锅盖的那一刻，当你看见所有的食料都模糊了本来面目，当你喝上一口滚烫的大杂烩汤，萨拉热窝的世界主义会在味蕾中释放灵魂。

只是这种"萨拉热窝式"的世界主义也发生了微妙的变味。如果还存在一种"普遍"的世界主义的话，对多元性的包容，也许就是它最本质的要义，这种包容还可以进而衍生出一种全新的生命状态，就如研究民族主义问题的学者叶礼庭所说：

> （至少有十几个世界性城市）这些地方的人们不会困扰于一起工作或居住的人的护照问题，不关心所购买商品上的原产地标签是哪里。他们只是认为，可以借用偶然遇到的任何一个民族的风俗，来打造自己的生活方式。[1]

在铁托的时代，萨拉热窝的世界主义融进"南斯拉夫主义"之中。根据各种各样的民族调查，南斯拉夫各个城市中，在萨拉热窝声称自己是"南斯拉夫人"的公民比例最高。然而，和纽约、伦敦等其他至少十几个世界性城市相比，在现实中实实在在的萨拉热窝世界主义，被进口的民族主义意识形态中断，残忍而时髦的西欧思想蛊惑着这里的人：你的邻居和你不一样，他们会背叛你，你要把邻居赶走，你要建立只有自己人的家园。

---

1 叶礼庭，《血缘与归属》，11页，此处引自导论《最后的避难所》。

就这样，以种族纯洁的危险幻想为根基而苏醒的民族主义，从内部撕裂了巴尔干生活的多元因子。历经残酷的血腥竞争和清洗后，南斯拉夫被自己人民的鲜血所淹没，而"南斯拉夫人"这种身份，也被冲刷进了一条充满毒性的历史河流之中，萨拉热窝的世界主义留下了一个空心的躯壳。

一种新型的世界主义

我想起了和萨拉热窝南辕北辙的贝尔格莱德，那个似乎永远沉浸在自我悲壮情绪的前南斯拉夫首都，那个不要世界主义、只想从悲情历史里找到自我独一性的城市。如果我现在还待在贝尔格莱德，那么只要我想谈话，想谈论任何与塞尔维亚有关的神话故事，我总是能找到许多倾诉者。我将从不同年龄、不同阶层的人的口中，数以百次地聆听那个著名的故事 —— 拉扎尔大公带领英勇的塞族男子大战土耳其人的科索沃战争。

无论男女老少，塞族人给我留下的印象，是他们那无法遏制地为自己辩护的灼热的激情，以及一种确信自己不可能获得理解的绝望感 —— 即便如此，他们还是不能停止倾诉。从街边咖啡馆的络腮胡酒保，到出版社的老编辑，从排队买面包的老太太，到书店里脸上长满雀斑的年轻女店员，每个人都为自己国家的历史而骄傲，为一种被西方想象所妖魔化的现实窘境而愤怒。他们从塞尔维亚中世纪修道院瑰丽的历史开始讲起，接着会说如何反抗土耳其人的顽固，也会对奥匈帝国冷冰冰的理性嗤之以鼻，最后会讲到波黑塞族和波斯尼亚穆斯林极端分子斗智斗勇，偶尔也会带上一点和克族兄弟阋墙的无可奈何的叹息。

尽管充满血泪和纷争，塞族人喜爱讲述他们的过去。可波黑人不是这样，至少在萨拉热窝，我遭遇到的是回避的眼神。如果我拽住一个人想聊一聊波黑的历史，大部分情况下，话题会被不着痕迹地带回到当下的生活：新城区新开了哪家咖啡馆，北欧哪个乐队就要来开演唱会，威尼斯现在的度假旅馆行情，维也纳姑娘正在流行什么颜色的眼影，英超联赛到底支持曼联还是切尔西，还有，什么时候再去西欧旅行。

极尽可能地略过历史，假装轻松地活在当下，一种新型的世界主义正在萨拉热窝流行。当老大哥贝尔格莱德还在思考正义和牺牲的沉重问题，南斯拉夫大家庭里的小弟萨拉热窝只想变成欧洲。曾经，这里是一个践行多元理念的乌托邦，如学者叶礼庭所说，"萨拉热窝的人民是真正的世界主义者、种族多样性的虔诚信徒"。

关于萨拉热窝的过去，多元究竟是什么图景，再也没有人比伊沃·安德里奇形容得更好：

假如你有一天晚上在萨拉热窝彻夜失眠，你就能学会分辨萨拉热窝夜晚的各种声音。天主教大教堂的钟声坚定而洪亮地敲响了两点。漫长的一分钟过去了；然后你听见了东正教教堂的钟，稍稍低弱，但却尖声尖气地，也敲响了两点。然后是贝格清真寺的钟，略为刺耳一点，远远地敲响了，它敲响了十一下，是让人毛骨悚然的土耳其时间的十一点钟，那是在那些遥远地区按他们奇特的时间计算法算出来的。犹太人没有报时的钟声，只有上帝才知道他们那里究竟是几点钟。只有上帝才知道西班牙赛法迪犹太人和北欧阿什肯纳兹犹太人日历上写的是什么数目。所以，哪怕是在深夜，当人们全都进入梦乡的时候，这个世界也是相互隔绝的。就在人们计算着即将终结的夜晚的时刻时，它就被隔绝开来了。[1]

从一开始，安德里奇就觉察到萨拉热窝多元图景中暗含的不安定因子，一种潜意识里的分离。旅行作家简·莫里斯（Jan Morris）去过两次萨拉热窝——第一次在20世纪70年代，那时还有南斯拉夫；第二次在20世纪90年代，南斯拉夫已经成了一个变了样的国家。她做梦也没想到，时隔二十年，这个国家会轰然倒塌，陷入一场可怕的战争——"不太像'二战'，而像是中世纪那种无差别的、几乎难以定义的种族—宗教—世袭的战

1　（塞尔维亚）伊沃·安德里奇，《特拉夫尼克纪事》，郑泽生、吴克礼译，上海文艺出版社，2017年8月，487—488页。此处引自1961年伊沃·安德里奇获得诺贝尔文学奖时授奖词中引用的安德里奇的中篇小说。

斗"。而萨拉热窝，则"代表了残酷的围困、狙击枪手、无用的协议、种族清洗、贫穷和公共的困境"[1]。安德里奇那份来自遥远文学世界的绝望感，最终抵达了萨拉热窝脆弱的内心世界。

更现代，更欧洲，更世界？

我的房东埃米尔，可能就是一个充分享受"新世界主义"的萨拉热窝人。他38岁，从事金融行业，父亲是电力工程师，母亲是教授，他的家庭是萨拉热窝为数不多的标准中产阶级。埃米尔高高的个子，一张晒成古铜色的俊脸，爽朗的笑容，热情好客。每次见到我，都会忍不住聊他一个月前在伦敦旅行的愉快经历。他忘不了伦敦的现代性，迫切想再去一次。

他的房间墙上挂着英格兰足球超级联赛"红魔"曼联的队旗和俱乐部球迷围巾，电视机里放的是摇滚乐队的演唱会录播，桌子上摆的是产地德国的男士香水以及出自美国的万宝路香烟。整个房间如果说还有哪里带有巴尔干的痕迹，就是脚底下光滑的橡木地板，那是他委托朋友从萨拉热窝郊区森林拉来木材，直接请木工打造的。

1　（英）简·莫里斯，《欧洲五十年：一卷印象集》，方军、吕静莲译，东方出版中心，2018年3月，153、155页。

看着这个富足的现代中产阶级装饰风格的房间，我很难想象，萨拉热窝围城战期间，12岁的埃米尔和全家人躲在地下室里，整日吃土豆和物资大米，玩扑克牌来打发时间，不知道什么时候可以到地面上生活。我受邀去他的阳台上喝咖啡，小心翼翼地问他，是否因为那段记忆而怀有恐惧或仇恨。

他完全否认，头摇得像拨浪鼓："恐惧和仇恨都没有意义，我只想生活得更好一些，而这两种感情对正常人都是有害的。"

他对目前的生活状态还算满意，有一份高收入的工作，晚上和朋友喝酒泡吧，能够经常去外国旅行，憧憬并享受着伦敦、柏林、巴黎以及维也纳的文明景观。当他对西欧国家大发溢美之词时，我觉得兴味索然，于是插嘴："那么你觉得萨拉热窝不属于欧洲吗？"

他噎了一下，一时不知道怎么回答，低头点了一根烟，缓缓吐出烟圈，见我一副听不到回应誓不罢休的模样，挠挠头皮，回答了我："从地理角度看，萨拉热窝当然是欧洲的，可是情况有点复杂，我们是欧洲人吗？我也不知道。我总觉得西欧那些城市才像欧洲。"

"所以，这是一种喜欢别人家东西的滋味，"我开玩笑说，"你看，今天的旅游手册上依然写着：萨拉热窝是欧洲的耶路撒冷，一个世界主义的城市。难道说现在的世界主义意味着没有归属吗？或者你觉得，萨拉热窝的归属是欧洲吗？"

埃米尔露出很为难的表情，显然他觉得我想得太复杂，超出了他的范围，但他还是想为自己辩护："在萨拉热窝，包括波黑，生活在城市还是郊区，所面对的社会状况会因此有天壤之别。巴尔干的政治状态从来就是一团烂泥，政客一无是处，尤其是民族主义政客，他们只会煽动落后地区的农民给他们投票。这些人没有受过良好教育，脑子里除了'种族清洗'或者极端的宗教仪式，没有别的。如果他们有好学校、大商场、大机场，能旅行，如果他们去了欧洲，去了别的大陆，看到了世界的模样，他们也许就不会局限在'波斯尼亚人的波斯尼亚'那套无聊的民族主义幻觉中了。那样也许萨拉热窝就会变得'更欧洲'，也'更世界主义'了。"

"对于萨拉热窝，'更欧洲'约等于'更世界主义'吗？"我更进一步。

埃米尔急了，语速开始变快："那么让我告诉你什么叫'不世界主义'吧。你知道萨拉热窝塞族区的人怎么生活吗？你知道莫斯塔尔、图兹拉（Tuzla）那些落后城镇的人怎么生活吗？政客通过电视洗脑，这些人没钱旅行，成天待在家，喝着廉价的啤酒，看着电视新闻，还真幻想民族主义政客会保护他们，幻想不同民族的村庄可以井水不犯河水。你看见莫斯塔尔满大街的赌球博彩店了吗？这些人找不到工作，每日聚在乌烟瘴气的博彩店，扔上几个波黑马克，耗上一天，过一种毫无意义的生活。这都是因为，他们没见过欧洲人现在是怎样生活的。"

看来，埃米尔有一种认知 —— 只有落后地区的落后的人，才会被民族主义的陷阱吸引，而萨拉热窝如果想变得"更欧洲"和"更世界"，需要的是教育、购物、工作、旅行。欧洲人的生活轨道和世界的发展轨道是同一条，萨拉热窝需要走上这条轨道。至于原来的轨道，那条不同种族和宗教信仰和平共处的轨道，他认为已经不是萨拉热窝要考虑的问题了。"种族和宗教不应该继续成为萨拉热窝的标签。"他总结说。

但问题就在那里，逃向一个现代性的欧洲，很难判断是不是一条萨拉热窝重回世界主义的正确轨道。1995年后的波黑，正从"波斯尼亚炖锅"里捞出不同食材，变成一道泾渭分明的电视餐 —— 这并不奇怪，在经历了痛彻心扉的内战后，融合变成了大难题：你如何再与曾经兵刃相向的邻居一起生活？

一分为二的城市，一分为二的未来

时至今日，斯雷布雷尼察大屠杀受害者的遗体清理和辨认工作还在继续，依然有数不清的家庭没有找到失踪的父亲、丈夫、兄弟和儿子。独立后的波黑开始四分五裂，从政治上说，51%的领土归穆斯林和克罗地亚联邦，49%的领土归塞族共和国。然而，现实生活中产生的界限感，远远超出了和平协议上那几道轻浅的分界线。克族人躲到黑塞哥维那，塞族人逃到塞族共和国。在波黑另一重要城市莫斯塔尔，城市直接一分为二，一半归穆斯林，一半归克族；在萨拉热窝，城市一半归穆斯林，一半归塞族。

我不安地感到，这种泾渭分明里，潜伏着一种危险的未来。从萨拉热窝坐大巴去波黑其他城市，作为外来者，我首先需要关心的不是有无车次、发车频率、行车时间，我首先必须清楚，目的地是谁的地盘——穆斯林还是塞族人？萨拉热窝有两个汽车站，中心汽车站在穆斯林区，只去穆克联邦所在的城镇，比如莫斯塔尔和特拉夫尼克；东汽车站在塞族区，只去塞族共和国所在的城镇，比如维舍格勒。二者互无交集。

穆克联邦和塞族共和国的居民很少会去对方的地盘。我在特拉夫尼克游玩时，偶然认识了导游米沙，塞尔维亚人，每月固定带旅行团来萨拉热窝。完成一天导览工作后，他要么回酒店睡觉，要么去塞族区喝啤酒，从不去穆斯林老城区闲逛。简单交谈之后，我惊异地发现，作为一个常年来萨拉热窝的导游，作为一个巴尔干人，他对萨拉热窝老城区街道布局、电车路线、酒吧餐馆的了解，居然比我更少。

那是个夜凉如水的晚上，米沙和我在米里雅茨河边暴走，他在焦躁地寻找一个能喝啤酒的地方——很不巧，在穆斯林居多的老城区，陆续找的几个小馆都不供应酒精。兜转了三十分钟后，我们终于在中央邮局旁边找到一个可以喝凉啤酒的小酒吧。

一口气喝完一瓶330毫升的冰啤酒以后，米沙抱怨：“今天中午在特拉夫尼克，我太倒霉了。巴士爆胎了，只能暂时停在马路边。有两个当地男人跑过来，朝我和司机扔石块，还骂脏话，说不欢迎BG牌照的车停在波黑，吼着让塞族人滚蛋。我们几乎打起来，我差点被客人投诉。”

“看来你过了辛苦的一天。”我安慰他。

“霉运还不止这些。我来见你的路上，过马路时被一个戴头巾的穆斯林女人骂‘切特尼克’，她还带着一个孩子。我只是看了她们一眼，那个女人就带着惊惶的表情离我八丈远，好像我有毒似的。”米沙觉得很受伤，接着灌第二瓶啤酒：“我不喜欢萨拉热窝。我知道从前塞族法西斯对他们犯下了重罪，可我不是法西斯，不是切特尼克，我就是个塞尔维亚人。我不知道在萨拉热窝，做一个塞族人会那么痛苦。我也不知道，现在萨拉热窝的街上，突然多了那么多戴头巾的穆斯林女人。听说土耳其人和阿拉伯人在背后支持这座城市朝某种趋势发展，他们兴建给穆斯林读书的学校，创办给穆斯林工作的企业，萨拉热窝一点也不世界主义了。或者说，现在是一种虚假的世界主义，我们只是厌倦了战争。”

“那么你认为是什么原因导致了萨拉热窝变味呢？”我问。

“问题归结于1929年南斯拉夫王国的建立。当时克罗地亚想独立，就让它独立好了。让一切有塞尔维亚人的地方成立一个塞尔维亚王国，问题就没了。所谓的大塞尔维亚主义，并不是别人诬蔑我们的'侵吞其他民族'，我们只希望单一民族单一国家。因为当年决策的悲剧，才有了萨拉热窝的悲剧。为什么要混居？"

这个倒霉的米沙，忧伤的大胡子塞族人，丝毫没有侵犯他族的想法，却还是天真地觉得"单一民族单一国家"是解决之道。前一句话还在为萨拉热窝的融合力消失而愤慨，后一句话就否定了融合力存在的合理性。不知道他是否意识到了自己身上的这种矛盾。

在现代国家，民族主义者认为理所当然的"纯粹"的种族身份，遇到的是普通人跨种族繁衍欲望的抵抗。在一个超过60%的家庭都是种族通婚的地方，在一个穆斯林和天主教徒、天主教徒和东正教徒、克族和塞族、穆斯林和塞族、黑山人和马其顿人互相通婚并诞下后代的地方，如何过滤"单一民族"？

米沙有一个混乱的自我，埃米尔也是如此，他们都善良而热情，分享一种斯拉夫人的共性——突然又持久的激情，以及激情背后潜伏的忧郁。不同的是，米沙的忧郁，源于身份独特性的失落，埃米尔的忧郁，则是努力想成为一个好欧洲人的渴望，他想改变自己的身份属性。

这两种忧郁的情绪，冲击和腐蚀着萨拉热窝的世界主义味道。也许这座城市的命运是，或者变成界限之城，或者变为"全球化"的"世界城市"。全球化和世界主义，这二者能够无缝对接吗？我知道自己只想要一个独一无二的萨拉热窝。

新新萨拉热窝世界主义

至少有一点可以确定，萨拉热窝和西欧共享一种城市咖啡文化——无论走在哪条街道，老城还是新城，白天还是夜晚，你总能看见成排的咖啡馆，露天桌椅码放在街边，从18岁到80岁的波黑人都坐在那儿啜饮咖啡。他们喝的咖啡主要有两种，意式浓缩咖啡，和传统波斯尼亚咖啡——一种和土耳其咖啡高度相似、只在烹煮方式上有细微差异的咖啡。

一杯不到100毫升的饮料，人们从容不迫地把啜饮的时间均匀分配好，一杯浓缩咖啡往往意味着半个白天或者整个夜晚的时间。当世界其他地区的人都在忙着奔向某个看上去更美好的目的地时，萨拉热窝人只是坐在那里喝咖啡。老头子骂政府，中年人凶狠地一根接一根抽烟，年轻人充满荷尔蒙气息的眼波流转，他们讨论萨拉热窝电影节、爵士音乐节，想象或者复述脑海中的威尼斯和维也纳的美景。最终，三代人会以一声叹息作为结尾，他们享受并强烈需要着彼此的陪伴，却也感到强烈的空虚。和邻居塞尔维亚一样，波黑的失业率也超过了40%，全职工作是一种奢望，大部分人同时做几份兼职，今朝有酒今朝醉。

情况略有不同，塞族朋友曾告诉我，在贝尔格莱德，找不到工作的年轻人，很多人都在国内靠父母的养老金生活，他们的父母是铁托时代的工人、教师或者退伍老兵。而在萨拉热窝，没有工作的年轻人会选择"逃"往西欧城市，维也纳最优，其次是柏林和巴黎，他们不会待在萨拉热窝坐以待毙，这个城市已经被戏谑为"年轻人出口港"。

"我们必须自救，萨拉热窝不会救我们。在这里，你必须和当权者有裙带关系，或者和政客关心的宗教民族事务沾边，才能找到稳定的工作。我不能就这样毁掉自己。"市政厅博物馆的义务讲解员奥利弗，在位于市政厅旁侧的巴什察尔希亚街的咖啡馆里，和我讲述了他的拒绝和自救。

我点了波斯尼亚咖啡，奥利弗点了意式浓缩，但我注意到，他的喝法依然是波斯尼亚式的——先喝一小口冰水，清除嘴里的味道，让味觉变得灵敏，再咬一口糖，含在嘴里，微微嘬一口咖啡，让咖啡的苦味流过甜甜的糖果，一起融化咽下。当然，欧式咖啡里没有土耳其软糖，用巧克力代替。奥利弗更喜欢欧式咖啡。

奥利弗21岁，是萨拉热窝大学毕业生，想做一个中学英语老师，但因为拒绝任何贿赂行为，这个职业理想注定夭折。"在萨拉热窝，我必须贿赂好几个官员才能当上英语老师。我宁愿去维也纳端盘子。"奥利弗就是这么打算的，他正在申请维也纳大学的硕士学位，想在那里一边打工一边深造。萨拉热窝的人均月收入是350欧元（约合人民币2800元），而在维也纳那样的地方，一个兼职的服务生每月可以轻松赚到500欧元。

我问他打算深造的专业。"国际关系，"他羞涩地笑了，湛蓝的眼睛里闪过一丝亮晶晶的东西，"我想了解世界，这样才能更深刻地理解萨拉热窝。我想最终我还是会回到萨拉热窝工作，毕竟这里是我的家，它只是在世界上迷路了，我们经历了太多糟心事。"奥利弗是天主教徒和穆斯林结合的后代，在他的生活中，宗教问题永远不会成为家庭饭桌上讨论的话题。

我隐约从这个年轻人身上，感觉到一种"新新"的萨拉热窝世界主义，一种既和米沙从前的经历不同、也和埃米尔当下的体验不同的世界主义。它既不彼此分治，也不自我泯灭，它自发生长，好像有了新的天地。

可爱的一股脑儿理想

和我分享同一盒美国香烟的卢卡，20岁，是萨拉热窝大学的"社交红人"，黑山东正教徒和克罗地亚天主教徒结合的后代。他学的专业是考古学和历史学，会说包括汉语在内的五国语言。他瘦高个，一头金色小卷毛，眼睛黑亮亮的，搭配常常紧锁深思的眉头，笑起来忧郁又纯真，酷似智利小说家波拉尼奥。

比奥利弗更进一步，卢卡的视野和抱负让我惊奇。

我们相约在波黑历史博物馆后面的铁托酒吧，地点是他选的——他觉得，我从中国来，可能对铁托存在某种亲近感。

铁托酒吧，位于历史博物馆四方形钢筋水泥建筑的延伸部分，从地下室那废弃的铁托展品馆可以直接通往这里。门口停着两架迷彩绿的废弃坦克，孩子们爬上爬下，嬉戏玩耍。酒吧主体部分有一股浓郁的南斯拉夫时代的开放自由气息，墙体被粉刷成大红色，贴满元帅的照片和剪报、《时代》周刊封面和南斯拉夫"黑浪潮"时期的电影海报——铁托本人一直是个铁杆影迷。酒吧供应咖啡和烈酒，每一包砂糖上都印着铁托的名字。肌肉紧绷绷的服务生吹着口哨，轻快地来回穿梭，摇滚乐震天响，人们在热烈地交谈。这里有一种自由的幻象。

"我非常敬仰铁托，只有他可以把巴尔干半岛变成一个整体，人们不问出身，不问来历，就可以生活在一起，那是一种世界主义的生活。铁托死了，南斯拉夫也死了。"卢卡出生时，铁托已经去世十几年，但这个年轻人所表现出的对这位领袖的怀念，和他的父辈几乎没有差异。

"卢卡"，是属于基督教的名字，在今日穆斯林占多数的萨拉热窝，因为这个名字，他感到一种压力，"觉得自己像是加缪笔下的'局外人'，被排挤在某种文化社群之外"。和周围大部分喜欢聊欧洲流行文化八卦的同

　　　　　　　　　　　　等待的热情

龄人不同，卢卡总是在关注抽象而难解的问题，并时常觉得寂寞。

他是大学许多文化社团的组织者，也成为许多人倾诉的对象。"有时候，当波斯尼亚人喝醉了，他们总是感到有一种迫切的倾诉渴望，他们拼命对我解释自己，希望我能写点文章、组织一些活动，来为他们申辩。萨拉热窝的媒体和政客蚕食着社群内部人们彼此的信任，用种族和宗教信仰的仇恨离间他们和他们的邻居。这些人眼见着自己在电视和网络上被妖魔化和无知化，他们感到愤怒，必须寻找合适的通道为自己申辩，远离被政治歪曲的刻板形象。他们宁可变得自我隔绝，也不愿意做任人宰割的鱼肉。"卢卡和我谈起萨拉热窝的政治现状，也有一种难以抑制的激情。

下周四他将去威尼斯旅行，这对萨拉热窝的年轻人来说，已经是司空见惯的事。我和卢卡谈起前几天结识的另一个大学生奥利弗，卢卡轻轻地笑了，他赞同奥利弗的规划。我问他，他自己的规划是什么，卢卡显得意气风发："我永远不会放弃萨拉热窝，我会学更多，去更多地方旅行，获得一种国际视野，然后我就回来，在历史和艺术领域重建萨拉热窝。对于物质生活，我当然也很向往，不过我的态度是，口袋里要有钱，但是不能追逐它。"

我觉得卢卡的抱负可能有点自大。"那么你能否告诉我，你最关心的是什么？"

"抽象地说，我关心历史的真相，如何揭开谎言的面纱。具体地说，我关心怎样消除无处不在的偏见和特权，'巴尔干'这个名词如何一步步沦为世人眼中'野蛮'的代名词，巴尔干如何被污名化。"

"那么你的理想愿景是怎样的呢？"我觉得他一股脑儿的理想真可爱。

卢卡双手在脑后交叉，扬起头来，对着天空初升的新月，笑得像一头小兽："我希望，有一天在萨拉热窝，如果一个年轻人想学习哲学，不会有人对他说，'这样就找不到工作了'。我希望，我们的孩子都会得到良好的生活，无论他是塞族人、克族人还是穆族人。"

我心想，这哪里是萨拉热窝憧憬的未来，这分明就是世界憧憬的未来。

没有消息就是好消息

变味的萨拉热窝世界主义也许并不是坏事，和卢卡的交谈让我稍微乐观了一些。事实上，在全球化时代，萨拉热窝城区那道东西方文化交界线，正在失去它的象征意义，并下降为一种次生性象征。而历史和当下的分裂，正在成为新的特征。

此刻，我正坐在萨拉热窝旧城和新城的分界线上——现代美术馆和体育中心所在的大广场的露天咖啡馆。其实也不能叫作咖啡馆，不过是几排沙发椅和玻璃小桌随意拼凑在一起。广场背靠特雷贝维奇山，空旷无依，中心放置一排极简几何形状的巨大白色塑料椅，颇有几分现代主义气息。它左侧的现代美术馆常年开放，却只有一些美术作品草样和零星的南斯拉夫时期图片展 —— 美术馆没有经费来布展。

这个广场的地理位置是微妙的，它面对一条朝六个方向辐射的宽阔大道，在这里，历史和当下的分裂连缓冲都没有，显得这样不耐烦。广场在米里雅茨河南侧，运行有轨电车的旧城主干道延伸至此。它的正前方，一条道路通往政府办公室、大清真寺和天主教堂。左侧两条倾斜的街道一路向西，沿途是布满弹孔的社会主义样式房屋的断壁残垣，顺着这些呼呼漏风的废弃建筑往西走，会看见 Alta、SCC、International Center 等大型购物中心。再逆时针往西南角走，有两条街道，通向山丘上的穆斯林民居。在这个通往六个方向的交汇处，有一块极小极隐蔽的绿地，临着米里雅茨河，水流到这里变得湍急。绿地上，一张满是涂鸦和斑驳铁锈的长椅翻了起来，鸽子是仅有的客人，而瓦尔特的雕像，就立在那里。

站在这个广场上，你会同时看到旧城和新城的存在 —— 旧城的清真寺和教堂，新城的购物中心和摩天大楼。在这二者夹缝之间，还有一个逝去的社会主义南斯拉夫的石化了的理想 —— 它当然是瓦尔特。

老一代中国人对电影《瓦尔特保卫萨拉热窝》耳熟

能详。"空气在颤抖，仿佛天空在燃烧，暴风雨就要来了"，"看，这座城市，它，就是瓦尔特"，这些经典的台词长久地停驻在那一辈国人的脑海中，让国人总算是懵懵懂懂记住了萨拉热窝这座城市。在娱乐匮乏的年代，在依然存有信念的年代，中国人是崇拜英雄的，带领南斯拉夫共产党游击队进行反法西斯斗争的英雄瓦尔特，也就成为他们念念不忘的回忆。

电影中瓦尔特的原型，是瓦尔特·佩里奇（Vladimir "Valter" Perić，1919—1945），他出生于塞尔维亚，第二次世界大战期间是萨拉热窝抵抗运动的领导人。1945年4月6日，他在解放萨拉热窝的战斗中被迫击炮击中牺牲，从此成了萨拉热窝的英雄象征。

今天，瓦尔特的上半身雕像立在这片小绿地上，大理石铸成的面容已经泛黄，露出微小裂缝。英雄紧锁的眉头之间，堆积了乌青色的灰尘，无人擦拭，也没人来到他跟前与他合影。路过的人们，几乎不能停下来看一眼。瓦尔特寂寞地伫立在河岸和废弃建筑架构起来的三角绿地上。

在一个晚上，我步行去瓦尔特的身边，抚摸他紧锁的眉头，听见流水在深夜里奔腾，心里有些惆怅。我突然记起，前几日在特拉夫尼克遇见了一个来自中国的"红色南斯拉夫追忆之旅"江浙沪老年旅游团，于是，脑海中自动浮现了他们在城堡上集体合唱《啊，朋友再见》[1]的欢快场景，不禁莞尔。当时我自告奋勇给他们拍照，被歌声的情绪感染，居然也一起唱了起来。那些老人平均年龄60岁，他们踏着黑山—塞尔维亚—波黑的路线，来追忆属于自己的年代——在他们几乎一无所知的东南欧土地上，寻找铁托的痕迹，寻找游击队的据点，试图唤醒自己青年时代对战争英雄和集体生活的激情幻想。

我预感这不过是一种美好的误解。在巴尔干半岛，在波黑，在萨拉热窝，南斯拉夫的魂魄撤退得太过迅疾，曾有的世界主义味道也在经历某种现代性理念的篡改，他们注定一无所获。但我可能错了。在去陪伴瓦尔特雕像的那个夜晚，我发现旅行团里一个老头也在那里。他花白的头发梳得一丝不乱，正在拿着手机给瓦尔特雕像侧面拍照，手微微发抖，但神情是严肃的。原来，他失眠了，从酒店里溜出来自由活动，闲逛的时候就找到了这里。

我欣喜地和他打招呼，后来我们干脆把铁锈椅子翻过来坐，聊起天来。我问他是否对巴尔干的“红色之旅”感到失望，老头一口江浙口音的普通话说得缓慢却很有力气：“失望肯定是有的，铁托的墓前没什么人，瓦尔特

1　南斯拉夫反法西斯题材电影《桥》的插曲，其原曲是第二次世界大战期间意大利游击队的歌曲《再见了，姑娘》，表达了游击队员离开故乡去战斗的心情。

蜗居在小角落。但是年轻人啊，我们总要怀抱希望。你看，在萨拉热窝，有一条铁托大街，还留下一个铁托酒吧，而且我注意到，大街上有人支着小摊在卖新年日历，那是铁托日历。总还是有人想着他的。"

"可是这不能说明任何明确的意义，铁托成为某种怀旧的纪念品，南斯拉夫的理想也死了，这里现在并不需要英雄，而更需要平静的生活。"我觉得老头的话没什么说服力。

"年轻人，平静的生活有什么不好？那些年在萨拉热窝发生了多少战争，流了多少血？我们其实也不知道确切数字，但是我们很清楚，萨拉热窝是一座和战争、谋杀、流血、牺牲绑在一起的城市，我们从电视上看见它的时候，往往代表它又出事了。所以还是让萨拉热窝安静一些吧。"老头若有所思。

"所以，萨拉热窝无消息？"

"对啊，没有消息就是好消息。"

莫斯塔尔：古桥光亮如雕

跳水焰火晚会

整个波黑之旅，莫斯塔尔让我倍感意外。它是波黑的第五大城市，黑塞哥维那的地理中心，穆克联邦的情感心脏。在"二战"期间，莫斯塔尔的百姓因为惊人的团结力而闻名于世——这里的克族、塞族和穆斯林抱团取暖，免于某种诱惑的腐蚀，在黑塞哥维那的其他地区蔓延的种族仇恨的毒苗，在这里无法存活。克族人救下塞族人的性命，塞族人保护穆斯林的家庭。战后，莫斯塔尔的公共生活迅速复兴，速度远远超过波黑其他地方。

莫斯塔尔，在当地语中意为"守桥人"，这是奥斯曼帝国时代作为土耳其边境小镇而建立的城市，因其古老的土耳其房屋和古桥而闻名，特别是城市因之得名的莫斯塔尔古桥。1557年苏莱曼大帝下令，建造一座石桥来代替木质吊桥，耗时九年竣工，建成了当时世界上最宽阔的人工拱桥。

关于桥的建筑工事，听起来像一个和命运赌博的传奇。残酷威严的苏莱曼大帝下令，桥如果没修成，设计师立即处死。落成那天，设计师带着一口为自己准备的棺木来了，准备在脚手架完全移走的那一刻就举行葬礼。葬礼没办成，典礼倒是盛大喜悦，他成功了。然而，关于这古代工程奇迹般的技术秘密，比如怎样在九年的漫长建造周期内让脚手架屹立不倒，如何把巨石运到河对岸去，没有任何史料记载。

谁也没想到，这座桥会经历和奥斯曼帝国同样的消亡命运。南斯拉夫时代，莫斯塔尔有一处军用机场，其关键性的战略位置，使得莫斯塔尔沦为被诅咒的城镇。波黑内战期间，穆克联盟刚打完塞族兄弟，自己又开始内讧——1993年11月9日，克族炸毁了这座穆斯林的古桥。水波碧绿的内雷特瓦河（Neretva）再次成为一道不可逾越的鸿沟，深深的河谷阻绝了东头穆斯林和西头克族基督徒的交流。

但这座桥依旧是历史的幸运儿。1994年，莫斯塔尔在废墟中踉跄起身，1997年，政府和民众联合倡议重建古桥。在联合国教科文组织的倡导和世界多国的资金援助下，匈牙利军队的潜水员和当地精通水性的百姓一起，跃入内雷特瓦河那湍急的水流中，一块一块捞起当年被炸毁而坠落的石块原料，耐心地拼接，试图恢复原貌。再一次，他们成功了。

2004年的落成仪式是一场不夜的焰火晚会。莫斯塔尔当地有跳水的悠久传统，"起跳"地点是这座古桥。在黑塞哥维那博物馆的影像室里，我看了一段十五分钟的纪录片。画面上是那个难忘的夜晚，夜如黑漆，星如碎钻，重建的莫斯塔尔古桥在等待落成揭幕的一刻。百姓蜂拥而至，东边的穆族和西边的克族混在同一人群中，他们站在桥下，仰望桥面。两个健美的波黑男子，上身赤裸，双手执一团燃烧的焰火，齐刷刷从桥面最高处一跃而下，在空中优雅地做完两个流畅的旋体动作之后，以完美的姿势落入河中。民众欢呼如雷，抱作一团，留下真心的泪水。那一刻，数簇焰火冲入夜空，莫斯塔尔明亮如火，古桥光亮如雕。

面对历史和创伤，莫斯塔尔人选择用重建来缅怀，用跳水的姿势来洗刷隔阂。今天，我站在这座古桥的中心点，抚摸它轻盈灵动的线条，目睹两岸高低错落的石头房子在赭红色的黄昏中逐渐黯淡下去，直至与背后的群山融为一体。我注视着这光滑而对称的桥面，陷于久久的惊叹之中。

一个天真的愿望

伊斯兰历的宣礼时间到了，东部高大的清真寺宣礼塔准时响起了诵读古兰经的声音，响彻山谷。清真寺的绿色尖顶在河畔古树的映衬下飒飒而立，内雷特瓦河清脆的水流声，充当了诵经的背景音乐，让人们如置仙境。

没过多久，西部的天主教堂会响起钟声。这美得惊人的自然布景，拥有惊人的镇静作用，一种舒适的酥麻感在我身上弥散。虽然我很清楚，这座城市的现状和萨拉热窝如出一辙——民族间有一条隐秘的隔阂线，大家闭口不谈，却心照不宣，就像古桥两边石头房屋上密密麻麻的弹孔一样，我无法抹杀它们的存在。每抚摸一次这样的弹孔，我的心脏就收紧一次。

来老城的路上，我路过市中心的莫斯塔尔高中，也叫"老高中"，一座奥匈帝国时期遗留的仿摩尔风格的老建筑。这座气派的橘色大楼就像一个簇新的乐高玩具，立在洁净的街角，和莫斯塔尔的气质格格不入——它那么整洁，那么讲究秩序，和老城密密麻麻又层层叠叠的土耳其房屋的风格完全对不上号。

我更心仪那些土耳其房屋，伊斯兰文明中的严格和松弛在此得到一种近乎完美的阐释。那些整齐的蘑菇——我这样称呼波黑的土耳其房屋——下面楼层坚固、内敛、瘦削，上面楼层膨胀、向外突出，布满各种形状的窗户。在犹如刀劈的裂谷和空置的悬崖之间，这些房屋星星点点又意志坚定地铺满整个山谷的缝隙，远远看去，它们好像根基羸弱，但实际上是长在石头里的房子。

相比之下，"老高中"看上去只是一堆勉强立起来的积木。波黑战争期间，"老高中"是波黑穆斯林和克族军队交火的前线，时至今日，这里的穆族和克族学生依然用的是不同的教材，并且大部分时间分开上课。但我听说，现在两个民族的学生在下课时已经可以自由交谈了。

巴尔干民族主义者说，他们的历史就是他们的命运。历史不肯放过现在，它的幽灵变成道道裂缝，切割着莫斯塔尔、萨拉热窝，乃至波黑、整个半岛。但同时，分裂发生的时候，一种反分裂的力量也在滋长。这种力量就是重建，重建现在，让现在弥合历史。虽然我知道，这可能不过是一个理想主义者面对巴尔干混乱的现状而产生的天真愿望。

月亮刚刚升起来，太阳却还有一点余晖没有散尽，莫斯塔尔的天空被劈开，一半是银色，一半是蓝紫色。我已经走到土耳其风情的狭窄老街的末端，选了一块干净石板坐下来，扭头望向那座古桥。日月同辉之下，它怎么看都是那么高贵。街边餐馆的烤肉香料味蹿到了河边，与泡桐和玫瑰的气味混在了一块儿，来来往往的行人，每个人都被熏得飘飘然的。我等待着路灯，等待它们把古桥照亮，等待着有哪一个小伙子突然出现，再一次跳入碧波荡漾的内雷特瓦河中。

维舍格勒静悄悄

湮没在历史隧道中的小城

　　中型巴士上的人越来越少，沿途不时有人下车，但不见有人上来。开到终点站维舍格勒时，车上只剩下我和一个络腮胡的高个子西班牙人，我们都是这个波黑最东边的小城的游客。

　　维舍格勒位于波黑首都萨拉热窝向东113公里，坐大巴却要花上近四个小时。汽车沿螺旋状的山道盘旋，从车窗向外望，所见最多的是小水泥厂和木材加工厂。内战以后，波黑这片原本就贫穷的巴尔干腹地，经济水平维持了长期低迷的稳定状态。在这个曾属于前南斯拉夫的联邦地区，乡村田野的景象近一个世纪都没有发生什么改观：到处是裸露的岩石、稀松的草皮、繁盛的矮树丛以及墨绿幽深的河谷。

偶尔会看到几处废墟建筑，有些石屋的空壳子还在，屋顶已经塌了，窗户四周留下被烧过的灰黑色痕迹。这可能是1991年至1995年南斯拉夫内战的手笔，也许是克罗地亚人，也许是塞尔维亚人，是他们之中哪一支暴动队伍摧毁了波斯尼亚穆斯林的混居村庄，已经不得而知。如今在波斯尼亚和黑塞哥维那的土地上，萧条，作为一种兄弟阋墙的历史后遗症，变得十分坦然。巴尔干腹地似乎觉得自己已经没有希望发展成"现代欧洲"，也就落后得心平气和。

沿途只是重复的高山峻岭，以及在悬崖峭壁间蛇形蜿蜒的深涧。农舍稀稀拉拉分散在半山腰各处，有几家升起炊烟。远远观去，单座农舍之间有的甚至相隔两个小山头，看不到通行的路。我很纳闷，这些农舍里的山民，难道就这样和现代欧洲彼此隔绝？在交通和信息发达如斯的现代社会，巴尔干腹地深山褶皱里的人会不会觉得寂寞？

深秋下午，依旧湖光潋滟，阳光从山峰上射到湖泊里，反射的七彩光线悬浮在湖面上。我的视线可以通到很远的地方，能看见迟钝的牛羊正在低头吃草。傍晚以后，天光收去，山脉依次遁形，变成黑乎乎的阴郁布景，沉默寡言，但不盛气凌人，农舍的零星灯光镶嵌在这布景上 —— 那并不是荒野。

更何况，这里还有无数个长短不一的山间隧道。我们的巴士穿过一个又一个隧道，刚从黑暗里钻出来，又紧接着钻入下一个黑暗。在隧道里时，人的感知陷入短暂的无觉知状态，只是注视前方，迫切等待洞口出现，精力变得集中。在隧道里待上十几秒，失控的恐惧冒了出来，人有害怕被黑暗吞噬的本能。隧道尽头的维舍格勒，却是一座把自己丢失在无尽的巴尔干幽黑历史隧道中的小城。

世事犹如洪灾，大桥洁白如初

等隧道把巴士完全吐出来的时候，夜幕已经降临。我抵达了维舍格勒空无一人的临时大巴停靠点。四周静得出奇，刚刚晚上七点，山间的晚风温柔地聚拢过来，德里纳河河面上倒映着微弱的灯光，一个男人遛着一条黑色拉布拉多犬，在河边来回小跑。

这里是波黑最东的城镇。尽管地处波黑，但这个位于波斯尼亚和塞尔维亚交界地带的小城，向来与塞尔维亚所发生的一切都休戚相关。它是波斯尼亚政治实体塞族共和国的边境城市，在这里，波黑的蓝底金色大三角旗不见了踪影，象征和邻国塞尔维亚靠拢的红蓝白旗帜高悬在街道两边。

维舍格勒的名字"Višegrad"，是一个斯拉夫语的地名，意思是"高地城市"。自公元7世纪南部斯拉夫人定居在巴尔干半岛以来，维舍格勒地区最早是中世纪塞尔维亚尼曼雅王朝的一部分，曾短暂归属于波斯尼亚王国，1448年再次被塞族人掌控。之后没过多久，气势汹汹的奥斯曼帝国征服了这块开阔的盆地。

　　土耳其人的统治长达四百多年，狡猾的帕夏们[1]把山里的斯拉夫人几乎全部同化成了穆斯林。但永延帝祚只是统治者的春秋大梦，随着1878年柏林会议的举行，奥匈帝国的铁蹄纷至沓来，衰落腐败的东方帝国轰然倒塌，波斯尼亚全境被奥匈帝国侵吞，维舍格勒也包括在内。然后是两次巴尔干战争，"一战"，"二战"，波黑内战，维舍格勒永远是那个重要的战略据点，是塞族人抵抗土耳其人、斯拉夫人抵抗日耳曼人乃至塞族和波斯尼亚穆斯林兄弟自相残杀的据点——没有人问过维舍格勒人的意见，他们无足轻重。

　　不过，维舍格勒人继承了某种巴尔干人的典型气质——一种斯多葛学派的气息。巴尔干作为布满树木与岩石的多山之地，其位于东南欧的战略性地理位置仿佛是一种诅咒——我的意思是，这些南部的斯拉夫人，无法选择自己的命运，在长达数百年的敌对和冲突的苦难

1　帕夏（土耳其语：paşa），是奥斯曼帝国行政系统里的高级官员，通常是总督、将军及高官。

之中，他们目送着侵略者来来去去，谁都想要他们的家园，但谁都不想要他们。他们索性静观其变。

这个坐落在德里纳河两岸上的石头城，就是一个巨大的消音器。以碧波巨澜之势奔流的德里纳河，在这里突然来了个急转弯，变得柔顺起来，两岸的山峰依然峻峭，却容出一大片和缓的扇形盆地，让人们耕作，居住，繁衍，留下文明。今天站在河边看小城，它的样貌和史书中记载的基本不变：村落散在山坳里，牧场和李园纵横茂密，阔叶林漫山遍野。小城样态非常简单，以德里纳河为坐标，河的右岸是小城中心，分布着旅店、超市、酒馆、报刊亭和小卖铺，河的左岸是通往萨拉热窝公路的郊区。两岸被一座雕琢精美的十一孔白石桥连接，那是穆罕默德·帕沙·索科洛维奇大桥（Mehmed Paša Sokolović Bridge），也就是赫赫有名的"德里纳河上的桥"。事实上，这座桥才是维舍格勒的象征。

我书包里放着前南斯拉夫唯一的诺贝尔文学奖得主伊沃·安德里奇的代表作《德里纳河上的桥》，其实已经看得滚瓜烂熟，但还是要带在身上。如果没有这本厚厚的历史小说，我甚至很难找到进入这个小城的通道，它是如此甘愿自我泯灭，哪怕它曾经沧海。

伊沃·安德里奇是巴尔干半岛的文学巨人，他的"波斯尼亚三部曲"以小说形式展现了南斯拉夫四百五十年的编年史。在以伊斯兰教的新月和基督教的十字架为象征的历史背景下，四百五十年间，炮火轰鸣，震耳欲聋，巴尔干半岛错综复杂的多民族混居状况，让这片土地始终处于难以估量的民族灾难中。面对波谲云诡的现状，安德里奇却是一个沉默寡言、谨小慎微的作家，他被人称作"石缝中的松树"。

在《特拉夫尼克纪事》《德里纳河上的桥》《萨拉热窝女人》这"波斯尼亚三部曲"中，《德里纳河上的桥》是安德里奇最璀璨的文学遗产。这个石匠的儿子出生在波黑贫瘠小城特拉夫尼克，幼年因家庭变故，来到维舍格勒的姑母家，寄人篱下。所幸姑父姑母是善良的人，他们把安德里奇当成了小王子，让他生活在弥漫着玫瑰花香的宁静小屋中。安德里奇在这里度过了童年时代，维舍格勒的德里纳河与河上的桥，对他来说不仅是一个地标，而是承载创作灵感的舞台。

他回忆自己的童年："我住室的窗户位于德里纳河的另一岸，面对穆罕默德·帕沙·索科洛维奇大桥。小时候，每天上学从大桥上走过，常常是走一走、停一停，仔细揣摩每块桥石。小伙伴们在河边玩耍时，我就在大桥中间的那个被称作'沙发'的石头平台上聆听大人讲述关于大桥的故事……"

当《德里纳河上的桥》1961年获得诺贝尔文学奖时，安德里奇告诉别人，他只是写下了小时候在大桥上听到的故事。而我作为一个东方的游客，在半个多世纪后的深秋夜晚，站在这座桥上，已经找不到讲故事的人。

古桥建于1571年，由奥斯曼帝国最伟大的建筑师米马尔·锡南（Mimar Sinan）设计，全长179.5米，有11个桥墩，几经洪水和战乱破坏，又几度被修复。在小说里，这座大桥如同永恒本身。几个世纪来，维舍格勒经历过太多重大历史事件，野蛮愚昧的土耳其人，阴险毒辣的奥地利人，甚至是因民族解放事业而陷入狂热的塞族人，他们带给平民的苦难，在安德里奇的笔下如泣如诉，读来却有一种奇特的镇静力量。无论新事物新变革的洪流如何想要淹没普通人的痕迹，维舍格勒的百姓总能够依附着这座大桥，延续小城的古老生活习惯。世事如同洪灾，而大桥总在浊流中屹立，洁白如初，经久不变，有坚固得超越时间的耐力。对于维舍格勒人来说，只要大桥还在，只要依然可以在大桥上聊天，他们就能过正常的生活。

我来到大桥中央，即大桥最重要的部分——"城门"，桥中段加宽而建的两个完全相似的平台。从市内走来，右侧的平台是"沙发"，有两侧台阶，周围设有浅色石头充当座位。"沙发"对面，左侧的平台是空的，中央砌了一堵高墙，墙上镶嵌一块白色大理石碑，碑上镌刻着土耳其塔里赫（tarih）碑文，记载着建桥人的姓名和大桥建成的年代。

安德里奇的文字让人心生眷恋，他的眼睛沉静慈悲。想象、聆听、体验，他说想要了解维舍格勒的生活，就应该到大桥的"城门"这里来享乐。无论谈起个人、家庭还是局势，维舍格勒人都是"在桥上"度过的，"城门"是小城百姓最美好的去处。

几百年间都有谁来过这里？穷人，残疾人，麻风病人，说笑唱歌的年轻人，嬉戏的孩童，商议公共事务的成年人……即使是最"低贱"的百姓，也可以来"城门"闲坐。他们在这里做什么呢？幽会，打情骂俏，窃窃私语，做买卖，吵架，也会在变革时期聚集到此，看张贴在石碑上的文告。

几百年前，"城门"飘散的樱桃和甜瓜的清香，又甜又热的旱茶香，摆摊售卖的热气腾腾的甜面包的香气，我多么希望自己还能闻到。安德里奇记得，平台上还有一个卖咖啡的老板，"他携带着自己的咖啡壶、杯子、常年不熄的火炉和一个到对面平台给顾客端送咖啡的伙计"——所以，还有咖啡香。

可是我什么也没闻到，"城门"空空荡荡。我坐上冰凉的"沙发"，平视对面的石碑，它被两侧灯光烘托得过于耀眼，模糊了我的视线。我转过身，跪在沙发上，低头看向德里纳河中自己的倒影，黑漆漆一片。小说里，石头"沙发"高于河面15米，坐在上面的人"犹如在河水上空翱翔"，抬头则是"晴空浮云或是繁星满天"，有多少人在这里"坐待黎明曙光，静候黄昏晚霞，乃至羁留到深夜时分"。有路过此地的外国人认为"城门"影响了维舍格勒居民的性格——整日无所事事，无忧无虑。

我没有翱翔的感觉，却感到很冷。还是没人理我，路过的两三个本地小孩，手里拿着可乐和小袋花生，想坐到"沙发"上分享零食，见有人"占了座"，做个鬼脸就跑了。我悻悻然站起来，走到石碑旁，正对着三面环抱的群山。如果此刻是暮色苍茫，我可能真会看到小说里的那个画面："河水波光闪烁，两岸垂柳和爆竹柳郁郁葱葱，映照得岸边河水呈墨绿色。在夕阳余晖的照射下，周围群山抹上了一层红色。"

可惜，现在是深夜，群山也不美，三座山峰如三块巨屏，重叠交错，它们在夜色下的鼎立之姿，犹如三道历史关卡。远山显出瘆人的恐怖轮廓，鬼影重重，河水森森凉气泛上来，我打了个寒战。三座山依靠隧道连接，偶尔能远远瞭见正在穿越隧道的汽车变成了萤火虫，在山肚子里微弱地发光。

忘掉那艘搁浅的船

除了大桥之外，维舍格勒乏善可陈。离大桥不远处有一个"安德里奇城"——巴尔干导演库斯图里卡为他的文学偶像安德里奇建造的一座微型小镇，全部由石头堆砌而成。门庭萧条，几乎不见游客踪影，像极了那些为了旅游文化创收而生搭硬造的崭新"文化古城"。微型小镇的饭馆没有客人，服务生给自己倒杯啤酒，瘫在露天座椅上，用大拇指无聊地抠着饭馆石墙的缝。

大桥已经沦为旅游景点。它的修建者穆罕默德·帕沙·索科洛维奇原是波斯尼亚人，幼年作为"血贡"被拉到土耳其禁卫军，后来做了宰相。他建造这座桥的本意，是让军队和商队都能跨过德里纳河，以奥斯曼帝国为中心，沟通东方和西方。随着古老东方的颓唐，现代西方从根本上摧毁了大桥的存在意义。

20世纪初，奥匈帝国在维舍格勒铺设了一条窄轨的"东方铁路"，这条铁路把波黑、塞尔维亚和土耳其的边境衔接起来。至此，通往萨拉热窝的铁路线扼杀了大桥同西方的一切联系。再往后，奥斯曼帝国如幽灵般消失了，曾经在维舍格勒附近划定的土耳其国境线突然向东方后移了1000多公里，大桥和东方的联系也断了。按照安德里奇的叙述，"如今人类需要转变了，世事变迁了，所以它的使命也就再无须履行了"。在全新的现代世界，德里纳河上的桥，变成了一艘搁浅的船。

那么，就让德里纳河上的桥黯淡下去，连同边界小城维舍格勒一起，把自我隐入山腹，消失在历史隧道中吧。

我慢腾腾又从桥的右岸散步到左岸，回到在维舍格勒的民宿，一座在通往萨拉热窝的公路边的高地上的二层小屋。房东太太在二楼露台抽烟，"咚咚咚"走下来开门。我换好拖鞋，进屋，拉开窗帘，德里纳河上的桥映入眼帘，和当年的安德里奇所见的角度可能也差不多。公路一侧还立有一个正方形白色塑料棚，那是回萨拉热窝的大巴的唯一站点。我看见一个身形高大的金发小伙站在棚下，戴着大耳麦，左右脚来回颠着，晃着脑袋。车来了，小伙上了车，绝尘而去。

路灯下，白色候车棚与影相伴。路边，幽暗的树群巍巍站着。维舍格勒静悄悄。

萨拉热窝的铁匠大街。在奥斯曼帝国统治的"黄金时代"，铁匠大街人声鼎沸，鳞次栉比的铺子里制作和售卖千姿百态的土耳其咖啡壶和金属制勺子、盘子、水壶。这里也是电影《瓦尔特保卫萨拉热窝》的取景地。

铁托时代，萨拉热窝街头的女性装束。在社会主义的南斯拉夫，女性享有某种奔放和自由。

波黑历史博物馆身后的铁托咖啡馆，是鲜有的以共产主义为主题的咖啡馆，室内主色调是温暖的红色，墙面挂着南斯拉夫时代的街景照片，贴满"黑浪潮"电影海报。在室内外的连接处，是铁托时代一个普通家庭的客厅摆设。

秋日早晨，萨拉热窝老城区的巴什察尔希亚广场，塞比利喷泉的四周，灰鸽子总是懒洋洋地待在原地，等待人类喂食。巴什察尔希亚街区代表奥斯曼帝国统治时代的一种独特的宽容气氛，到了穆斯林的礼拜时间，不远处的巴什察尔希亚大清真寺的宣礼塔响起广播，化作了群山之中渺远庄重的背景音，广场上，人们一切照旧。

我站在高高的黄堡上，俯瞰萨拉热窝。这个山谷中的寂静小城，从来没有资格获得平静。

从黄堡半山腰向下望去，都是白色的墓碑。战争中死去的人们，被安放在高处长眠。

波斯尼亚炖锅,波黑的大杂烩特色菜。这道菜就像波黑本身,所有的食材来到这个锅里,变得面目模糊。巴尔干多个民族都为这道菜提供灵感,使其成为一种独特的波黑味道。

米里雅茨河上的拉丁桥,奥匈帝国王储斐迪南夫妇在此遇刺,第一次世界大战爆发,世界历史进程从此改变。我在这里遇见一个不耐烦的带团导游,萨拉热窝人,父母死于南斯拉夫内战,而他的工作是一遍遍告诉游客,萨拉热窝如何引发了世界大战。

萨拉热窝 GALERIJA 11/07/95 博物馆的入口处，这家博物馆是为纪念 1995 年斯雷布雷尼察大屠杀中的死难者而建。1995 年 7 月 11 日至 22 日，波黑东部小镇斯雷布雷尼察发生了塞族极端分子对穆斯林的种族屠杀，8372 人遇难。

萨拉热窝剧院对面一栋残留弹坑的破败居民楼，贴满民间自发的反战海报。1992 年至 1995 年的萨拉热窝围城战让民众见证了欧洲社会的无能为力和袖手旁观，每个人的内心几乎都经历了希望的幻灭。欧洲在哪里？

米里雅茨河畔的"英雄瓦尔特",寂寥地立在荒草野地一隅。电影《瓦尔特保卫萨拉热窝》里的"瓦尔特"确有原型,全名弗拉基米尔·佩里奇,在1945年4月6日萨拉热窝解放日被手榴弹击中,牺牲在黎明之前。

站在莫斯塔尔的古桥上远眺,小城尽收眼底。碧绿如镜的内雷特瓦河,用湍急的水流分割了两边的生活。这是一座克族和穆族比邻而居的城市,河的一边是肃穆的清真寺宣礼塔,另一边是高耸的天主教堂塔尖。1993年,两边的人无法生活在一起。1997年,两边的人决定重新拥抱彼此。

德里纳河上的桥。桥是巴尔干的隐喻，是南斯拉夫的象征。这块土地是如此孤立，却又与东方和西方血肉相连。

维舍格勒小镇山上的乡居生活。春去夏来，秋去冬归。

颓唐的新生

时间：2018年4月15日—2018年6月30日；2018年9月2日—2018年9月30日；2019年8月14日—2019年9月15日

在前南斯拉夫的土地上走了一大圈后，我发现自己跑得最勤的贝尔格莱德，被放在了这本书的最后一个章节，而且是一个未完成的章节。

黑山，北马其顿，古塞尔维亚，这三个更古老的"南斯拉夫之地"，我去是都去了，却下不了笔。我需要诚实地面对自己的胆怯——对我来说，这三个地方隐藏了"南斯拉夫理想"的悲剧基因，这种基因需要从更古老的历史深处找寻，但这是这本书力有不逮的部分，只能在下一次讲述中另起炉灶。

行文至最后一个章节，塞尔维亚的首都，贝尔格莱德，被称为"白色之城"的城市，我已有的旅程中最后一个尚属于世界"现代性"部分的城市，我对它的热爱莫名地转化为一种精神寄托般的信念——只要想到贝尔格莱德，这个贫穷、性感、温柔、强悍的古老之地，我的内心就获得了神奇的希望和爱。那是一片被历史反复踩躏、被

"现代性"不断抛弃、被强权的傲慢与偏见频繁泼脏水的土地，去过的人一定会爱上它，没去过的人对它满是恐惧。

巴尔干半岛这个地方，神奇之处在于历史从未缺席。在贝尔格莱德，我甚至怀疑，当下是不存在的。虽然我遇见了那么多活在当下的人，他们反复说服着别人，也试图劝说着自己，"过正常人的日子比什么都重要"，然而，人是无法选择记忆的，城市亦无法选择自己的历史。每当我有机会和一个贝城的人坐下来聊上几句，话题最后总会不自觉地倒向那个"南斯拉夫"。大家都在述说，那艘大船沉没后，自己如何重新开始生活。

没办法，贝尔格莱德成为这艘叫作"南斯拉夫"的大船的掌舵者的时间，实在是太久太久了，久到它自己认为一切都理所当然。贝尔格莱德，觉得自己天生就应该是引领南部斯拉夫人走向自由的火把，只是它忽略了一个前提：南部斯拉夫兄弟的自由之路，并不是只有一种选择。它的专断，它的顽强，它的悲剧性格，它的殉道精神，它的种种强烈到其他成员无法忍受的个性，所有这些导致了它的失败，也因为这失败，它发散出其他城市从不具备的魅力。它一次次被摧毁，一次次重生，从来没有焕然一新过，但也从来没有丧失过希望。

这个长期失眠的城市，在白天和夜晚都拥有美不可言的天空。坐在卡莱梅格丹堡垒（Kalemegdan Fortress）的城墙上，俯瞰萨瓦河和多瑙河交汇处的闪闪发光，仰望天空明艳多变的颜色，是我住在那里时最大的乐趣。宇宙总是静默无语，它用其他的方式补偿着这个城市。

　　贝尔格莱德当然是一座悲剧之城，它从前被奥斯曼和奥地利的阴谋所撕扯，如今因"欧洲"和"自我"而撕裂。站在21世纪，站在这里，我想我找到了从现代巴尔干进入古代的入口。

贝尔格莱德：谁在那儿歌唱？

——"喝醉的歌手禁止上车。"

——"那你让我们怎么办？哭吗？"

——南斯拉夫电影《谁在那儿歌唱？》

一辆快散架的老爷车，载着一群七嘴八舌的乘客，开往贝尔格莱德。时间是1941年，德军压境，入侵巴尔干，即将轰炸南斯拉夫的首都。小人物浑然不知，闹剧上演一路，一颗炮弹击中汽车，没有死亡镜头。两个吉卜赛小伙子爬出废墟，在路边继续唱歌。

这个情节出自斯洛博丹·希扬（Slobodan Šijan）的

电影，叫作《谁在那儿歌唱？》。这位塞尔维亚导演在巴尔干的名气曾一度超越库斯图里卡，他电影里的南斯拉夫人，用笑代替了哭。

六十二年后，南斯拉夫这个国家不复存在，但一座城市留了下来，它就是贝尔格莱德。城市已经沦为二手，但依旧还要歌唱。不然怎么办？巴尔干人的激情里混合了喜悦和悲伤，而浪漫主义的活法消解了悲剧性。他们有时候大笑，因为悲剧发生得太过频繁，荒唐得就像舞台上的戏码；他们有时候又大哭，因为长时间坐在火药桶上，紧绷感让人忘记了笑的存在。

在大哭大笑之间，平静是个难题，巴尔干人一直生活在情绪的两端。曾经，在经历了整个19世纪的苦难后，他们终于赶走了土耳其人，生活在塞尔维亚、波斯尼亚、克罗地亚、达尔马提亚和斯洛文尼亚的全体斯拉夫人相信，巴尔干的前途，全都寄托在贝尔格莱德身上。

巴尔干的一盘死棋

相传，公元878年，一群斯拉夫人坐船在多瑙河上游览，行到下游，在多瑙河与萨瓦河交汇之处，眼前出现一大片白色建筑，有人喊了一句："Beograd！"这个"Beograd"，在斯拉夫语里可以被拆成两部分，"beo"的意思是白色，"grad"的意思是城市。贝尔格莱德，白色的城市。

在拥有这个名称之前，贝尔格莱德在公元前2世纪就已建成，当时它叫辛吉度努姆（Singidunum），是古罗马人的地盘。罗马人在这里建造高地来抵抗匈奴人和阿瓦尔人，自己却被赶了出去。公元630年左右，斯拉夫人来到这里，短暂享受了一段被拜占庭帝国庇护的和平时期后，再无宁日。接下去的四个多世纪，该地区处在拜占庭帝国、匈牙利王国和保加利亚第一帝国之间战争的夹缝中，直到12世纪，尼曼雅王朝来到这里，创造帝国的荣耀。

可惜，伟大的尼曼雅一世的后代们没有守住这份荣耀，贝尔格莱德在中世纪也并未真正属于当时的塞尔维亚王国。后来的历史证明，这座"白色城堡"的宿命，就是成为一个等待被领养的孤儿，被历史粗暴的手掌来回推搡。匈牙利人一直宣称拥有这里的主权，像苍蝇一样频繁骚扰塞尔维亚人。1284年，匈牙利国王拉斯洛四世大方地把贝尔格莱德作为礼物送给女婿斯特凡·德拉古廷，于是这位尼曼雅一世的后人、塞尔维亚王国曾经的失败国王，成了第一个统治贝尔格莱德的塞尔维亚君主。

随后的六个世纪，塞尔维亚先后受制于奥斯曼帝国和奥匈帝国，贝尔格莱德曾三次被奥地利人占领，每次又都被奥斯曼帝国迅速夺回。白色城堡的墙壁被炮火反复熏染，经历几十次战争摧残，多次被夷为平地。暴行，暴行，暴行，奥地利人和土耳其人把贝尔格莱德变成了一座不设防的城市。

1804年，天才的养猪农民、被称为"黑乔治"的卡拉乔尔杰率兵发动起义，攻下贝城。1813年，塞尔维亚被同盟俄国背叛，卡拉乔尔杰在最后关头突然丧失信心，逃往国外，丢下同胞自生自灭。起义失败，贝城又落入土耳其人手中。此番悲剧不仅是卡拉乔尔杰个人的不解之谜，也成为后世许多史学家揣测斯拉夫民族的神秘主义时经常援引的事例。另外一个塞尔维亚人，狡黠的米洛什·奥布雷诺维奇（Miloš Obrenović），拾起反抗的接力棒，1817年起义成功，贝尔格莱德成为自治的塞尔维亚公国首都。

土耳其人的军队依然留在贝尔格莱德的堡垒里，但起义者米洛什·奥布雷诺维奇是一个精明狡诈的外交好手，他擅长不动声色地周旋于各国外交的旋涡中。他先假装顺从于奥斯曼帝国统治下的自治，让苏丹逐步放松戒备。事实上，19世纪初开始，奥斯曼帝国已经在俄罗斯帝国和希腊人的崛起中四面楚歌。最终，苏丹承认米洛什是塞尔维亚的世袭亲王，并于1833年无奈地接受塞尔维亚成为一个具有确切边界的自治国家。

1877年的俄土战争加速了奥斯曼帝国的衰落，1878年缔结的《圣斯特凡诺条约》终于承认了塞尔维亚完全独立的地位，此时的贝尔格莱德再次成为巴尔干半岛的重要城市。然而，列强不想让塞尔维亚自由。他们总是来到这里，将暴力和阴谋变成屈辱和伤害。年轻的塞尔维亚无法在虎视眈眈的奥匈帝国和心怀鬼胎的俄国之间取得平衡，巴尔干局势逐渐变成一盘死棋。

幸存者孤儿

1878年签订的《柏林条约》，限制了俄罗斯在巴尔干进行"泛斯拉夫主义运动"的野心。奥匈帝国对独立的塞尔维亚感到焦虑，他们害怕一个自由的塞尔维亚，害怕它成为团结奥匈帝国境内南部斯拉夫人的中心，于是蛮横地把和塞尔维亚同源的波斯尼亚和黑塞哥维那归为己有，塞尔维亚变得无助。1905年，为反抗奥地利的经济盘剥，塞尔维亚发起了一场名为"猪战"的关税战，从此奥地利对塞尔维亚的怨恨与日俱增。发生于1912年至1913年的两次巴尔干战争复兴了塞尔维亚的荣光，许多人已经厌倦土耳其人和奥地利人的统治。

奥地利人担心的事终于发生了。1914年在萨拉热窝拉丁桥边射向斐迪南大公夫妇的子弹，成为他们消灭塞尔维亚的完美借口。从1914年开始，奥匈帝国持续轰炸贝尔格莱德，直至1918年。战争结束后，奥匈帝国解体，贝尔格莱德成为南斯拉夫王国的首都，成为塞尔维亚人—克罗地亚人—斯洛文尼亚人王国的中心。坠入深渊之前，贝尔格莱德沐浴在清新空气和玫瑰花香中，期待重生。

斯拉夫人天性里就有民主基因，其社会系统的根基

"扎德鲁加"（Zadruga）——每个成员平等分享劳动力以及共同拥有土地收成的家庭，由共同推举出的一位长者进行统治，这个长者只要能力杰出，甚至可以是女性。《塞尔维亚史：困扰巴尔干半岛一千五百年的火药桶》（History of Serbia）的作者、英国史学家哈罗德·坦珀利（Harold Temperley）认为，"古老的塞尔维亚地方民主制度根深蒂固"，这种民主意识让他们喜欢争执、不服从中央管教、宁可战斗也绝不妥协。况且，这个南斯拉夫王国里，克罗地亚和斯洛文尼亚始终对塞尔维亚心存芥蒂，毕竟，他们已经是受到更"西方"的罗马天主教驯化的斯拉夫人，这让他们和同种族却信奉东正教、承继拜占庭文化的塞尔维亚人之间有深深的隔阂。

在两次世界大战之间，仓促成立的南斯拉夫处在"要中央集权还是要联邦制"的拉锯战中，1919年到1929年这十年变幻无常，塞尔维亚、克罗地亚和斯洛文尼亚各自涌现数不胜数的党派和政治团体，斯拉夫人好争吵且不爱妥协的性格，在此达到了负面效应的顶峰。英国历史学家塞顿－沃森爵士认为这是"南斯拉夫历史上最不能给人以道德教育，毫无记述价值的一段时期"。

时间走到1929年，年轻的南斯拉夫国王亚历山大一世在各方调停均告失败之下，宣布废除宪法，解散议会，实行王室独裁。这位亚历山大·卡拉乔治维奇国王，是塞尔维亚传奇人物"黑乔治"的后代，事实上，整个近代塞尔维亚（甚至可以延伸到"二战"前的南斯拉夫）

的命运，都围绕着塞尔维亚的卡拉乔治维奇和奥布雷诺维奇这两大王室家族的纷争。这两个家族的成员在塞尔维亚的历史舞台上轮流唱戏，双方的仇怨在无休止的暗杀、阴谋和丑闻中似乎未曾终结。在今天的贝尔格莱德街头，你依然可以听到老人们津津乐道这两个家族带给塞尔维亚的荣耀、恐怖和记忆。

人们总是有一种倾向，把塞尔维亚追求自由的历史看成一场在黑暗中发生的悲剧。英国思想家以赛亚·伯林（Isaiah Berlin）认为，真正的悲剧表现为各种价值观的冲突，人常常无法同时选择正确和幸福。而塞尔维亚的历史，如同一个正确的人一直无法获得幸福的悲剧人生。这个人因为迟迟得不到幸福，就开始犯错，在犯了很多错误之后，他也开始怀疑自己不配得到幸福。在帝国和列强的夹缝中待的时间太长，他可能忘记了什么是幸福。

奥布雷诺维奇家族的亚历山大国王和妻子，1903年6月被国内的密谋暴乱者谋杀，细节令人作呕，惨无人道，从此奥布雷诺维奇家族所有成员全部完蛋。卡拉乔治维奇家族的亚历山大则在1934年被暗杀在法国马赛街头，刽子手未受惩罚——无论是教唆者克罗地亚分裂主义分子巴维利奇，还是阴谋者匈牙利恐怖组织。世界即将堕入墨索里尼和希特勒编织的陷阱，没有任何大国关心南斯拉夫国王的遇刺将会给那个缺乏和谐却时刻在黑暗中坐直身板的国家带去什么。贝尔格莱德对这一切都已知晓，它注定是一座悲伤的城市。

巴尔干半岛可能是上帝遗忘的土地，在最近的一百年里，历史就像三岁孩子随心所欲的画笔，各国版图的分界线忽东忽西，忽长忽短。一百年里，南斯拉夫的王国不断缩小，最后只剩塞尔维亚，贝尔格莱德依然是首都，只不过它被轰炸了44次，已经支离破碎，孤零零地站在东西方世界的十字路口。历史圆圈转回原点，它成了幸存者孤儿，需要一点一点恢复对世界的信心，对生活的信心。

贝尔格莱德是欧洲最古老的三大城市之一，只有雅典和罗马排在它的前面，可是古老并没有给它带来安宁，它是前南斯拉夫魂魄的残存。如今，它是欧洲夜生活的心脏，这座城市长期失眠，唯有歌唱，才能让它摆脱历史梦魇。

穷鬼硬汉没得选择

老城建在丘陵之上，它用高低不平的鹅卵石路迎接我和我的大行李箱。

整个巴尔干半岛，面积不比英国大，这里山脉多，河流少。它的地理差异是那样壮观，大片不适宜耕种的高地，彼此不可通航的水域，从南部亚得里亚海滨延伸到北部萨瓦河与多瑙河的地貌分界线阻隔着它和地中海乃至中欧邻国的经济交流和文化融合。崎岖的地形和突出的高地，让后来成为南斯拉夫的这些地方天然地遗世独立——虽然数百年间，它遭遇了无数战争和被迫迁徙。

在飞机下降前，我从窗口向外望崎岖的半岛，高高隆起的山脉粗犷地直立于东西南北，东欧味道的砖红屋顶稀疏点缀在丘陵山地各方。阡陌相通是不可能的，这里人口一直很少，人们通常彼此孤立隔绝。南部的斯拉夫人靠着自然环境，或许实现了老子所说的小国寡民理想。在中世纪，塞尔维亚、克罗地亚和波斯尼亚都曾是短暂存在过的民族国家，版图重叠，但没有彼此斗争，它们因为外部涌入的侵略者而陷于内耗，直至消亡。

咣当咣当，为了爬陡峭的上坡，我努力拖拽着行李箱，轮子发出低沉的抗议声。初次邂逅线条硬朗的贝尔格莱德，我和我的箱子有点胆怯。

在这座城市出行，崎岖的地貌搭配随性的交通，坐车或等车，就如同体验一场即兴演出。

这座城市没有地铁，修不起，也没必要。它的出行方式以火车、大巴、公交和有轨电车为主，和其他城市并无二致。而我们习以为常的通勤信息——车票、时刻表、速度、方向，在这里几乎失灵。

社会主义的情感痕迹还没消失殆尽，老城到处都轻易地流露出对铁托时代的怀念。虽然这几年添了不少新车，但贝城更多公交车还是保留了铁托时代的外貌，铰接式，三个门，有的还形似北京上世纪八九十年代的

"红棺材"公交车，司机换挡时发出"哐当"一声，不拖泥带水，金属撞击声非常阳刚。

公交车上有刷卡机，也可以直接给司机现金买票，一张单程票50至150第纳尔不等。据说有监察员上车抽查售票情况，抓到逃票的人罚款2000第纳尔，但在贝尔格莱德，我没见过人买票。

老巴士像一条蛇似的在老城高低不平的街道穿梭，相较于它的灵活便捷，有轨电车更多是象征意义上的存在。贝城目前的有轨电车分为元老级的绿皮车、普通款的红车以及加长版的新型列车，似乎是这座城市的过去、现在和未来。电车行驶路线分布于环城干道、火车站和商业区周边。摇晃的车厢里，乘客坐在破旧皮椅上，面色沉静，地板微微泛黄，上车时能听见脚下嘎吱嘎吱的声响。

绿皮有轨电车是老贝城的象征。它们是二手货。1999年，瑞士的巴塞尔（Basel）即将更换新的子弹头式电车，他们决定把淘汰下来的老式有轨电车捐赠给贝尔格莱德。那时贝城刚刚经历了北约的野蛮轰炸，家徒四壁，心情复杂地默默接受了一切以援助为名义的捐赠。

时至今日，这座城市并没有淘汰这些二手货。经历了1992年至1995年的联合国经济制裁，以及1999年的北约轰炸，塞尔维亚政府穷得再无可能进行基础设施建设和维护。囊中羞涩，斯拉夫硬汉除了噪声，别无他法。

　　　　　　　　　　　　　　颓唐的新生

无序才是生活的真相

　　火车站也难逃悲情的二手气质。贝尔格莱德的火车总站很小，客流量不多，主要承担去往诺维萨德（Novi Sad）和苏博蒂察（Subotica）等城市的运输任务，即使在开车前十五分钟才到车站，你也能买到任一列车的车票。[1]开放式的车站，没有候车厅，没有到站广播，没有乘车月台预告，甚至，你会发现持有不同班次、不同价格车票的人，和你上了同一班开往诺维萨德的列车，并且就坐在你身边。

　　这座火车站经历过1941年4月6日纳粹德国的疯狂轰炸。在这场代号为"惩罚"的南斯拉夫空袭中，炸弹像大雨一样投向了贝尔格莱德。轰炸发生在星期天，清晨，除了送奶车叮叮当当地开过，整个城市还在一片周末的静谧之中。

　　到了4月8日，轰炸结束，城市被付之一炬。火车站的列车大部分被炸毁，月台窘迫地裸露出它的钢筋皮肤。今天，不知是为了铭记历史，还是因为穷，贝尔格莱德市政府始终没有翻修这座车站。

　　候车的地方就是一块长方形空地，有几张稀稀拉拉的木椅。旅客踩过裂纹密布的水泥路，在露天咖啡馆歇

1　我写作本文的2018年上旬，贝尔格莱德老火车站还照常运营。从2018年年底起，老火车站停止运营，贝尔格莱德中央火车站作为新火车站，投入使用。

歇脚。若干张棉垫子和椅背已经完全分离的破椅子无序地歪在露天，桌布的边角几乎都磨光了，这个火车站咖啡馆真的在营业吗？伙计正和旅客喝着同一瓶啤酒，老板在五米开外的地方，和火车司机一块儿抽着烟，交流当日报纸上的新闻。火车要开了，司机抱了抱咖啡馆老板，腋下夹一叠报纸，手里提一个公文包，上了列车，就像是赶往政府大楼上班的小公务员。

坐车从贝尔格莱德到诺维萨德，途经许多叫不上名字的小站。即使是新型的413型列车，速度和中国的高铁也完全不能比。晃荡晃荡，车窗外是巴尔干一如既往的起伏高地，野草疯长，烂尾楼不时闪现，偶见某站台上有村妇推着小车在卖自家制作的李子果酱。

行程过半，火车突然停了一两分钟，开始倒着行驶。我吃惊地看向同车厢的旅客，大家神态都很平静。我小声询问对面一对年轻情侣，男孩爆发出爽朗大笑，女孩扑闪扑闪的棕色眼睛也忍不住笑意。我感到很窘，沉默了下来。察觉到我的尴尬，男孩显得很抱歉，宽慰似的对我摇摇手臂，说："姑娘，别在意。在我们国家，火车时不常就倒着开，有时也会没有通知就停在铁轨上，一停就是半小时，谁也不知道原因。没什么大不了的，我们都会到达目的地。"

"这也太混乱了！还有秩序吗？"我傻里傻气冒出一句抱怨。女孩一抿嘴，对我的鲁莽并不在意："亲爱的，这就是贝尔格莱德的现实。对我们塞尔维亚人来说，无序才是生活的真相。"

塞尔维亚导演埃米尔·库斯图里卡，认为他的国家就建立在无规则之上。在自传《我身在历史何处》中，他这样解读这种无序性：

> 我们的行为准则和行为典范都是从别的地方引进来的。有的是从西方来的，有的是从东方来的。当突如其来的变化骤然出现时，没人事先通知我们，所以我们就被人当成了笨蛋，或者当成了蠢猪。一夜之间，我们就会打着新准则或是更高级的准则的幌子抛弃过去的准则。[1]

历史经验告诉巴尔干人，秩序是暂时的，建立起来的秩序会被反复推翻。如果历史有逻辑，生活有秩序，为什么偏偏是贝尔格莱德成了欧洲最苦涩的城市？为什么偏偏是贝尔格莱德，数百年间要经历115次战争和44次轰炸？"巴尔干之钥"的核心地理位置，让它的存在注定是一曲无序的悲歌。

谁都觊觎这块要塞——拜占庭帝国，奥斯曼帝国，奥匈帝国，法西斯，红色政权，西方霸权……谁都想在这块地方打上自己的秩序烙印，这些野心家，就像争抢高级玩具的野孩子。孩子们争得头破血流，也就累了，

---

1 （塞尔维亚）埃米尔·库斯图里卡，《我身在历史何处》，苑桂冠译，浦睿文化·湖南人民出版社，2017年10月，393页。

于是扔了这个玩具，任由它被遗忘在一片废墟中。这座城市不过是个孤儿，不知道来源和归宿，就没有路径，也就不会有秩序。

涂鸦总比投炸弹要好啊

贝尔格莱德火车总站最显眼的风景，其实是涂鸦。铁轨上随意停放的机车头，玻璃全碎的废弃列车，空荡荡的乌青色运煤列车，甚至是新型413型列车，哪一个都不能免于"被涂"的命运。据说塞尔维亚铁路公司对这种不放过任何一列火车的涂鸦行为最初气得发疯，后来，政府对涂鸦青年实在束手无策，就决定置之不理了。他们何尝不知道，看似狂野无序的南斯拉夫街头艺术，藏着巴尔干的苦闷灵魂的怒吼。涂鸦总比投炸弹要好啊。

1941年，"二战"正酣。3月25日，南斯拉夫的保罗摄政王及其内阁决定加入轴心国，贝尔格莱德爆发大规模群众抗议。尽管此时的南斯拉夫已在近三十年里经历了两次巴尔干战争和第一次世界大战，塞尔维亚的成年男子死伤85%以上，然而他们的民族性格里总是缺乏媾和、苟活这样的字眼。无论是像幽灵一样缠绕在现代塞尔维亚人身上的中世纪塞尔维亚荣光史，1389年拉扎尔大公抗击奥斯曼大军的科索沃战争，还是眼前亟待解救的斯拉夫同胞，都让以塞尔维亚为主体的南斯拉夫选择向死而生。

保罗亲王返回贝尔格莱德的当晚，西莫维奇将军发动不流血政变，组成新内阁，包含塞尔维亚、克罗地亚和斯洛文尼亚三个民族从左到右一切派别的代表，他们已经准备好和纳粹战斗到底。贝尔格莱德即将迎来悲剧命运的高潮。

1941年到1945年，五年的反法西斯战争，贝尔格莱德损失十万居民，工业设施被毁坏一半，三万栋房屋有1.3万栋成为废墟，市政厅和贝尔格莱德大学被炸损，国家图书馆三十万册藏书全部沦为灰烬。从贝尔格莱德动物园被炸毁的笼子里逃出的各种动物，它们在火光冲天的城市里四处逃窜，这样的场景，也出现在了库斯图里卡的电影《地下》里。

硝烟散去后，在城市的郊外，成群乌鸦在新的坟冢上空盘旋。剧痛一次比一次猛烈，还没有抵达顶点。五十多年后，南部的斯拉夫人开始自相残杀，先有波黑战争，后有科索沃危机，塞族人、克族人、穆族人、阿族人，一边向对方投炮弹，一边流下眼泪，一边杀红了眼，一边喝得酩酊大醉。

今天，城市到处是轰炸遗迹，多是北约的手笔——科索沃危机爆发后第二年，北约轰炸南联盟七十八天。在持续的炸弹雨中，中国使馆被毁，三名中国同胞罹难。心力交瘁的贝尔格莱德已经麻木，面对满目疮痍，它丧失了修复的信心。如今，南斯拉夫国防部大楼、内政部大楼和国家电视台这些被炸建筑直观地裸露在城市的各个街道，被炸部分维持原样，没炸到的部分作为办公地点继续使用。更不用提民居了，政府没钱修理，更没钱重建。

倾斜的危楼，墙体剥落，废墟和废墟互相扶持，形成一堆一堆粗粝硬朗的建筑群。废墟群的缝隙之间，塞尔维亚风格的涂鸦无孔不入，线条紧凑，用色夸张：斯拉夫语的愤怒诅咒，手写的诗歌，东正教堂上方的乌云压顶，摇头摆脑的波希米亚朋克，坦克飞机手枪射出的变形弹药，世界末日景象，废墟上一朵火红玫瑰正在怒放，篝火晚会盛况，环保题材和素食题材的主题图画，胖胖的小鸡小猪小熊一起摇摆。完全即兴，面对历史的残局和残局后的未知，贝尔格莱德的街头艺术家表达完愤怒和悲伤，接着表达渺茫的理想和天真的希望。

外表越狂野，内心越彷徨，笑得越放肆，疼得越剧烈，越是落拓不羁，越是需要安慰。今天走在贝城，无论在哪个角落抬头仰望，总有一个十字架出现在路的尽头。贝尔格莱德目前城市人口一百七十万，其中一百四十万是东正教徒，祷告是人们每天最重要的生活仪式，无论你是文身大汉，还是朋克少女。

位于国会大厦附近的东正教教堂圣马可教堂，在圣萨瓦教堂建成之前，是贝尔格莱德最大的教堂。它在一座木制教堂的基础上改建，通体砖红色，外观如同一座积木搭建的堡垒，是塞尔维亚拜占庭式复兴风格中最美的建筑。穿过一条绿树掩映的石子小路，就可以来到这里。石子小路的另一端，通往一条下坡走向的民居街道。那条街上被炸的居民楼尤其密集。

我站在这条街道的对面，抬头张望圣马可教堂，看见这样一幅画面——四五栋民居的废墟东倒西歪抱成一团，周身被褪了色的涂鸦环抱，高大的树丛是画面里一道写意的分界线。树的上方，圣马可教堂露出了砖红色的洋葱式尖顶，最顶部立着硕大无比的十字架，稳稳地正对这片废弃建筑。正午太阳直射下来，给十字架边缘罩上均匀的黑亮光泽。上帝看着废墟。

再走近瞧，一个新的涂鸦十分显眼——左边是金黄色的英文"CASH"，右边是粉红色的英文"HOPE"，中间是一个白色的大问号。

金钱等于希望？在反复的重生与毁灭之间，贝尔格莱德人眼见自己成为欧洲最穷的公民，于是年轻人向世界提了一个严肃的问题。

无主之地

这个早晨，不论谁足够幸运地在贝尔格莱德醒来，都会意识到他今天的生活已有足够多的收获。坚持更多的要求似乎不合时宜。

——杜什科·拉多维奇（Duško Radović），
塞尔维亚作家

下雨的日子，布满弹坑的贝尔格莱德街道上，大小不一的坑里积起一摊摊浅浅的水，远远望去，每条街的地面都好像铺满了亮晶晶的钱币。

在1991年解体之前，南斯拉夫的人均GDP约4000美元，是当时中国的八倍。2016年，塞尔维亚的人均GDP是5348美元，位于欧洲的倒数位置。今天的贝尔格莱德，经济发展水平跌至欧洲末流，失业率连年上升，人才不断流失海外，年轻人找不到工作，老年人找不回信念。大家只好慢慢在街边找个位子坐下来，喝一杯咖啡，或者要杯Rakija[1]一饮而尽。

"Kafana"，这是我到贝尔格莱德之后接触最频繁的一个词。它是塞尔维亚语里的特有词汇，所有产生欢乐的地方，都可以叫kafana，比如酒吧、咖啡馆和一切可以办派对的地方。塞尔维亚很多人都找不到全职工作，生活里最多的就是时间。如果没有kafana，他们就像丢失了回家的钥匙。

每天下午三点，贝尔格莱德雷打不动的kafana时间开始了，持续到夜里三点。多瑙河与萨瓦河边白天安静的小船舱，夜晚是奇幻派对的场所，而城里遍布通宵营业的俱乐部和酒吧，几乎家家餐馆都拥有一支live band。入夜之后，街道两边如同打擂台，一边是铿锵摇摆的东

1　塞尔维亚特产的水果白兰地，由多种水果发酵而成，比如李子、梨、葡萄和杏。

欧摇滚，一边是忧郁热情的巴尔干民歌。不是只有年轻的荷尔蒙在买醉，还经常可以看见满头花白的老头老太，面前放一大杯Jelen[1]冰啤，轻闭眼睛，跟着节奏摇摆。有一个夸张的说法，如果你来贝尔格莱德七天，这个城市会给你七种不重样的夜生活。

我很少去kafana，却总去往别处停留。在夜的贝城，我有一块"私人领地"。那是位于旧城区中心地段莫斯科大饭店门口的一个大坡地。说是"私人的"，只是因为当人们晚上七点陆续出门去kafana赴约时，这块白天充当露天休憩处的绿色坡地，只剩下鸽子和我。

没有路灯，漆黑一片，看不清脚下的石子台阶，坡中央的草皮被不规则地踏出了几条分叉的小路，裸露出石子，在月色的映衬之下，反着幽光。这个接近60度的陡坡上，没什么可看的，一大片薄薄的草坪，一棵孤零零的大树立在半中央，大树边有两张破旧的木椅，两个被涂鸦的黑色铁皮椭圆形垃圾桶，再无其他。如果故意往坡下扔一个石块，会惊吓一大群鸽子，黑压压一片，扑棱棱四散。这是一个被城市夜色光环环绕的无主之地。

这个无名坡地，默默充当了某种衔接的角色，它串联起了贝尔格莱德的过去、现在和未来。我喜欢夜晚坐

1　塞尔维亚特产的啤酒，微苦，品牌标志是两头小鹿。

在大坡顶端，从最高处往下望，向南的方位上，是贝城的老居民区，有城市最大的果蔬农贸市场Zeleni Venac Market，有通往新贝尔格莱德（贝尔格莱德新城区）和泽蒙（贝尔格莱德郊区小镇）的公共交通枢纽站。当然，更密集的是大片衰老的民居公寓楼，它们身上还有当年"二战"纳粹空袭和北约狂轰滥炸留下的弹孔。在城市挂起的新古典主义风格瘦长型黑色路灯的掩映下，公寓楼明明灭灭，刷着自己的存在感。历史的伤害，人类的嬉皮笑脸，只是加速了它们衰落的进度。

一条被时间抛弃的老街

我的住处藏在农贸市场Zeleni Venac Market旁边一条蜿蜒而下的小巷Lumina，我仿佛过上了隐居生活。这是一条不过三百米长的单向通行街道，据说在后铁托时代，许多南斯拉夫的老人都住在这个街区。那是一群"过时"的人，从前，生活在东欧社会主义阵营中最自由最富足的国家，他们的身份是"南斯拉夫人"，跨越种族的包容精神伴随了一生。他们中有许多是坚定的马克思主义信仰者，至今仍是如此。后来，铁托死了，保护者再也没有出现。再后来，相继爆发的1991年至1995年内战和1999年科索沃战争，让贝尔格莱德幸存的马克思主义信仰者们，选择在沉默中度过余生。

Lumina街道的气质里，充满着不甘心的味道。对逝去的南斯拉夫荣光的哀恸，对重建当下的力不从心，以及对毫不客气进入的"西方文明"的选择性无视。街道坑坑洼洼，柏油路面铺设了一半，工程车随意地停放在路中央，鸽子旁若无人地在垃圾桶边歇脚。来往的居民大多是低头弓背的老人，身上的帽衫夹克洗得发白，手里拎着从市场上买回来的西红柿和黄瓜。他们中很多人都戴着鸭舌帽，帽檐压得低低的。如果在街上遇到熟人，老人会把帽子一脱，喊一声"Ciao"[1]，隔着老远就做出拥抱的姿势。

街道两边是遍布涂鸦的凋败公寓，大门生锈了，一开一关间，发出"吱呀吱呀"的声响，如同历史深处的叹息。在公寓之间的狭窄过道里，摆放着花环和属于死难者的旧物：一双芭蕾舞鞋，一把刮胡刀，毛线厚袜子，或者印着小狗熊图案的咖啡杯。这是民间的自发纪念碑，用于怀念在北约空袭中罹难的邻居。不远处的墙上是愤怒的英文涂鸦：滚出去，北约！

在褪了色的Lumina老街上，横亘着一家名叫"Sky Hotel"的新型欧式便捷酒店，窗明几净，墙漆明亮，是整条街上唯一的新建筑，就像一个孤零零的外星人。路过此地的人会看见，亮晃晃的落地玻璃窗后面，来自西方的外国游客在吃自助餐，喝意式咖啡。游客望向窗外

1　Ciao，发音类似"乔"，源自意大利语，表示"你好"和"再见"，在巴尔干地区也多用于打招呼。

的目光，有着谨慎而戒备的意味，和他们四目相对的，常常是这条街上的老人。窗外边，是后南斯拉夫时代贝尔格莱德支离破碎的日常生活，窗里边，是提供给前来此地猎奇的西方人的安全之所。

Lumina的邻近拐角有一个小店，它的铁门周身雕刻着巴洛克风格的花纹，用来照亮橱窗的路灯也带着布尔乔亚气质。我推门走进去，却发现这是一家劳保用品商店，拖把、扫帚、防水手套和地垫等待出售的用品凌乱地堆积在房间空地上。女店员在门口抽烟，见我带着狼狈的表情走出来，她笑了："It's not like what you think, is it?"（不是你想的那样，对吧？）是的，整条街上唯一精致的巴洛克建筑，售卖劳保用品。

拐出这条街，就是活色生香的Zeleni Venac Market，许多游客都会来这里买鲜花。对我来说，这里是呼吸贝尔格莱德生活气息的最佳场所。每天上午六点到下午六点，草莓、青苹果、樱桃、西红柿、土豆散发着新鲜的芳香，装在大桶里的鲜花肆无忌惮地在路边自顾自开放着。穿梭其间，我很快就被果蔬香料混杂的浓烈芳香撩得晕头转向，耳朵还忙着接收四面的声响：来自世界各地口音的问价声，塞族大叔洪亮的叫卖声，收音机里特别吵闹的东南欧流行乐。

站在农贸市场的中心，我仿佛变身为一个全球化时代的世界主义者。看着这个巴尔干农贸市场里站满了不同肤色、不同语言、不同国家的顾客，我产生了一种错觉：南斯拉夫的魂魄还在这里游荡。那是种族民族主义掀起血雨腥风的前夜，贝尔格莱德作为老大哥，还在吃力地经营着大家庭，维持着每一位个性成员最大限度上的"兄弟情与统一"[1]。但是，由于大哥作风独断，兄弟们越来越不买他的账了。

桥上的灵魂

Zeleni Venac不只是一个市场，它还是通往新贝尔格莱德和泽蒙的公交枢纽站。广场上站满了候车和购物的人，总是生气勃勃。在19世纪40年代，这里原本是一片巨大的沼泽湿地，后来逐渐变成了贝城的集散中心。一个年轻的撒克逊女人带着孩子搬到了贝尔格莱德，在此地开了一家旅店，接待来到贝城观光或谋生的外国旅客、商人和手艺人。旅店没有招牌，直接用了这个地区的名号"Zeleni Venac"来称呼。久而久之，旅店和街区合为一体，Zeleni Venac，就是人群聚集之地。

Zeleni Venac公交枢纽站有许多发往贝尔格莱德新城的巴士，这些巴士会经过布兰科（Brankov）大桥，这是贝城最负盛名的桥，它连接新旧城区，桥墩也有年头了——还是亚历山大一世时期的遗留，毁于"二战"的

1　铁托领导下的南斯拉夫，对内实行"兄弟情与统一"（Brotherhood and Unity），视其为民族政策的核心理念，呼吁各民族互相尊重、互相扶持。

轰炸，战后得以重建。

桥对于南斯拉夫来说，是特殊的存在。巴尔干山脉奇突、地势险峻的天然地貌，使得各国的连通成了老大难问题，修桥是巴尔干半岛诸国共享的工事。对于中国人，前南斯拉夫的老电影《桥》，或许会勾起我们对于那个已经不复存在的国家的感慨记忆，但是对于前南的"遗民"，对于塞尔维亚人，桥恐怕留下的都是血与泪的记忆。

1999年北约轰炸南联盟，对贝尔格莱德狂轰滥炸五十多天，五十座桥梁被毁。半空中，北约空袭警报持续不散，两千多位市民却拖家带口从萨瓦河两岸来到布兰科大桥，穿上印着靶心标志的T恤，手拉手组成"人体盾牌"。他们表达持久无声的愤怒，拒绝美军的飞机毁掉这座大桥。在桥中央临时搭建的舞台上，摇滚乐手和市民唱着歌为自己壮胆。当黑夜降临，不远处防空炮火和曳光弹的声响划破了夜的沉寂，桥身下的萨瓦河泛起涟漪，星星点点的火光映照在水面上，这火光里也有贝尔格莱德市民手中祈愿和平的烛光。

布兰科大桥在轰炸中幸免于难，它的名字相传来自一位在此跳河自尽的诗人。塞尔维亚导演库斯图里卡曾在小说集《婚姻中的陌生人》中，用一个名为《肚脐，灵魂之门》的短篇，神奇地还原了这位名叫布兰科·乔皮奇的诗人生命的最后一刻。"二战"以后，诗人从波黑来贝尔格莱德找他的叔叔，没有找到。"多年以后，灵魂已经被南斯拉夫的悲剧吞噬，他不得不尽快处理自己的事情，"库斯图里卡为自己笔下的主人公感到担忧，"假如一切都覆灭了，他们将何去何从呢？"诗人来到这座大桥，没有一个人向他致意，但一个女人停下来，微微抬起胳膊向他致意。布兰科看见了她，也看到了她的手势，"他转身朝向她，回应了她，然后匆匆跃入萨瓦河"。

故事里的"我"，一个读过诗人的书《驴子的岁月》的叛逆的萨拉热窝小子，有幸和布兰科交谈。布兰科告诉他："在肚脐后面，是灵魂，而如果没有灵魂，就不叫生活。"小子立刻接话，"我知道：不能让灵魂枯萎了！""噢，不！是不能让任何人吞了它！"

多年以后，当南斯拉夫的灵魂最终被悲剧吞噬，诗人的灵魂主动跳进了萨瓦河。他所创造的那些人物，都成了丧失身份的人，他似乎也没有了存在的理由。如今，我在这座钢筋水泥公路桥上散步，俯瞰在萨瓦河的环抱下寂寞的老城，我在想念那个诗人。

夜夜夜夜，寻找kafana

夜夜夜夜，贝尔格莱德的年轻人，坐在灯光明亮的街角，看向黑影里残破的建筑。我无法判断，这样的生活方式对当地人来说，究竟是一种麻醉，还是一种享受。新认识的朋友伊万，40岁的贝尔格莱德理发师，祖父母和父亲都死于北约轰炸。那一年伊万21岁，战争摧毁了这个年轻人的一部分。母亲独自一人去萨格勒布的妹妹家居住，拒绝再回贝尔格莱德，伊万想念母亲的时候，只能自己跑到克罗地亚去。

我们也许还记得，正好一百年前，曾经有个"第一南斯拉夫"，全称是"塞尔维亚人—克罗地亚人—斯洛文尼亚人王国"（1929年改名为南斯拉夫王国），那时候，克罗地亚和塞尔维亚是兄弟。现在，它们成了遥远的邻居。伊万去看望母亲，要走出自己的院子，去敲邻居的门。

我很想问伊万，战争、轰炸、国家解体、经济崩溃，这些对他这个当时才21岁的塞族青年的打击是什么？答案似乎很明显，而问题又显得那么伤人，我迟迟开不了口，两个人面对面瞧着杯子里冒泡的啤酒发呆。

一个上年纪的女人凑过来。"你好。"她用蹩脚的中文和我打招呼，打破了尴尬。当地老奶奶、退休的小学老师杜尼娅，好奇中国文化，看见黄皮肤的游客，总会用一句"你好"，来测试对方究竟是中国人、日本人还是韩国人。当对方用中文回应她时，老太太就会兴致很高。"只有中国人能理解塞尔维亚"，虽然没去过中国，但她坚持要和我谈谈"中塞两国人民"。

我：　我不敢问我的新朋友伊万，南斯拉夫解体对他的冲击是什么，但是我想问问您。

杜尼娅：　你尽管问，但我不一定说得准确。

我： 您怀念南斯拉夫吗？

杜尼娅： 非常怀念！那时候有家的感觉，有依靠，有安全感。

我： 现在呢？

杜尼娅： 现在有点孤单，好像谁也不管我们了……那个，我读过一点中国哲学，老子。

我： 有什么读后感吗？

杜尼娅： 就是……国家小一点，好像也没什么，我们也可以生活下去。

我： 喜欢中国吗？

杜尼娅： 说不好。我最好的朋友十五年前去过上海，他回来后说，那个城市又大又拥挤，人太多了，消费很高，可是好像没什么人晚上会出来喝一杯。酒吧据说都是富人去的。

我： 上海和贝尔格莱德比呢？

杜尼娅： 不能比，历史不同，现在我们更是追不上了。我们很穷，以后可能也不会变成有钱人，但我们接受了，这就是贝尔格莱德的生活。你看，月亮那么亮，明天是个晴天。我们和上海人民分享着同一个月亮。

在一旁听的伊万轻笑了一下。斯拉夫人深邃的眼眸藏在棱角分明的脸的阴影里，笑的时候，长睫毛短暂地落下来，又像是在哭。

停顿了一会儿，伊万主动开口："你想问我，战争是否摧毁了我的生活，是吗？战争毁掉了我的家，大的家和小的家都没了。战争不会让我憎恨世界，我也不会变得颓废。我和我的朋友们，已经不再需要英雄的幻想，也不再需要大国的虚荣心，我们只想消停一会儿，有时间喝一杯。有欧美朋友跑来指责我们，'为什么不重建你的国家？'他们经常这么问。如果他们觉得我们是在浪费生命，那么我会说，经历了那些剧痛，你会明白，究竟什么才是浪费生命。"

寂寞的铁托：忘记谁，不忘记谁

战争，轰炸，解体，随着时间的推移，今天的塞尔维亚人用活在当下的态度来遗忘剧痛。但即使是像伊万那样的中青代，杜尼娅那样的老人，甚或库斯图里卡那样的文化名流，面对世界格局重组中被迫遗世独立的祖国，"在历史长河中我们身处何处"这样的问题也总会不时冒出来。

虽然很努力想忘记，但曾属一个富强大国的公民记忆，如何能够被迅速遗忘？荣光三十多年，如同短短一瞬，既不真实，又太过浓烈。经历一番抽搐后，贝尔格莱德把遗忘的表情定格在脸上。

阴雨绵绵，我坐上了车身掉漆皮的老公交40路，前往贝尔格莱德近郊的德迪涅区（Dedinje），去看望铁托，那个创造南斯拉夫神话的男人。阴雨天最适合去墓地，即便是强人铁托，雨天也会觉得寂寞吧。

铁托的墓位于一座小山坡上，那里原来是前南斯拉夫总统府，而铁托的家就是附近一座漂亮的帕拉第奥式白色宫殿，很有英国贵族乡间宅邸的味道。宫殿外是100公顷的封闭警卫区。铁托喜欢园艺，国家给他修了一座花房，他临终前曾表示希望被葬在花房里。1980年5月4日，88岁的元帅咽了气，政府没有专门为他修陵墓，而是把花房改成了墓地，把总统府改成了博物馆——这就是名为"鲜花之家"的铁托之墓。

我下了公交车，向右拐进一条山坡小道。路面潮湿，大片草地发散一股青涩冷气，山道像层层疏阔的梯田。拾级而上，我踩着石板路去花房，路上没有遇见一个游客。售票小亭子里探出一张法令纹深重的中年女人的脸，我还没开口，她就递来了一张陵墓门票。

花房非常朴素，正中央是一座长方形白色大理石陵墓，正上方镶金字：约瑟普·布罗兹·铁托，1892—1980。再无其他修饰。他的第三位夫人约婉卡的陵墓被安置在旁边。回字形的大理石路面环绕陵墓，两侧的房间存放铁托生前旧物：他的军装，宽大的原木写字台，世界各国领导人的礼物，全国少先队员献上的火炬和图文并茂的信件。

铁托热爱南斯拉夫的少年，渴望得到他们的崇拜。在库斯图里卡另一部电影《爸爸出差了》中，小主人公在一场给领导献火炬的仪式上因过度紧张而搞砸了一切，他恐惧又内疚地望着父亲，等待惩罚。库斯图里卡在自传中写，"铁托来了"，可是他长什么样？一直没见到。这个"异样的社会主义国家"的铁腕领导，究竟是一种怎样的存在？

南斯拉夫解体前，常有老人穿着军装，戴着红领巾，捧着花束去"鲜花之家"纪念铁托。国家解体后，这里越来越荒凉。比如今天，整个上午我只见到一个来自克罗地亚的老年旅行团，十几个头发花白的老人，安静地依次走过陈列物，秩序井然地排队给博物馆留言簿写字。花房里静悄悄。

我也在留言簿上写了三行：亲爱的铁托同志，我来自中国。你去世的时候我还没出生。我只在照片和纪录片里看见过你，你的茶色大眼镜让我有点害怕。如果摘掉眼镜，你还是那么严肃吗？

走出花房，我和老头们聊天。他们来自铁托的故乡，克罗地亚的库姆罗韦茨村（Kumrovec）。生于克罗地亚的铁托被葬在塞尔维亚，他在陌生的土地上度过自己的一生。老人们觉得，这位伟大的老乡在贝尔格莱德没得到足够多敬意。"铁托的时代，我们平等、团结。你看看现在？人们嘲笑团结，年轻人要自由！嗬，他们以为自由和团结是对立的。"

铁托是南斯拉夫联邦内各民族统一的象征，在他三十五年的铁腕统治下，南斯拉夫成为一个幸福感十足的国度，中产阶级诞生了，一切紧跟欧洲步伐，国家的文化、体育和科技水平与阿尔卑斯山脉四周的国家保持在同一水平线。

铁托是五金工人出身，做过俄国战俘，住过国家监狱，混迹过山林游击队，但这些都不妨碍他迅速学会了如何享受高级美酒和雪茄，与此同时，他的政治和外交手腕也被认为是高超的。外交上的"不结盟政策"和国内的"兄弟情与统一"民族政策，不仅没有让南斯拉夫沦为美苏冷战任何一方的附属国，而且让塞尔维亚人、克罗地亚人和斯洛文尼亚人前所未有地团结。到1976年为止，每年有六百多万外国游客来到南斯拉夫，全国有36%的人拥有汽车，每1.8个家庭拥有一台电视，每2.1个家庭拥有一台冰箱。南斯拉夫成了当时东欧最富足的国家。

后来，强人死了，盛景不再。联邦的六个部分陆续独立，没人听贝尔格莱德的话了。

在今天的巴尔干，有人把贝尔格莱德一穷二白的局面归罪于铁托。当年为了处理复杂的民族矛盾，遏制"大塞尔维亚"民族主义势力，身在贝尔格莱德的克罗地亚人铁托，赋予塞尔维亚境内两个行省以自治权——北部的伏伊伏丁那（匈牙利族居多）和南部的科索沃（阿尔巴尼亚族为主）。这被一些人认为是内战和分裂的祸根。

这些言论让铁托时代的老人愤愤不平。一个打扫博物馆的清洁工老头，对我滔滔不绝地抱怨他的儿子。每当老人在家里谈铁托，儿子就说："爸爸，你怎么还在相信那个谎言？"

"年轻人都想忘记我们的铁托，他们也许觉得，铁托的存在拖累了他们追随欧洲的脚步。"清洁工老头和我并排站着，抽一根纸烟，从博物馆正门口往外看，头不住地轻微抖动。一个老旧的巨大喷泉池正颓唐地喷洒着水柱，视线再远一点，是贝尔格莱德新城，怪诞建筑群慌乱簇拥的地方。

那些夸张、沉重而古怪的建筑，也是铁托主义精神文明的一部分，更准确地说，是铁托的野心。它们集中建造于上世纪六七十年代，是"黄金时代"的塞尔维亚对未来的想象产物，被称为"野蛮主义"建筑——大多直接使用混凝土，不加任何修饰，讲究对称，不断重复堆叠几何线条，粗犷，高耸，超现实。它们多数是为了解决人口增长而建的住宅楼，也有公共用途。比如眼前的Genex Tower，贝尔格莱德最高的建筑，被称为"西大门"，对称的门形，两侧楼各高35层，楼顶是旋转餐厅。即便远远望去，也有一种令人窒息的压迫感。

"也许，年轻人要忘记的是那种压迫感，铁托太重了，大家说他是个专制的元首。"我说。

"如果铁托能把一个千百年来内忧外患、四分五裂的国家带向独立和繁荣，那么他就算行使了专制权力，也是合理的。"老人说。

把自己藏起来的南斯拉夫作家

在今天的贝尔格莱德，有一个和铁托同年出生的男人，得到的尊敬超越了领袖，大家对他只有爱，没有恨。他是伊沃·安德里奇，巴尔干半岛第一位诺贝尔文学奖获得者。

在维舍格勒时，我已经领略过"德里纳河上的桥"，也走马观花地参观了"安德里奇城"那个荒凉的文化再造景观。那时候，我曾无数次地想，安德里奇在贝尔格莱德的居所，会不会也是同样寂静无声？等到了贝城，我发现情况比预想得更加寂寥。

在贝尔格莱德老城区的总统府绿地旁边，有一条"安德里奇大道"，不过百米长，两侧是阶梯状的现代喷泉，起点处立着安德里奇低头散步的青铜像。晚年的安德里奇眉头微蹙，双手插在长风衣口袋里，若有所思。铜像右侧的街角有一栋石墙泛白的巴洛克旧民居，安德里奇婚后定居在二楼的一个小单元房间，直至去世。如今，那里改成了故居博物馆，面积很小，藏得很深。

我像一个陀螺一样绕着楼走了三圈，也没找到入口，站在大楼门口暗自懊恼，呆呆望着一楼的门牌，好一会儿才反应过来——整齐排列的24个名片中的一个，一小排字密密麻麻挤在一起，写着"安德里奇博物馆"。

安德里奇似乎很善于把自己藏起来。他曾是南斯拉夫王国的外交官、最后一任驻德国大使，二十一年的外交生涯并没有让他变得更爱交际。他瘦弱苍白，"是一个没有庄园、没有侍从和公主的王子"，热爱雕塑和绘画，喜欢密茨凯维奇的诗，很早就显露出写作才华。

"二战"德军入侵贝尔格莱德期间，安德里奇隐居在老城普里兹伦大街9号、朋友布拉那·米兰科维奇的家里，那是一栋通身刷成淡黄色的老公寓楼。安德里奇几乎不出门，对周围战火纷飞的世界表现出一种惊人的冷漠。无论是轰炸声、枪声还是卖报小童的呼喊声，都不能分散他创作小说的精力。

1941年至1945年，安德里奇写出了日后为他赢得诺贝尔文学奖的"波斯尼亚三部曲"——《特拉夫尼克纪事》《德里纳河上的桥》和《萨拉热窝女人》三部长篇小说。绚丽的《德里纳河上的桥》，不仅使他度过童年时光的小城维舍格勒那座四百多年历史的十一孔土耳其石桥成为世界文化遗产，更为南斯拉夫赢得了世界声誉。安德里奇以惊人的创作肺活量，在一部小说里精准概括了一个国家四百五十年的历史。

1958年，66岁的老新郎和他的新娘开始了新生活。他已经功成名就，荣耀加身，但天性严肃认真的安德里奇，把诺奖荣誉看成是南斯拉夫的荣誉，自己"只是一个获奖的代表"。他感谢世界，因为世界终于开始关心南斯拉夫的精神生活。

晚年，安德里奇每天下午雷打不动的安排，是去莫斯科大饭店底层的咖啡馆阅读，会见世界各国来访的作家和记者。他通常会要一杯滚烫浓烈的土耳其咖啡，配着一种叫"一片德国"的蛋糕吃。当时的莫斯科大饭店，是整个南斯拉夫的文化社交中心，社会体面人士都把去那里喝咖啡视为生活中最隆重的事。那是一座19世纪奥匈帝国时期建成的老饭店，颇具维也纳新艺术风格，众多社会文化名流都是常客，其中就有爱因斯坦。

绿白相间的建筑宛若宫殿，挺拔华美。虽然今天的莫斯科大饭店早已失去东欧文化社交中心的光环，但一种老贵族的气度还是不卑不亢地延续下来。不同于贝城其他波希米亚风格或东欧朋克风情的小馆子，这里的服务生俊朗英气，白色衬衫，黑色西裤，红色领带，印有名字的烫金胸牌统一别在左胸衬衣口袋中间，对顾客弯腰的角度甚至都一样。五月的晴天午后，室外坐满了人，风吹来，黑色布篷的四个角晃动得此起彼伏，钢琴声像小溪在流淌。这里和老欧洲最接近，即使它的名字"莫斯科大饭店"属于斯拉夫人。

塞尔维亚一直爱着它的斯拉夫母亲，心里想着俄罗斯。虽然铁托时代南斯拉夫是唯一和苏联交恶的社会主义国家，但克罗地亚人铁托内心未尝不知，贝尔格莱德和莫斯科之间，有一份遥远、模糊却无法消除的爱的记忆。塞族人和俄国人共享同一种东正教信仰，塞族人和俄国人的祖先彼此是兄弟，任何政治手段都抹不掉这样的记忆。

克罗地亚人铁托为了政治，一生在塞尔维亚生活。生来是克罗地亚人的安德里奇，主动选择成为塞尔维亚作家，他从来没在公开场合表达这么做的原因。出生在萨拉热窝的波斯尼亚人埃米尔·库斯图里卡，也选择成为一个塞尔维亚导演。库斯图里卡极为推崇安德里奇，认为他是南斯拉夫的英雄，只有他真正理解塞族人、克族人和穆族人之间的矛盾，只有他懂得东正教、天主教和伊斯兰教之间无法妥协的纠缠。安德里奇曾写过："他们的爱是那么地遥远，而他们的恨又是那么地近。穆斯林望着伊斯坦布尔，塞尔维亚人望着莫斯科，而克罗地亚人望着梵蒂冈。他们的爱在那儿。而他们的恨在这儿。"

安德里奇万岁

伊沃·安德里奇的一生，就是巴尔干的理想本身——一种独特的归属感，它超越了血缘和种族。他亲历了两个南斯拉夫的诞生——南斯拉夫王国和南斯拉夫社会主义联邦共和国。他在国家分崩离析前死去，未尝不是一种幸运。如果他活着看见后人愚蠢的狂热一步步摧毁家园，这狂热被煽动，被利用，最终走向无可挽回的毁灭，他又将如何面对自己信仰了一生的包容精神？

现在，内战已经停止，三族之间不再你死我活，各自的信仰有了各自栖息的国度，表面相安无事。但实际上，恨也是一种爱，各自为政的时代，人与人之间，族与族之间，如何相通再次成为难题。

在塞尔维亚最古老的书店GECA KON，墙上陈列着一系列塞尔维亚作家的照片，安德里奇当然位于其中，他的书和传记也被摆在最显眼的位置。书店位于贝尔格莱德最繁华的米哈伊洛大公街（Ulica Knez Mihailova），来往的行人常常透过橱窗一角，迎上他严肃而沉静的目光。

不仅是这家书店，事实上，贝尔格莱德遍布书店。这座城市没有奢侈品，也缺少闪闪发亮的shopping mall，在物质面前，似乎有些低欲望。但这么说并不准确，它并不是一座冷淡的城市，它只是把炽烈欲望都留给了精神生活，留给微醺的kafana，斑斓的涂鸦，热情的巴尔干歌舞，以及无处不在的阅读。

街道上每一个咖啡馆，每一处啤酒馆，每一家小餐馆，街边木椅，公园树下，多瑙河边的长凳上，都可以看见读报看书的人，有上年纪的人，也有年轻人。就连药妆店和超市里都有售报的铁架子整齐排列着。人们不太看手机，对电子设备缺乏兴趣，很多人还在沿用中国人早就淘汰的蓝屏手机。对这里的人来说，电子设备就是个设备。他们如果想聊天，会直接看着你的眼睛，含着笑意。所谓的北欧社交恐惧症，在这里是没有土壤的，塞尔维亚人都是话痨。

我在一家半地下式的小书店闲逛，被热爱安德里奇的店主强行推销了一本安德里奇的《路标》（*Signs by the Roadside*）——作家的精神日记，讲述他的梦境和欲望，没有中文版。"一本进入安德里奇内心的书"，老板把书用再生纸包好，往我手里重重一塞，好像郑重地交付一样信物。

"在贝尔格莱德，大家都喜欢安德里奇吗？"我问书店老板。

老板的胡子一抖一抖的，似乎觉得我问了个多余的问题："在我们这儿，基本每家都有安德里奇先生的书，他是我们的骄傲，他是最敏感的巴尔干灵魂，他用文学安慰了我们。安德里奇万岁。"

书店老板对作家的崇拜之情，让我有些动容。看待历史，它的冲突和敌对，片刻的祥和欢欣和起伏的血雨腥风，安德里奇始终有一种深思熟虑而又直抒胸臆的宁静心态。如果他现在还活着，我想，他依然拥有沉静的力量，用来面对信仰在崩塌的现实面前的处境。他还是会每天不动声色地出门散步的。

角落里的恐怖分子和天才

即使努力隐藏自己，安德里奇也未被世界遗落。但世界遗忘了南斯拉夫太多。

比如，我们是否记得安德里奇青年时代的好友加夫里洛·普林齐普？19岁的塞族少年，满脸病容，用换来的手枪点燃了第一次世界大战的导火索 —— 1914年6月28日，萨拉热窝的拉丁桥上，年轻的刺客杀害了来访的奥匈帝国斐迪南大公夫妇。从此以后，欧洲再无宁日。

拉丁桥上后来曾有一座用水泥铸造的普林齐普纪念雕塑，毁于塞军炮轰萨拉热窝的内战期间，之后波黑当局在刺杀地点挂了一块木牌子，上面用波斯尼亚语、英语和塞尔维亚语分别写着：唯愿世界和平。

今天，西方把普林齐普形容成最早出名的恐怖分子。这个用刺杀行动来谋求南斯拉夫独立的少年，他的画像遍布贝尔格莱德每个角落，出现在文化海报、街头电子屏、T恤衫、涂鸦墙、冰箱贴、咖啡杯和明信片上。营养不良的少年脸上义无反顾的凛然模样，成了贝尔格莱德的某种表情标签。只是，这种纪念方式让我有点不适，曾经混乱的革命理想里盲目的激情和牺牲，今天被稀释为人人可窥的历史文化消费，再一想，这也许是革命岁月的必然也是唯一的结局。

安德里奇雕像不远处的街心花园，竖立着普林齐普铜像。2014年的"一战"百年纪念日，贝尔格莱德各个书店都悬挂并出售他的肖像海报。很多人说他是塞尔维亚民族英雄，但大家已经不太愿意谈论他。

即使记得普林齐普的人，也大多都把他和战争相连，没几个人知道他喜欢写诗，是"自由波斯尼亚"读书小组的成员，和安德里奇是志同道合的好友。"萨拉热窝事件"发生时，安德里奇远在波兰，他预感到暴风雨就在眼前，应该回到南斯拉夫去战斗，虽然回去后他就遭到奥匈帝国宪兵的逮捕。历史给这对好友的命运做出了不同的安排——普林齐普病死狱中，安德里奇被安全释放。

普林齐普的铜像独自站在两条大街的交汇处。

他并非唯一遗世独立的人，有一位塞族天才与他一样寂寞。他是尼古拉·特斯拉，发明家，物理学家，工程师，发明交流电，一生有700多项发明，奠定了现代无线电通信的基石。他拒绝和爱迪生站在一起，也拒绝了诺贝尔物理学奖11次。他终身不娶，是个科学怪人，死于穷困。

今天，贝尔格莱德的国际机场用他的名字命名，面值100元的第纳尔纸钞上印着他的头像，全球最时髦的电动汽车品牌是他的名字。这个身高将近两米的天才绅士，留着精致的小胡子，有一个中正的鼻子，微曲的短发一丝不乱，五官像极了法国作家普鲁斯特，总喜欢微微侧身看着别人。

特斯拉后来入了美国籍，但是一直思念故乡南斯拉夫，晚年的心愿是回南斯拉夫养老。他死后，骨灰被运回贝尔格莱德，安放于特斯拉博物馆。博物馆是三层楼的建筑，只有一楼三个房间可以参观，房间里摆放着特斯拉制作无线电和电磁圈的装置，以及他的遗物。但游客们更愿意去放置特斯拉骨灰的金属圆球前，和这个"最接近神的男人"靠得再近一点。

发明直流电的美国人爱迪生闻名世界，特斯拉年轻时为他打工，受到苛刻对待，愤然出走。若干年后，在"直流电还是交流电"的"电流之战"中，爱迪生为战胜特斯拉，建议政府把死刑由绞刑改为交流电电刑，四处宣扬交流电的危险。特斯拉一声不响，发明异步电动机，证明了交流电的可靠性。

今天，交流电早已取代直流电，成为现代电力的基础。特斯拉在86岁那年独自死于纽约某旅馆房间，死后留下大笔债务。当年，他撕掉了交流电的专利，宣布免费送给全人类使用。如果交流电不免费，每一马力电流就会给他带来2.5美元的专利费，他将是世界上最富有的人。

穷困的贝尔格莱德欢迎穷困的天才回家，他们都不为物质贫穷而感到不安，他们只想关心人类的精神困境。特斯拉博物馆一楼入口的墙壁上，写着这位天才的寥寥语录，其中一句，特斯拉说道："在这样一个时代，超乎想象的科技发展，并不会导向真正的文化新生和新启蒙。恰恰相反，如今国家衰落的真正原因，在于人类对社会、道德和精神危机的无能为力。"

谁来保卫贝尔格莱德？

当你整理得漂漂亮亮，当你变得牢固坚强，那时候，城市将享有光荣，因为它是一个难以描画的美丽迷人的地方。

——多西特伊·奥布拉多维奇

（Dositej Obradović, 1739？—1811），

塞尔维亚教育家

2018年俄罗斯世界杯小组赛E组，塞尔维亚1：0战胜哥斯达黎加，媒体反应冷淡。我打开手机客户端，西方媒体中只翻到英国《卫报》的赛事简讯。第二场，塞尔维亚1：2负于瑞士，西方媒体把赛事新闻的焦点定格于"科索沃遗产"——两名进球的瑞士球员，他们的家族都因内战从科索沃逃往瑞士避难。足球比赛被降格为新闻背景，在西方主流媒体眼中，塞尔维亚依然是个罪人。

至于前南斯拉夫足球强悍的历史，拿过欧冠冠军的贝尔格莱德红星队，大家绝口不提。今天的红星足球场四周，大风呼呼吹过空地上杂生的野草。

奥地利作家彼得·汉德克因为对塞尔维亚的同情和支持，长期成为德国主流媒体攻击的对象。本着作家的良心，冷峻的汉德克在系列随笔中一遍遍问自己，也问我们："**我们这一代人该如何面对南斯拉夫呢？**"他发现这关乎如何构建一个"真实的欧洲"。然而，大家装聋作哑很久了。

在贝尔格莱德，有一个民间段子形容西方对塞尔维亚的印象，这段子来自两个德国人的对话。

你在哪儿啊？我在开房车旅行呢。

我在塞尔维亚，开到这里来找我玩啊！

我可不想我的车被拆，轮胎都被偷了卖掉。

贝尔格莱德人谈起这个段子时，脸上配合着无所谓的笑容，但我不知道笑容里是否藏着别的心情。

中国球迷很难忘记南斯拉夫的足球历史，被昵称为"米卢"的南斯拉夫老头米卢蒂诺维奇，是带领中国唯一一次打进世界杯的男人。除了足球，略年长的中国人也不会忘记著名的电影《瓦尔特保卫萨拉热窝》，屏幕上的老英雄巴塔带领游击队的同志们与纳粹斗智斗勇，为南斯拉夫的土地愿意肝脑涂地。

"空气在颤抖，仿佛天空在燃烧。"这句熟悉的台词，对于贝尔格莱德人伊万来说，是一个前朝旧梦罢了。听见我这个30岁的中国人和他滔滔不绝谈论前南的"二战"电影，伊万只是听，并不回应。

他的脑子里在想什么？或许，他觉得贝尔格莱德缺一个瓦尔特。

2003年，塞尔维亚和黑山被接纳为欧洲委员会成员国。2006年，南联盟解体，贝尔格莱德成为独立的塞尔维亚的首都。从此，塞尔维亚和巴尔干的邻国一道走上了积极入欧的征途。直到2020年春天，面对新冠肺炎疫情，总统武契奇（Aleksandar Vučić）发表电视讲话："欧洲团结是不存在的，写在纸上的不过是童话罢了。"

然而，如今的塞尔维亚依然有庞大的侨民群体生活在那个"欧洲"，年轻人依然梦想着甩掉沉重的历史包袱。成为一个新欧洲人？我不太确定那是怎样的身份。太多来过塞尔维亚、书写塞尔维亚的学者和历史学家都曾发出相似的感叹：尼曼雅王朝的斯特凡·杜尚建立的中世纪塞尔维亚帝国版图，是塞尔维亚人永恒的历史记忆。在那早就消失的辽阔版图上，科索沃是古塞尔维亚的圣地，马其顿问题不再是个问题。

几乎所有去过塞尔维亚的人，都会折服于塞尔维亚人的精神力量，但正是这种精神力量让他们的命运成为悲剧。塞尔维亚人活在悲剧里，长久动弹不得。他们的悲剧产生于一种不切实际的梦想——把现代国家的枝干"移植"到中世纪王国的树干上。但是，他们恐怕必须放下这种嫁接术的幻觉。现代世界也许是平庸的，但正是在这种平庸的保护下，贝尔格莱德才能睡眠安稳，繁衍生息。

在塞尔维亚的最后一个傍晚，我去了卡莱梅格丹城堡要塞，在城墙上看了一场日落。这座从凯尔特时代就建成的军事重地，如今的大部分建筑都是奥斯曼帝国时期的遗迹。曾经，它是贝尔格莱德最后的防线，现在，它是贝城最绿意盎然的公园。天黑之前，人们来到这里，坐在城墙头上，等待夕阳落入多瑙河与萨瓦河交汇的尽头。我又想起了挚爱的安德里奇，他也曾在此观看日落，并写道：

> 贝尔格莱德的天空辽阔高远，变幻莫测，但它总是很美……永远的美丽与富饶是对这个陌生城市里所缺失的一切的补偿，也是对所有不应在这里发生的一切的安慰。

此刻，有一个穿吊带衫和牛仔裤的棕发姑娘，背对将要撤退的夕阳，站在堡垒宽阔的石面上，跳起即兴舞蹈。同伴哼着小调伴奏，那曲调听着太欢快，可能又是一首塞族民歌。伴随舞步的跳跃，姑娘的长发在空中轻轻散开，留下短短的空隙，多瑙河的零星波光透过那些空隙若隐若现，随后沉入黑暗。夜的塞族女孩像一只小天鹅。

天黑以后，舞蹈的人还在舞蹈，歌唱的人也没有停止歌唱。我想起了一个相反的场景——在库斯图里卡的电影《地下》中，从小"不见天日"的男孩尤拉跟着爸爸逃到了地面，人生中第一次见到地上的南斯拉夫，第一次见到真实的日出。面对新生的世界，尤拉完全呆傻，好久才憋出一句话："爸爸，世界原来那么美丽啊。"

在贝尔格莱德，国会大厦附近的街道上，被战争所毁的房屋群裸露着身体，人们无力拯救，也无心抹去，于是让它们自然地存在着。树丛上方是圣马可教堂的洋葱式尖顶，仿佛上帝在凝视着废墟。

贝尔格莱德最负盛名的商业街米哈伊洛夫大公街的正中心。道路一侧是新古典风格的老欧洲建筑，另一侧是已经消失的社会主义南斯拉夫大楼，大楼标识已部分脱落。两栋楼的命运殊途同归。

贝尔格莱德的尼古拉·帕希奇广场。尼古拉·帕希奇是"一战"期间的塞尔维亚首相，是强硬的民族主义者，也是出色的政治家。这个广场在铁托时代被称为"马克思和恩格斯广场"，1998年竖起帕希奇的纪念碑，并被更名。

在21世纪的今天，帕希奇广场的喷泉前竖起了"BELGRADE"立体字模型，映衬着后面被新时代抛弃的建筑。一个长相酷似塞尔维亚网球明星德约科维奇的年轻男人，站在十字路口。

站在十字路口的加夫里洛·普林齐普。他被世人看作点燃"一战"的民族主义者,然而历史真相的沉重负荷能否让一个 19 岁的塞族青年全部承担,依然让人深思。

红蓝相间的有轨电车,在被北约轰炸过的大楼前穿梭。这样的战争遗迹在贝尔格莱德随处可见,随着经济的发展,政府正在有计划地改造,但贝尔格莱德人已经学会和这样的伤痛共同生活。

贝尔格莱德老城区街角的早晨。我喜欢这座城市,因为它甚至没有一致的建筑风格。它让新与旧共存得如此坦然,不会给巴洛克和新古典重新粉饰,不会遗弃社会主义大楼,不会掩盖战争的伤口。

铁托之墓的博物馆一角,陈列着全国少先队员献给领袖的火炬。铁托是一个渴望少年崇拜的领导人。

延伸阅读书目

历史

（英）斯蒂芬·克里索德、罗·威·塞顿-沃森等，《南斯拉夫简史：从古代到1966年》，黑龙江大学英语系翻译组译，黑龙江人民出版社，1976年10月。

（英）爱德华·吉本，《罗马帝国衰亡史》，席代岳译，吉林出版集团，2011年5月。

（英）哈罗德·坦珀利，《塞尔维亚史》，张浩译，华文出版社，2020年1月。

文学

（塞尔维亚）伊沃·安德里奇，《德里纳河上的桥》《萨拉热窝女人》《特拉夫尼克纪事》（"波斯尼亚三部曲"），上海文艺出版社，2017年8月。

（英）丽贝卡·韦斯特，《黑羊与灰鹰》，向洪全、奉霞等译，三辉图书·中信出版社，2019年4月。

（塞尔维亚）埃米尔·库斯图里卡，《我身在历史何处》，苑桂冠译，浦睿文化·湖南人民出版社，2017年10月。

（南斯拉夫）丹尼洛·契斯，《栗树街的回忆：给孩子和敏感的人们》，张明玲译，三辉图书·中信出版社，2014年8月。

（德）萨沙·斯坦尼西奇，《士兵如何修理留声机》，黄雨果译，中信出版社，2009年1月。

Slavenka Drakulić, *Café Europa: Life After Communism*, Penguin, 1999.

文化与政治

（美）本尼迪克特·安德森，《想象的共同体》，吴叡人译，上海人民出版社，2005年4月。

（加拿大）叶礼庭，《血缘与归属》，成起宏译，三辉图书·中央编译出版社，2017年8月。

Hubert Butler, *Balkan Essays*, Ireland: The Irish Pages Press, 2016.

Andrew Baruch Wachtel, *Making a Nation, Breaking a Nation*, Stanford University Press, 1998.

Misha Glenny, *The Fall of Yugoslavia: The Third Balkan War*, Penguin, 1996.

Maria Todorova, *Imagining the Balkans*, Oxford University Press, 2009.

后记

时间本身就是感情

　　一个写作者面临很多重写的可能，大多数情况是因为对作品不满意，不得已而为之。我也不例外，常常推翻自己的旧作，总有一股另起炉灶的蛮性。但我没有想过，一本书完成了，我要重写的居然是致谢部分。

　　各位眼前看到的这篇后记，其实是一篇致谢文，请往下读，它甚至比书本身承载了更多感情，以至于无法独立分割，成为边界之上诱惑的一部分。

　　在完成这本书之后，我丝毫没有如释重负的感觉，相反，我感到自己的生命前所未有的充盈、裂变，在等待重新出发的时刻。

　　边界的诱惑，作为一种对所有人的邀请，邀请读这本书的人进入一个血与蜜之地，和我共同呼吸巴尔干半岛腹地的空气，共享对一个多元乌托邦实验遗迹之所的一切思索和感受。这本书是我把前南斯拉夫作为凝视对象，以非虚构写作为通道，对实质上是诸多观念难题进行的一系列思考。我关心的，始终不是历史，不是文学，不是政治，甚至不是立场、风景、言语，我关心的，始终是一种呼唤——我这一代人，究竟在何种程度上，可以真正地打开视野，成为一个开阔的人？

如今，我对于做一个只是浮于表面的世界主义者已经有了警惕。全球化并不意味着世界是平的。当我这一代人已经拥有了比前辈更为便利的条件去接触世界，去往任何自己想去的地方时，当"读万卷书，行万里路"必须真正体现它的本真意义时，我感受到的是，如果不想成为一个感受浮光掠影的旅行者，如果阅读和行走真的必须对自我的生成和裂变发生实质作用的话，我很想成为一个如汉德克先生所言的"本质主义者"。在局外人和当事人之间，在外部进入者和主体经历者的角色之间，一定站立着一个边界上的人，他/她痛人所痛，喜人所喜，能够从内部习得并理解一种在本地生存空间产生的本能反应，并始终保持头脑清醒，明白自己随时会离开。也许这是一个太高的书写要求，我刚刚启程，还在路上。然而总该记得，头顶有一片星空。

每本书都有自己的命运。虽然写作者总对自己说，书写完成时，书将获得自由，作者也应该自由。作者不应该就书之外的东西说个没完，但是考虑到这本书的问世之艰，容许我一一表达对其诞生助一臂之力的各位朋友师长的真挚谢意，这也许是疗愈自我在这期间经历种种曲折而动荡难平的心意的最好办法。

大疫三年，我和所有人一样，困守一方动弹不得，唯有把精力用在写这本书上时，才感觉好一点。2021年4月，我完成了它，此后就是校正、补充、修订，按部就班地等待，等待它的诞生。我没有想到我要等那么久。

在等待审读的漫漫路上，我经历了数次情绪的起伏，从上海到北京，从北京又回到上海，这本书就像漂浮在茫茫大海上的一叶小船，看不到靠岸的归期。有做编辑的朋友甚至安慰我："你就当这本书不存在，干点别的什么去吧！"

我明白，执着于自己无法把控的事物是愚蠢的，等不来靠岸的小船，人也要在陆地上继续生活。但是人需要对自己坦诚，我知道自己会为了这艘小船的靠岸，努力到最后一刻。所谓"佛系地躺平"，我无法假装自己能够这样生活。虽然成事在天，但人首先要谋事。我所钟爱的印度哲学家、行动瑜伽士斯瓦米·辨喜，我总是一次次从他的书里得到力量。当主流的印度哲学呈现一种对待生命的静默消极态度时，行动瑜伽士提醒我，《薄伽梵歌》推崇的根本态度，并不是无为，而是行动和不执。人应积极地努力，不坐以待毙，同时接受最坏的结果。时间如果在行动中度过，那么行动本身就是结果，时间本身就是感情。

当你行动起来时，其实并不孤单，你总是会遇见同行者。我要感谢的，就是这条路上的这些人。

感谢我在前南地区相识的所有朋友：塞尔维亚的出版人、作家、官员、书店老板、理发师、导游、退休工人、神父、民俗学者、房东爷爷，克罗地亚的书商、小贩、女店员、大学生、小学老师，波黑的酒保、咖啡馆老板、博物馆管理员、大学生、退伍老兵，斯洛文尼亚的房东太太、政治学教授、水手、潜水教练，黑山的司机、记者和公务员，北马其顿的诗人和一对编辑父子，以及一个阿尔巴尼亚族的流浪艺人。是和你们的无尽的谈话的日日夜夜，才让这本书有了声音。愿我们的友谊长存。如果机缘成熟，希望有一天你们会看到这本书。另外，为了保护这些朋友，书中出现的前南地区和我对话的人物，半数为化名。

感谢朋友吴琦，如果没有你当年"怂恿"我给《单读》MOOK写随笔的话，我迈出前往南斯拉夫的脚步也许就没有那么坚定和迅速。感谢是编辑也是朋友的罗丹妮，是你超乎常人的专业和热情，让这本书顺利面世。想起来，我最初对你是又敬又怕。想想看，当年那篇《萨拉热窝无消息》刊发之前，你发了我一个"编辑版本"——987个批注！你用了一个春节的时间编校这篇文章，而我带着叹为观止的心情，用了和春节等长的时间，才完成了对批注的修订。是你的审慎和严谨，为这本书打下坚固的基石。还要感谢"单读"的另外两位编辑：

节晓宇、刘会，你们全程参与了这部书稿的全流程的工作，感谢你们始终如一的付出。

感谢巴尔干问题专家马细谱老师，感谢您一字一句地读完书稿，毫无保留地给出细致的专家审读意见。我至今记得上您家拜访时，看见那满满一书柜的"巴尔干宝藏"，是怎样让我垂涎三尺！而您满面红光地和我回忆上世纪八十年代在南斯拉夫的进修岁月，更是让我有种生不逢时之感。谈及手头正在修订的关于土耳其问题的新书稿，八十多岁的年龄丝毫不能减弱您的工作热情，"姑娘，活着总是要干点事才行啊！"

感谢我的朋友彭裕超，我们相识于《克服欧洲》，未曾想到有一天会一起"克服巴尔干"！是你前前后后不知疲倦地为这本书的审读奔走，其间甚至代替我"挨骂"，才有了它的诞生。事实上，这本书成了我们友谊的锚点——从这出发，我成了你的"同事"，一同讨论那个"南斯拉夫"，开启巴尔干半岛文化译介的工作，就某个学术观念问题的写作和表达进行碰撞。你曾笑说，我是一个做起事来只有油门没有刹车的人，而你是那个踩刹车的人，然而在实际的工作交流中，我意识到，对待这份事业，你内心的火焰始终在燃烧。事实上，当我时不常涌起对这个领域无底洞般工作的恐惧时，你成了那个踩油门的人。感谢你的油门和刹车。

感谢塞尔维亚国家图书馆馆长弗拉基米尔·皮什塔罗先生，您的推荐信对这本书来说犹如雪中送炭，但更

413

让我珍惜的是和您的友谊。您的工作马不停蹄，可您同时还是塞尔维亚当代最优秀的作家之一。记得有一次，当我们在贝尔格莱德美丽的佩塔尔大街上喝啤酒，我问您，您如何达到繁忙公务和个人艺术创作的平衡？您爽朗地大笑，这样回答我，"你最好忘记你自己！只需要记得你的职责所在！我的职责就是为书服务，献出我全部的生命热情"。

感谢作家赵松，你是待我如兄长般严厉的朋友。你给予我稳定的精神力量，在我因为这本书最后关头的难题而几欲崩溃时，你给我讲了著名的大地艺术家克里斯托夫妇当年的作品《包裹德国柏林国会大厦》的故事。这件非同寻常的作品，光是准备就耗费了整整二十四年，商讨期间德国联邦议院总统都换了六个。艺术家经过了数不胜数的申请和审批，说服了近两百位德国议员来支持他们的创作计划，最终才有了这件吸引全球五百万观众到场参观的作品的问世。你告诉我，为这本书经历的一切，种种的关卡和难题，都是书的一部分，因为困难本身就是整体的一部分，没有单纯的成功，也没有孤立的失败。任何情况下都不要哭，而是要大声地唱歌。

感谢塞尔维亚茨尔年斯基文化中心主任南纳德·沙泼尼亚先生，为这本书提供了许多谈话素材，但更重要的是，您并没有读过我的任何文章，却对我百分之百地信任，相信我一定能写出后南斯拉夫时代的模样，当我再度陷入自我怀疑时，总是您第一个站出来，对我说，写下去。

感谢我的另一个编辑肖海鸥老师，您的专业性自不待言。我想感谢您却是因为别的缘故 —— 在漫长的等待中，我没少对您发脾气，您却温柔地接住我的负面投射，思路清晰地继续为这本书工作。

感谢朋友吕晓宇，感谢你提供扎实而专业的学术修改意见，更感激你总是用"激将法"来鼓励我继续在这个领域深耕，我接受挑战。

这本书里有部分内容，除了刊发于《单读》MOOK之外，还见于《读书》和《花城》。感谢《读书》杂志的编辑和朋友卫纯，《花城》的栏目主持人何平老师。坦白说，在你们做出选择之前，我对自己写的这些文章并无多少信心，毕竟，前南斯拉夫地区的人与事，对本土读者来说，确是遥远的存在。是你们对我的信任，逐渐让我建立了继续书写的勇气。

感谢李陀老师，虽然隔着太平洋，您却从来没有中断过对我前南主题写作的鼓励。事实上，您认为我写得远远不够。对我来说，这份鞭策犹如达摩克利斯之剑，每当我想退缩时，它警醒我临绝地而不衰。

感谢我的朋友、塞语老师洪羽清。在这个领域，能找到无障碍讨论的同性朋友并不容易。我们共享一种女性视角，我们心领神会。

感谢丽贝卡·韦斯特女士和您那本伟大的《黑羊与灰鹰》。对这本大部头力透纸背的阅读，让我逐渐领悟什么是我需要抵达的"旅行写作"——旅行的目的，是抵达自我关于世界真相的思索入口，旅行只是开始，思索一以贯之。

感谢彼得·汉德克先生，您在文本层面和现实层面的诗性和勇气，对真相和正义的探求，作为一个普通人和作为一个作家的良知所散发的热量，让我不再害怕孤独。

英国历史学家哈罗德·坦珀利曾说，历史学家因为研究斯拉夫民族问题感到绝望。"即使是仅仅书写南斯拉夫人或南部斯拉夫民族这一小部分斯拉夫民族的历史，也像在穿越迷宫一样。"[1] 我想说，坦珀利先生，我正在感受。

我好像和行走世界的旅行写作无缘，因为是我在"自绝道路"——我似乎已经下定决心要继续在巴尔干寂寞的群山和清峻的森林中行走，而不再选择其他的道路。行动瑜伽士斯瓦米·辨喜又说，"行走在你自己的道路上死去，也优于尝试他人的路"。

柏琳

2023年12月27日 修订于北京

---

[1] 哈罗德·坦珀利，《塞尔维亚史》，华文出版社，2020年1月，引言第1页。